DERNIÈRE JOURNÉE SUR TERRE

ERIC PUCHNER

DERNIÈRE JOURNÉE SUR TERRE

nouvelles

Traduit de l'américain
par France Camus-Pichon

TERRES D'AMÉRIQUE

ALBIN MICHEL

« Terres d'Amérique »

Collection dirigée par Francis Geffard

Édition originale américaine parue sous le titre :
LAST DAY ON EARTH
Publiée par Scribner/Simon & Schuster, Inc., à New York en 2017

Pour Katharine

Ploffskin, Pluffskin, joie chez les pélicans !
Pas d'oiseau plus heureux qu'un pélican !
Plumpskin, Ploshkin, image de la félicité !
De tout temps le penserons et l'avons pensé !

EDWARD LEAR

Couvée X

C'était l'été des cigales. Elles vivaient sous terre depuis dix-sept ans, et soudain elles émergeaient de leurs galeries, grimpaient dans les arbres et sur les poteaux télégraphiques, se libérant de leur corps et déployant leurs ailes. Elles laissaient leur ancien moi accroché aux branches, telle une copie conforme en verre. En une nuit, semblait-il, les vénérables chênes s'étaient mis à mousser, à écumer, à se transformer en énormes récifs coralliens. Les chiens devenaient fous, retournant le sol et engloutissant des larves blanches par douzaines. Les trottoirs étincelaient, pareils à des ruisseaux. On recueillait les chrysalides dans nos tee-shirts pour en faire des colliers qu'on portait fièrement, à la manière des sorciers. Les ailes étaient extraordinaires, aussi veinées et délicates que celles d'une fée ; on les prélevait sur les insectes morts ou encore bourdonnants pour faire peur aux filles. Les cigales s'envolaient rarement, mais Mme Palanki, notre voisine, ne sortait jamais sans son parapluie et fonçait tête baissée vers sa voiture comme sous une pluie battante.

Cela se passait à Guilford, un quartier résidentiel de Baltimore, où l'été se résumait d'ordinaire à jouer dans la rue au badminton ou au football américain, et à faire d'interminables parties de colin-maillard dans la piscine le matin. Chaque jour, nous rentrions en courant pour manger nos sandwichs bacon-laitue-tomate. La chose la plus bizarre qui pouvait se produire était l'irruption de temps à autre d'une chauve-souris dans la maison.

Le chant des cigales était à présent si assourdissant qu'il fallait crier pour se faire entendre. Dehors, on aurait dit le grondement d'un train lancé à grande vitesse. C'étaient des insectes noirs et laids, avec des yeux orange et globuleux comme des œufs de poisson. Partout – sur les arbres, dans les gouttières ou sur la visière d'une casquette – une deuxième tête semblait leur pousser. Il nous a fallu quelque temps pour comprendre ce qui leur arrivait. Les cigales s'étreignaient sous leurs ailes repliées, si bien qu'on ne savait pas où commençait la première et où finissait l'autre.

« Elles baisent ! » s'est écrié Stefano Giordano. Il avait treize ans, soit une année de plus que moi, et c'était un expert en matière de sexe. Deux cigales étaient collées l'une à l'autre sur le rebord extérieur de la fenêtre de sa chambre. On a fait cercle autour de lui.

« J'te crois pas, j'ai dit.

– C'est mon père qui me l'a expliqué. Le mâle meurt juste après, et la femelle pond ses œufs dans un arbre. »

On est restés sceptiques jusqu'à ce qu'on voie de nos propres yeux le lent désaccouplement, puis l'envol vrombissant d'une cigale tandis que l'autre restait sur le rebord de la fenêtre. Un peu plus tard, le mâle est tombé par terre et ses pattes minuscules se sont recroquevillées. Jamais encore je n'avais vu quoi que ce soit mourir. C'était lent, fastidieux, un peu décevant. Ce mâle est plus vieux que moi, me répétais-je, et pourtant il n'a eu que quelques jours pour découvrir le monde.

Au milieu du bruit et du chaos causés par les cigales, une nouvelle famille s'est installée dans le quartier cet été-là. On racontait qu'ils venaient de Californie, et je me demande ce qu'ils ont pu penser de leur nouvelle demeure. Sur nos vélos, on regardait les déménageurs écraser des chrysalides sous leurs pieds en déchargeant le camion. L'air était affreusement moite et les meubles leur glissaient des mains. L'un d'eux, jurant dans une langue inconnue, a lancé une balle de tennis dans l'érable devant la maison, et pendant quelques instants le ciel a ressemblé à une machine à faire du pop-corn pleine de cigales tourbillonnantes.

Le lendemain, ma mère a confectionné des brownies, et je l'ai accompagnée sous les chênes qui bourdonnaient frénétiquement. Nos nouveaux voisins avaient emménagé dans une vieille maison victorienne, plus petite que la nôtre, avec une véranda à la peinture écaillée et des fenêtres en chiens-assis. Mme Winters, l'ancienne propriétaire, était morte plusieurs années auparavant, la léguant à sa fille unique qui l'avait laissée inhabitée, avant de finalement décider de s'y installer. Tout le temps où elle était restée vide, c'était devenu l'un des sujets de conversation préférés de ma mère, qui aimait bien imaginer à quoi pouvait ressembler l'intérieur. D'habitude aimable et compatissante, elle suivait de près la dégradation des maisons d'autrui. « Que diable les Morrison ont-ils fait à leur cuisine ? » demandait-elle au dîner, s'interrompant devant son assiette de choux de Bruxelles. Ou bien : « Les Siegler laissent vraiment leur jardin partir à vau-l'eau. »

Elle a sonné et la fille de Mme Winters a ouvert, vêtue d'une tunique à petits motifs cachemire, ses longs cils broussailleux semblant s'enchevêtrer quand elle a cligné des yeux à notre vue. Elle me rappelait le genre de femme qu'un monstre pourrait enlever au sein d'une foule dans un film de science-fiction. À trente-cinq ans, ma mère comptait parmi les plus jeunes parents du quartier, mais en la regardant saluer notre nouvelle voisine, je l'ai pour la première fois trouvée vieille. Celle-ci s'est présentée – elle s'appelait Karen Jennings – et a fixé derrière nous une stalactite de cigales suspendue à une branche du chêne le plus proche.

Ma mère a fait la grimace. « Quelle horreur, n'est-ce pas ?

– Oh, je ne sais pas. Elles ont quand même quelque chose de fabuleux, vous ne trouvez pas ? » Mme Jennings a fermé les yeux quelques secondes, comme si elle écoutait les arbres. « En tout cas elles donnent à notre vie une dimension… hum… biblique. »

Maman a tenté à la fois de lui sourire et de jeter un coup d'œil dans la maison. Jamais je n'avais entendu la mère de quelqu'un parler ainsi, qualifier de « fabuleuse » une invasion d'insectes. Un frisson de jubilation m'a traversé. Alors que je baissais la tête pour esquiver la main que ma mère posait sur mes cheveux, un garçon à peu près du même âge que moi s'est approché de la porte avec quelque chose au coin de la bouche. Une clope. Des brins de tabac s'échappaient de l'extrémité toute ratatinée. Ma mère a cessé de se tordre le cou pour regarder à l'intérieur et a reculé d'un pas.

« Je vous présente JJ, a dit Mme Jennings.

– Jules, maman.

– “Jules” », a-t-elle répété en levant les yeux au ciel.

Maman fixait la bouche du garçon. « Où t'es-tu procuré cette cigarette ?

– Je ne fume pas pour de vrai, a-t-il répondu en la gardant aux lèvres.

– C'est seulement pour rire, a expliqué Mme Jennings. Dans le cas de Jules, tout au moins. Moi, je suis une fumeuse invétérée. »

Le garçon a retiré la cigarette de sa bouche et l'a glissée derrière son oreille. Je n'aimais pas son apparence. Il avait des taches de rousseur comme moi, mais il était tout maigre avec des cheveux crépus, et il portait un pantalon – de velours côtelé – alors qu'on était en plein été. En plus, il avait un problème à l'œil. Un petit trait noir dépassait d'une de ses pupilles, comme l'aiguille d'une montre arrêtée à six heures. Il a dû surprendre mon regard, car il a tourné les talons et disparu dans la maison. Impossible que ce gosse flippant soit le fils de cette mère fantastique.

La mienne a hésité quand Mme Jennings nous a invités à prendre un café, mais sa curiosité l'a emporté et je l'ai suivie dans la maison encore encombrée de cartons. Il y avait des tableaux partout, appuyés contre des meubles étonnants que je n'avais vus nulle part ailleurs. Une chaise pareille à un bouquet de tringles à rideaux, avec un morceau de cuir tacheté de brun tendu au milieu, comme si un dingue avait tenté de fabriquer un trampoline avec une vache. Je n'ai pas pu m'empêcher d'y toucher en passant. Mme Jennings a pris les brownies des mains de ma mère et nous les a servis sur des assiettes dépareillées, avec des cubes qui ressemblaient à des glaçons enrobés d'une poudre rose. « Des loukoums », a-t-elle dit, ajoutant qu'elle les avait commandés dans une boutique de l'East Village. Je ne savais pas ce qu'était l'East Village, mais à voir l'expression de ma mère, c'était un endroit qu'elle n'aimait pas.

En mâchant un cube rose dont le goût délicieux m'a surpris, je suis allé jusqu'au tableau adossé au mur du fond : un désert sinistre avec, au centre, une forêt circulaire entourée d'une clôture. Au premier plan, s'élançant vers la forêt, un animal que je ne connaissais pas. Aussi étrange qu'horrible, une sorte de zèbre sans poils, mais dont la tête sortait d'un long cou vertical, avec une petite bouche de têtard. Il n'avait pas d'oreilles. En regardant de plus près, j'ai vu que l'entrée de la forêt était délimitée par deux énormes jambes de femme, ouvertes comme les portes d'une gigantesque grille.

« C'est sexuel, m'a dit Jules, après avoir vérifié que personne ne nous entendait.

– Sexuel ?

– Tu vois bien : ça, c'est un pénis géant. Et ça, c'est censé représenter un vagin. C'est un tableau surréaliste. Peint par un ami de mon père. »

J'ai examiné la toile avec plus d'intérêt. Au-dessus, dans un cadre sur le manteau de la cheminée, la photo d'un homme élégant avec un coup de soleil sur le nez. C'était un nez imposant, magnifique, fascinant, qui devait souvent attraper des coups de soleil. Aucune autre photo n'avait été déballée – du moins c'était la seule que je voyais.

« Il est où, ton père ? Au travail ?

– Il est mort. »

Sa façon de le dire, les yeux rivés au sol, m'a ôté toute envie de poser des questions. Pendant que ma mère mettait Mme Jennings au courant des habitudes du quartier et faisait l'historique des maisons mal entretenues, Jules a proposé de me montrer sa chambre et, à ma grande surprise, m'a emmené au sous-sol par un escalier interminable. Du plafond pendait une ampoule à la lumière vacillante, comme sur un bateau. Jules m'a fait traverser le sous-sol humide et froid, qui sentait la peinture fraîche. Sa chambre était décorée d'un unique poster, représentant une galaxie dans une efflorescence de couleurs, le genre de choses qu'on doit voir quand on part pour l'au-delà.

« C'est la galaxie du Cigare, a déclaré Jules. Messier 82. » Il parlait d'un ton las, comme si toute personne ayant quelques cellules grises devait connaître la galaxie du Cigare. Il a récupéré la cigarette derrière son oreille, la tenant entre l'index et le majeur comme à la télé. « Le multivers, tu as entendu parler ?

– Le quoi ?

– Le multivers. L'idée selon laquelle notre univers n'est qu'un des milliards d'univers dans l'espace. Plus connue sous le nom de "théorie des mondes multiples".

– C'est débile.

– Mon père est physicien. Enfin, était. Il m'a tout expliqué. » Du bout de sa cigarette, Jules a désigné ma poitrine. « Selon toute probabilité, il existe quelque part un univers parallèle où toi et moi sommes aussi en train de parler à cet instant, exactement la même conversation, dans ses moindres détails, sauf que tu portes un tee-shirt vert et pas bleu. »

J'ai baissé les yeux et contemplé mon tee-shirt. Je commençais à me sentir tout drôle. Jamais je n'avais entendu un garçon de douze ans employer des expressions comme « selon toute probabilité ». On était en 1987, avant Internet, avant cette invasion d'idées délirantes aussi nombreuses que les cigales qui vrombissaient dehors. Je commençais à me sentir prisonnier sous terre.

« Le champ des possibles est littéralement infini, a repris Jules. » Il me dévisageait entre ses paupières mi-closes. « Pour ceux qui ont appris à surfer dessus.

– Qu'est-ce que tu racontes ?

– Je dis juste qu'on peut surfer dessus. » Il s'est penché vers moi, le regard soudain lubrique. « Quelle est la fille que tu aimerais le plus baiser ? »

Ce verbe m'a fait sursauter. J'avais l'impression que c'était la première fois qu'il le prononçait à voix haute. « Phoebe Merchant. » Aussitôt, j'ai regretté d'avoir répondu. J'ignorais pourquoi je lui avais fait cet aveu – peut-être parce qu'on ne m'avait jamais posé la question si brutalement. Phoebe était la fille qui habitait en face de chez moi. Elle avait de longs cheveux noirs dont elle pouvait entourer son cou comme d'un nœud coulant, et un appareil dentaire qui entretenait tragiquement mes espoirs les plus fous. Stefano Giordano et moi, on marchait parfois jusqu'au club de tennis pour la regarder jouer en cachette, éblouis par le rose de sa culotte comme par un lever de soleil lorsqu'elle se penchait en attendant le service de son adversaire.

« Crois-le ou pas, il y a quelque part un univers où tu es en train de lui faire prendre son pied. »

Jules a ouvert une porte près de son bureau, révélant

une pièce avec une chaise pliante et des étagères couvertes de toiles d'araignée. Sa « cave », comme il l'appelait. Il m'a dit d'aller m'y asseoir. Peut-être parce qu'il m'avait impressionné en employant le verbe « baiser », j'ai obéi. Des cigarettes fripées étaient entassées sur une assiette en carton posée par terre, comme s'il passait beaucoup de temps assis là tout seul.

J'étais à peine installé sur la chaise que Jules a fermé la porte. J'ai secoué la poignée, mais il avait dû donner un tour de clé et elle résistait.

« Laisse-moi sortir !

– Détends-toi et essaie de profiter de la traversée. Bien sûr, il ne faut pas voir ça comme un voyage. Plutôt comme une plongée pour remonter à la surface ailleurs qu'ici.

– Je vais te tuer ! » J'ai donné des coups de pied dans la porte.

« Arrête, a-t-il lancé d'un ton léger, sinon je te raye de la carte. »

J'ai arrêté. Mes yeux s'habituaient à l'obscurité et les angles de la cave commençaient à reprendre forme. J'ai collé l'oreille contre la porte, sans entendre autre chose qu'un ronronnement que j'imaginais être le chant des cigales au-dehors. Sans doute à cause de la pénombre, ou parce que je me trouvais dans une pièce où ce son n'avait pas sa place, il semblait émaner de mon propre cerveau. Je me demandais si Jules était sorti de sa chambre. Peut-être allait-il raconter à tout le monde que j'étais rentré chez moi. Je resterais à jamais enfermé dans sa cave, mourant de faim pendant que la police passerait la ville au peigne fin, me décomposant jusqu'à ce qu'il ne reste de moi qu'un tas d'ossements. *Pharaon pharaon pharaon*, chantaient les cigales. Pour ne pas céder à la panique, j'ai fermé les yeux et tenté d'imaginer à quoi je ressemblerais dans un univers parallèle où les filles tomberaient miraculeusement à mes pieds. Je n'aurais pas les bras couverts de taches de rousseur. Ni les cheveux roux. Ils seraient châtains comme ceux de mon frère, et je n'aurais pas honte de ma pâleur chaque fois que je me mettrais torse nu pour l'entraînement de foot.

Quand Jules a rouvert la porte, il souriait. C'était un sourire bizarre, en cul-de-poule autour de sa cigarette, comme s'il se retenait pour ne pas la manger. J'avais les mains qui tremblaient. Je me suis jeté sur lui de toutes mes forces et il s'est retrouvé par terre les bras en croix, sa clope éjectée de sa bouche, mais son sourire ne l'avait pas quitté.

Ce soir-là, au dîner, maman ne parlait que de la maison des Jennings. Elle semblait particulièrement intéressée par la cigarette que Jules avait au bec, et dont elle faisait porter l'entière responsabilité à Mme Jennings. Pour moi cette clope prouvait uniquement qu'il était dérangé, mais ma mère y voyait un lien avec tous ces tableaux, ces meubles inspirés par des vaches et ces assiettes dépareillées. Elle m'avait toujours paru intrépide – un jour, alors qu'on campait pendant des vacances au Canada, elle avait fait fuir un ours en agitant une pagaie –, et je trouvais étrange de l'entendre revenir sur ces détails de manière obsessionnelle, les brandissant telles des preuves à charge.

« Et puis elle nous a servi ces horribles confiseries roses, racontait-elle, ignorant la part de pain de viande dans son assiette. Des loukoums. Elle-même n'en a pas mangé un seul, je l'ai bien remarqué. »

Mon père semblait s'en remettre au jugement de ma mère. Médecin hospitalier, il lui était reconnaissant de préparer le dîner pour son retour, et accueillait chaque nouvelle apparition du bœuf Stroganoff ou du gratin de dinde aux champignons comme la résurrection du Christ. Il mangeait en fermant les yeux de plaisir et lui assurait qu'elle était le meilleur « chef » du Maryland. Pendant ses jours de congé, il aimait tirer avec son fusil sur les volatiles qui passaient dans le ciel et les lui rapporter pour qu'elle les vide. Notre congélateur était une nécropole d'oiseaux. Quand il ne chassait pas, il chahutait avec nous dans le jardin derrière la maison ou essayait de jouer au foot, un sport qu'il trouvait amusant mais absurde, et auquel il ne s'intéressait pas vraiment. Il finissait par aller chercher ses chiens dans leur chenil, deux braques allemands à poil court qui, à la vue du gibier, se figeaient comme des statues frémissantes. Il passait des heures à les faire courir d'un bout à l'autre du jardin. Peut-être se sentait-il coupable de leur consacrer autant de temps, ainsi qu'à tous ces canards et faisans que ma pauvre mère était obligée de plumer, car il la complimentait sans cesse sur sa beauté, une source de mortification persistante pour moi. Parfois il lui chuchotait quelque chose à l'oreille et elle gloussait d'une façon qui me donnait envie de défaire mes lacets, rien que pour pouvoir m'appliquer à les rattacher. Theo, mon frère aîné, qualifiait ces effusions de « maltraitance parentale ». Chez nous, encore, ça passait, mais c'était autre chose lorsque ça se produisait pendant un match de base-ball des Baltimore Orioles, par exemple, où ils risquaient d'être filmés par une équipe de télé. Parfois, mon père faisait tous ces compliments à ma mère en nous regardant, et je me demandais à qui était destiné cet étalage. D'autres fois, en proie à un de ses « accès de cafard », comme les appelait ma mère, il se repliait dans son bureau au grenier et ne se montrait même pas au dîner, mais on s'y était habitués – comme à l'odeur aigre de frigo mal entretenu qu'il rapportait de l'hôpital, ou à sa barbe brune et hirsute dans laquelle il passait de temps à autre un petit peigne – et pour nous cela faisait partie du mystère ordinaire de son existence.

« Lui, en tout cas, c'est un vrai barje », ai-je dit, réorientant la conversation vers Jules. J'ai décrit son œil qui ressemblait au cadran d'une montre.

« Ça pourrait être un colobome de l'iris », a déclaré mon père en fronçant les sourcils. Il a gratté sa barbe, qui commençait à blanchir. « Sans doute une mutation bénigne. Bref. C'est quoi un barje ?

– Un malade mental », a répondu Theo. À quatorze ans, il se voyait comme un intermédiaire entre les générations. Il n'avait pas pris la peine de se changer après son entraînement de lacrosse, et ses gigantesques épaulières lui donnaient l'apparence d'un sorcier vaudou. « Pourquoi c'est un vrai barje ? »

J'étais en train de penser au multivers, mais quelque chose – un picotement de crainte – m'a retenu d'en parler. « Il a un tableau qui représente les jambes écartées d'une femme.

– Quoi ? » s'est exclamée ma mère.

Mon père a eu l'air intrigué. « Un vrai tableau ? »

J'ai fait oui de la tête. « Avec un zèbre qui s'avance entre les jambes de cette femme. »

Maman, qui de toute évidence n'avait pas vu le tableau, a blêmi. Elle fixait mon père.

« C'est une peinture surréaliste », ai-je expliqué, éprouvant le besoin – devant la réaction de mes parents – de défendre cette œuvre.

« Je t'interdis de retourner là-bas », a décrété ma mère avec gravité.

J'ai jeté un coup d'œil au tableau accroché au mur de la salle à manger, qui représentait un homme et une femme dans des vêtements démodés. Ils étaient dans une barque, la femme laissait flotter ses doigts sur l'eau pendant que l'homme empoignait les rames. Je ne m'y étais jamais beaucoup intéressé, mais ça m'a soudain paru être la chose la plus stupide au monde.

« Je vais vous raconter ce que j'ai entendu dire, a annoncé Theo tout en secouant la bouteille de ketchup au-dessus de son assiette. Son père s'est suicidé. Il s'est tiré une balle dans leur minibus. Et c'est le gosse qui l'a trouvé, je crois, sur la banquette arrière.

– Qui t'a dit ça ? » a demandé ma mère avec un froncement de sourcils.

Theo a haussé les épaules. « Zachary Porter.

– Zachary Porter ne sait rien du tout », ai-je répliqué, même si ce qui me contrariait, c'était seulement l'idée que Mme Jennings possédait un minivan.

Des rumeurs n'ont pas tardé à circuler sur M. Jennings : il ne se serait pas suicidé, mais aurait été assassiné ; il aurait pris de la drogue et se serait jeté du haut d'un toit ; il se serait mis une balle dans la tête pour échapper à

Mme Jennings, qui le prétendait fou afin de s'emparer de son argent. Ces rumeurs étaient aggravées par Mme Jennings elle-même, qui se promenait sans but dans le quartier en bottes noires zippées jusqu'aux genoux, et passait devant nos pelouses en fumant cigarette sur cigarette tandis que les cigales faisaient leur tapage au-dessus de sa tête. Même avant leur invasion, les habitants de Guildford ne déambulaient pas dans le quartier sans raison – la théorie la plus vraisemblable que nous ayons trouvée était que Mme Jennings se promenait pour rester en bonne santé, prendre un peu d'exercice, mais cela n'expliquait pas les bottes ni les cigarettes, ni sa façon de s'arrêter au beau milieu du trottoir pour lever la tête et contempler les arbres, soufflant par les narines la fumée qui lui faisait comme des défenses d'éléphant.

Jules l'accompagnait parfois. Un jour où je sortais les ordures après le dîner, je les ai vus s'arrêter devant un arbrisseau au bout de notre allée pour que Jules puisse attraper une cigale sur une feuille, la pinçant entre l'index et le majeur où elle a produit le même son qu'un jouet à piles quand on tourne la clé du mauvais côté. Il l'a approchée de l'oreille de Mme Jennings, et elle a éclaté de rire. Ma mère à moi serait horrifiée, ai-je songé, enviant Jules.

En fait, je ne lui ai pas reparlé avant le barbecue des Biscoe pour la fête nationale, le 4 juillet. Debout sur la pelouse, les gens buvaient de la sangria et des sodas, s'efforçant d'oublier la Couvée X – le nom donné aux cigales dans les journaux. Elles étaient censées continuer à s'accoupler pendant encore deux semaines, jusqu'à ce que les femelles pondent leurs œufs dans les arbres et commencent à se débarrasser des mâles. M. Biscoe a allumé son gril et quelques cigales en flammes se sont envolées, slalomant comme si elles étaient ivres.

« Oh, purée », a dit Crawford Tuttle, fixant des yeux Mme Jennings qui portait des lunettes de soleil et ses fameuses bottes de cuir noir. Elle était arrivée au barbecue avec Jules et un plat d'asperges affublées de petites écharpes en jambon. La viande était réellement nouée autour des pointes. « J'aimerais bien lui faire la moustache du samouraï.

– Qu'est-ce que ça veut dire ? » a demandé Stefano Giordano.

Crawford a hoché la tête. « Si je dois te l'expliquer, tu ne comprendras pas.

– D'abord les samouraïs n'ont pas de moustache, ils ont une barbiche. » Stefano s'est tourné vers moi, l'air dégoûté. « Encore une de ces conneries qu'il invente. »

J'écoutais à peine, trop distrait par Phoebe Merchant sur le trampoline. Elle blaguait avec une de ses copines, rebondissant de plus en plus haut pour essayer de faire un double saut périlleux. Elle était moins belle que Mme Jennings – elle souriait la bouche en coin, comme pour tenter de calmer une démangeaison sans y toucher –, mais la façon dont ses cheveux flottaient dans l'air après l'atterrissage du reste de sa personne me semblait un phénomène rare et bouleversant. La nuit précédente, j'avais rêvé d'elle : nous étions mariés et habitions un chalet avec nos deux enfants, chacun portant un appareil dentaire alors qu'ils étaient bébés.

« Tu veux les dernières nouvelles ? a demandé Stefano, baissant la voix. Sur ce qui est arrivé au mari ? Il est devenu schizo.

– Comment tu le sais ?

– C'est ma mère qui me l'a dit. Un ami de sa cousine le connaissait à Berkeley. Ils étaient profs dans la même faculté.

– Mais il est mort, ai-je rappelé. C'est Jules qui me l'a dit. »

Stefano a haussé les épaules. « Peut-être qu'il a fait une overdose de médicaments ou un truc comme ça.

– En tout cas, je me réjouis qu'elle n'ait plus d'homme dans sa vie », a déclaré Crawford en regardant Mme Jennings prendre une de ses asperges. Elle a fermé les yeux et renversé la tête en arrière comme un oiseau, avant de mordre dedans. « Nom de Dieu. Ce que j'aimerais lui faire un shampoing sicilien. »

Jules, qui était resté près de sa mère depuis le début, a fini par remarquer ma présence et m'adresser un petit sourire. Même par cette chaleur assez humide pour liquéfier n'importe qui, ce cinglé avait gardé son pantalon de velours. Stefano et Crawford ont insisté pour que je fasse les présentations. Ils avaient dans l'idée de s'attirer les bonnes grâces de Jules pour être invités chez Mme Jennings, où ils pourraient impressionner celle-ci par leur connaissance de l'art contemporain.

« Comment va la galaxie de la Cigarette ? » a lancé Crawford après s'être présenté. Je lui avais parlé du poster dans la chambre de Jules.

« La quoi ? a demandé Jules.

– Il veut parler de la galaxie du Cigare », j'ai dit.

Il m'a jeté un bref coup d'œil. Sa mère s'était éloignée en sautillant, son asperge à la main. « Je ne vois pas à quoi tu fais allusion. »

Stefano a haussé les sourcils. « As-tu, comme le prétend Errol ici présent, un poster de la galaxie de la Cigarette dans ta chambre, ou pas ?

– J'ai un poster d'Albert Einstein. Il doit se tromper. »

Jules m'a regardé bizarrement. « Lui, en tout cas, c'est la première fois de ma vie que je le vois. »

J'en suis resté bouche bée. « Qu'est-ce que tu racontes ? Tu m'as enfermé à la cave.

– On n'a même pas de cave. »

Stefan et Crawford me dévisageaient. Je ne leur avais pas dit un mot de la cave, ça aurait été trop humiliant. Jules a souri poliment, ce qui était nouveau chez lui, et il est retourné vers sa mère qui parcourait le jardin avec son plat d'asperges, comme si c'était elle et non pas la famille Biscoe qui organisait la fête. Stefano et Crawford me dévisageaient toujours, mais avant que je puisse me défendre, Phoebe Merchant a sauté du trampoline et atterri dans l'herbe à quelques mètres de nous, tapant frénétiquement sur ses cheveux. J'ai cru qu'elle prenait feu. J'ai couru à son secours, prêt à la plaquer sur la pelouse, mais elle ne se frappait plus la tête et contemplait quelque chose dans l'herbe.

J'ai baissé les yeux et vu deux cigales collées l'une à l'autre, les deux moitiés inférieures de leurs corps miraculeusement soudées. L'une d'elles frottait ses ailes l'une contre l'autre. « Qu'est-ce qu'elles font ? » a demandé Phoebe Merchant.

J'ai rougi. « Elles s'accouplent, je crois.

– Comment ça ? »

– Désolé. » Je ne trouvais rien d'autre à répondre. J'ai lancé un regard implorant à Stefano et à Crawford, mais ils étaient trop loin pour entendre, et la stupeur se lisait sur leur visage.

« Beurk, a dit Phoebe avec un frisson de dégoût. J'en ai d'autres sur moi ? »

Elle s'est penchée en avant, si bien que sa chevelure lui couvrait tout le visage. Elle semblait vouloir que je vérifie. J'ai approché la main et effleuré les racines moites de ses cheveux, sentant sous mes doigts la tiédeur de son cuir chevelu. Mon cœur battait à se rompre. Je continuais à déplacer mes doigts pour qu'elle ne s'aperçoive pas qu'ils tremblaient.

« Pas une seule. » J'ai enlevé mes mains.

« Pas d'œufs ni autre chose ?

– La femelle laisse mourir le mâle, ai-je expliqué en connaisseur. Elle pond ses œufs dans un arbre.

– Le mâle… meurt ? »

J'ai acquiescé de la tête. À cause de quelque chose dans sa voix – d'aussi intentionnel qu'un clin d'œil –, mes genoux se sont dérobés sous moi. Elle m'a remercié d'avoir inspecté ses cheveux, toujours avec ce sourire en coin, et j'ai compris que c'était pour cacher son appareil dentaire. Elle a couru chercher un soda dans la glacière. Je ne pouvais pas articuler une parole. La pelouse des Biscoe, verte et rayée comme une pastèque, était encombrée de jeux d'extérieur. Du regard, j'ai cherché Jules ; soit il avait raté mon échange avec Phoebe Merchant, soit il continuait à faire semblant de ne pas me connaître et de tout ignorer de mon désir tourmenté.

Puis le crépuscule a commencé à noyer les fenêtres, transformant les maisons en aquariums de lumière, et nous avons grimpé sur le toit des Biscoe avec des fusées de feu d'artifice que le cousin de Stefano lui avait rapportées de Virginie. Jules semblait s'être envolé – en tout cas je l'avais perdu de vue. De là-haut, la fête paraissait dérisoire, sans intérêt, et j'avais l'impression que tout le monde aurait voulu rentrer, mais que nous étions prisonniers d'une forme de sortilège. J'ai surpris mon père en grande conversation avec Mme Jennings près du filet de badminton des Biscoe. Ma mère m'avait dit au revoir plus tôt – j'avais supposé que c'était en leur nom à tous deux –, d'où ma surprise qu'il soit encore là. Il avait une raquette de badminton à la main et la balançait d'avant en arrière. Tandis qu'il parlait, Mme Jennings a glissé une jambe derrière l'autre telle une cigogne, si bien que ses pieds semblaient partir dans des directions opposées. Elle a chuchoté quelque chose, lui a touché le bras, et mon père s'est esclaffé, la tête en arrière. Je n'en revenais pas. Jamais je ne l'avais vu rire ainsi, à gorge déployée, comme s'il essayait de recueillir sa propre salive.

Le lendemain soir, il s'est garé dans l'allée en rentrant du travail et il est aussitôt ressorti pour faire courir ses chiens sur la pelouse devant la maison. Je l'observais par la fenêtre. D'habitude, il les sortait dans le jardin de derrière, qui descendait en pente douce vers la rivière, alors c'était bizarre de voir Dax et Caramel s'élancer sur cette minuscule pelouse entourée d'une clôture pour engloutir des larves de cigales. Mon père tournait le dos à la maison, et quand il a soudain pivoté sur lui-même, s'attardant pour admirer les derniers rayons du soleil, j'ai eu un coup au cœur. Il s'était rasé la barbe.

Lorsqu'il a fini par rentrer, ma mère a déclaré d'un ton théâtral, comme si elle nous le présentait : « Qu'en pensez-vous, les garçons ? Est-ce qu'il fait dix ans de moins ? »

Il avait sur le maxillaire gauche un petit grain de beauté, aussi obscène à mes yeux que ses lèvres proéminentes. J'avais vu des photos de lui sans barbe, d'antiques clichés écornés. Theo ne disait pas un mot, il fixait des yeux le visage de notre père.

« Dieu sait ce qui lui a pris, a ajouté ma mère. Je n'avais pas vu son menton depuis notre mariage. »

Sa voix semblait plus acide que ses paroles, comme si elle se moquait de lui. Mon père a rougi. Il a ouvert la bouche pour répondre, puis s'est ravisé, les narines figées comme celles d'une statue. Il m'a tapoté la tête en guise de salut et a disparu à l'étage dans son bureau.

Tout le reste de la soirée, je n'ai pu chasser le sentiment d'être un intrus dans ma propre maison. Allongé dans le noir, je contemplais les trophées sur ma commode, ces nageurs dorés penchés vers moi, prêts à plonger de leur plot de départ. Mes parents se disputaient dans leur chambre. Je les avais déjà entendus se quereller en de rares occasions, mais là, leurs voix avaient quelque chose de différent : plus elles chuchotaient, plus elles semblaient en colère. J'essayais de me représenter le visage de Phoebe Merchant, sa façon adorable de passer la main dans ses cheveux pour les démêler, comme si elle jouait de la harpe, mais je n'avais qu'une envie : lui arracher ses vêtements. Je m'efforçais de ramener mon esprit au chalet dans les bois, à nos bébés avec leur appareil dentaire, mais impossible de ne pas penser à ce que je rêvais de lui faire. Je me sentais sali, souillé. Les voix de mes parents flottaient le long du couloir. J'ai dû finir par sombrer dans un demi-sommeil, car j'imaginais Phoebe me faisant une fellation, et moi levant les yeux et voyant Jules nous épier derrière un arbre, son drôle d'œil brillant dans l'obscurité.

Je me suis redressé dans mon lit. Les cigales étaient plus calmes que d'habitude et, en écoutant leur chant plus attentivement, j'ai cru entendre : *Errol Errol Errol.* J'ai enfilé mon short, puis je suis descendu vers la porte d'entrée en faisant grincer l'escalier. La maison était silencieuse comme jamais. J'ai ouvert la porte, suis sorti sur le trottoir. Les lampadaires étaient allumés et les branches des arbres ployaient sous le poids des cigales qui étincelaient çà et là dans la lumière, pareilles à des grappes d'étoiles. Dans le ciel les vraies étoiles scintillaient faiblement, mais les constellations paraissaient comme neuves, peu familières. Je ne trouvais pas la Grande Ourse ni Orion, ni même l'Étoile polaire. J'avais déjà éprouvé une vraie nostalgie, un été où mes parents m'avaient envoyé en camp de vacances dans le Maine, et où ils me manquaient tellement que je m'attendais à voir surgir un bon génie qui me ramènerait chez moi en tapis volant ; or là j'étais chez moi, et j'éprouvais la même sensation de manque. Tout autour, les arbres semblaient pleins de vie, psalmodiant mon nom, lui donnant d'étranges sonorités. Pour me rassurer, j'ai vérifié les taches de rousseur sur mes bras, mais dans le halo du lampadaire elles paraissaient moins laides, comme si elles commençaient à s'effacer.

Le lendemain, la chaleur était si étouffante que personne, sauf les enfants, ne s'est aventuré dehors. Crawford et Stefano sont passés chez moi en maillot de bain, mais j'ai prétendu avoir rendez-vous chez le dentiste, et je les ai regardés s'éloigner vers la piscine des Giordano avant de partir à vélo de mon côté. J'ai traversé le quartier désert, sans trop savoir où j'allais jusqu'à ce que j'arrive à destination. Phoebe Merchant s'entraînait toujours sur le même court, le 14. Derrière le club, sur la colline boisée, on se cachait parfois avec Stefano dans la grotte formée par les branches d'un saule pleureur, pour la voir courir après les balles envoyées par le lanceur automatique. D'ordinaire, le bruit sourd des balles crachées par la machine et renvoyées par les joueurs résonnait à travers bois comme des battements de cœur, mais il était midi et les cigales chantaient si fort dans les arbres que, sous mon saule, aucun autre son ne me parvenait. Je voyais Phoebe Merchant comme en rêve. Ses jambes bronzées luisaient de sueur au soleil et, quand elle se déhanchait pour frapper la balle, sa jupe se soulevait brusquement, laissant voir un éclair rose. Sa longue natte – elle s'était attaché les cheveux – lui cinglait le dos.

Une balle a rebondi sur le cadre de sa raquette et s'est envolée derrière elle au-dessus du grillage, atterrissant dans le lierre à quelques mètres de moi. À quatre pattes, je suis sorti sans bruit de ma cachette sous le saule pour ramasser la balle. Je bandais si fort que c'était comme une blessure. Quand le lanceur automatique s'est arrêté, Phoebe Merchant a ouvert la grille, qui a raclé le sol, et elle a cherché quelques instants la balle dans le lierre avant de remarquer ma présence. Elle a sursauté. Puis s'est aussitôt ressaisie et m'a souri en coin.

« Errol Redfield. C'est vraiment toi ? »

J'ai secoué la tête. Elle a ri.

« Bon, si tu n'es pas Errol Redfield, alors qui es-tu ?

– Je ne sais pas. »

Elle a jeté un coup d'œil à la balle que je tenais devant ma braguette. Elle a cessé de sourire. À travers son tee-shirt trempé de sueur, j'apercevais le papillon noir formé par son soutien-gorge. Il émanait d'elle une odeur agréable et désagréable à la fois, comme l'intérieur d'une citrouille.

« Tu m'espionnais ? a-t-elle demandé avec sévérité.

– Non.

– Tu sais ce que je fais aux garçons qui m'espionnent, hein ? »

J'avais la gorge trop sèche pour parler. Elle a regardé par-dessus son épaule le court désert.

« Cette fois, je vais me montrer indulgente, a-t-elle dit, comme si elle me faisait une faveur. Rends-moi cette balle, et tu auras la vie sauve. »

J'ai secoué la tête à nouveau. Elle a eu l'air surprise. Sur une feuille basse du saule, une cigale verte sortait de sa chrysalide comme une jeune pousse de sa graine. Même ses ailes ressemblaient à des pétales. Quand j'ai levé les yeux vers Phoebe Merchant, son visage avait changé. Elle respirait bruyamment par la bouche. Elle a glissé une jambe derrière l'autre, si bien qu'elle paraissait avoir mis ses chaussures de sport à l'envers. J'avais la sensation de voir la scène d'en haut.

« Donc je dois la récupérer moi-même, c'est ça ? »

Elle a fait un pas vers moi. Mon cœur cognait dans ma poitrine. Et je bandais à son rythme. Je ne trouvais pas bizarre d'avoir deux cœurs. N'importe quoi pouvait arriver – était en train d'arriver. Très lentement, aussi lentement que si elle était en apesanteur, Phoebe Merchant a tendu le bras. Elle s'est arrêtée à deux ou trois centimètres de la balle, les doigts tremblants. Les arbres stridulaient tout autour de nous. Elle a voulu saisir la balle, mais je l'ai lâchée, me suis avancé jusqu'à sa main, et elle a écarquillé les yeux, comme si elle avait cru que c'était un jeu. J'ai posé ma main sur la sienne, mon cœur battait contre ses doigts. Elle les a bougés et je l'ai aidée, refermant la main sur la sienne si bien qu'elle m'empoignait à travers mon short, avec un mouvement de bas en haut comme quand je me caressais la nuit. Lorsqu'elle a brutalement dégagé sa main, j'ai compris que je lui avais fait mal. Elle voulait se libérer. Elle a reculé, trébuchant presque, et respirait si fort que j'ai entrevu son appareil dentaire. Elle avait les larmes aux yeux.

« Ça va ? »

Je me suis approché et elle a tressailli, laissant voir ses dents. Un minuscule élastique était tendu entre ses mâchoires.

Je me suis enfui en courant, j'ai récupéré mon vélo sur le parking et rejoint la route. L'odeur de la pluie imprégnait l'air. Des gens me croisaient sur le trottoir, mais je ne quittais pas la chaussée des yeux, m'imaginant qu'ils auraient le même mouvement de recul que Phoebe Merchant. Un roulement de tonnerre a retenti au loin. En position de danseuse, je pédalais comme un fou et sentais le vélo tanguer sous mes pieds.

J'ai atteint l'allée des Jennings et me suis arrêté en dérapage contrôlé. Jules tondait la pelouse devant chez lui avec une moue boudeuse. Il était torse nu et son dos maigre ruisselait comme s'il sortait de la piscine. Une clope éteinte pendait au coin de sa bouche. Arrivé à l'autre bout de la pelouse en friche, il a fait demi-tour avec la tondeuse et l'a poussée vers une touffe d'herbes folles où elle s'est immobilisée dans un hoquet.

Mes yeux me piquaient. J'ai abandonné mon vélo et me suis dirigé vers Jules. À ma vue il a essayé de décamper, mais a perdu sa chaussure dans un tas d'herbe coupée, et je l'ai plaqué au sol près de la haie en buis. « Qu'est-ce que tu voulais me faire ? j'ai demandé, assis à cheval sur son dos.

– Comment ça ?

– Dans cette cave !

– Rien, a-t-il dit, le souffle court. C'était pour rire. »

Une goutte de pluie, aussi lourde qu'un crachat, s'est écrasée sur ma tête. J'ai planté mes ongles dans les poignets de Jules.

« Il est mort comment, ton père ?

– Il n'est pas mort. Il vit à Berkeley. Dans un appartement. Avec son assistante de laboratoire. » Il a plissé les yeux, et son regard lubrique m'a stupéfié. « Maintenant ils peuvent baiser autant qu'ils veulent. »

Il me fixait, la lèvre tremblante, puis la lubricité dans ses yeux s'est estompée. De près, sa pupille ressemblait moins à une montre arrêtée qu'à un minuscule trou de serrure noir. Aussi étrange que cela puisse paraître, c'était sans doute la première fois que je voyais de près le visage de quelqu'un. Un visage jeune, effrayé, et j'ai compris pourquoi on pouvait vouloir qu'il n'y ait pas qu'un seul univers. J'ai fermé les yeux quelques secondes.

« Les garçons ! »

Je me suis levé d'un bond. Mme Jennings était debout

sur le pas de la porte, en pyjama à midi. Elle avait les paupières gonflées, et aux pieds des mules en tissu bleu qu'on avait dû lui donner pendant un vol transatlantique. Ma mère en possédait une paire identique.

« Vous vous êtes disputés ? a demandé Mme Jennings.

– Non. » Jules était écarlate.

« Ne donnons pas aux voisins une raison supplémentaire de répandre des ragots sur notre compte. Ils nous trouvent bien assez bizarres comme ça. »

Je me suis demandé si elle faisait allusion à ma mère. Cette fois, il pleuvait pour de bon, ce qui rendait les cigales encore plus frénétiques, comme si elles sentaient que leurs jours étaient comptés. Subitement, j'ai eu envie de défendre ma mère.

« Ces insectes débiles ne se tairont donc jamais ? » s'est écriée Mme Jennings.

Nous avons tous été soulagés quand les cigales ont commencé à disparaître. Elles tombaient des arbres comme la neige et recouvraient les trottoirs. Soudain nous entendions à nouveau le chant des oiseaux. Nous entendions le crissement de nos chaussures. Nous entendions le bourdonnement des fils électriques tendus dans notre rue telles des guirlandes. Nous entendions le chuintement de l'arrosage automatique sur les pelouses, les cris et les bruits d'eau dans les piscines, le *chtoiing* des ballons de basket ratant leur panier. Nous entendions des bribes de musique flotter au vent. Nous entendions vrombir les avions dans le ciel et les abeilles dans les parterres de fleurs. Nous parlions normalement, sans crier, et nos voix ressemblaient à de nouveaux instruments très puissants. Pendant un jour ou deux, nous avons écouté tout ce que chacun disait. Mon père roucoulait à l'oreille de ma mère au dîner et je croyais entendre ses grivoiseries, tellement j'avais envie que ce soit vrai. « Allez, sortez ! Interdit aux enfants », s'écriait ma mère en gloussant, et nous allions grimper aux arbres ou marcher pieds nus sur la pelouse, avec l'impression de pouvoir rester dehors pour toujours.

Des monstres magnifiques

Le jeune garçon prépare le petit-déjeuner de sa sœur – des œufs au plat et des saucisses surgelées, blanches de givre – quand il voit un homme croquer dans une pomme de l'arbre juste devant la fenêtre. Il en lâche sa spatule. C'est une belle matinée ensoleillée et venteuse, et un pan du tee-shirt de l'inconnu ondule à chaque rafale. Jamais il n'a vu d'homme adulte en chair et en os, seulement dans les livres, et le spectacle est à la fois plus et moins effrayant qu'il ne s'y attendait. L'inconnu cueille une deuxième pomme, plus haut dans l'arbre, et la dévore en quelques bouchées. Il est barbu, grand comme une ombre, mais le plus bizarre ce sont ses mains. Elles paraissent énormes, grotesques, aussi maladroites que des crabes. Leurs veines saillantes bifurquent aux jointures. Il cueille d'autres pommes et les met dans le sac à dos à ses pieds, baissant la tête, si bien que le garçon aperçoit entre ses cheveux le sommet de son crâne dégarni, pâle comme une soucoupe.

Sa sœur le rejoint près du fourneau et chuchote : Qu'est-ce qu'il veut, tu crois ? Elle regarde la créature hideuse dépouiller leur pommier de ses fruits ; son frère risque de perdre son travail, et ils ont besoin de ces pommes. Le blanc des œufs commence à griller.

Je ne sais pas. Il a dû s'éloigner des bois.

Je les imaginais moins… laids, dit sa sœur.

Le visage moite de l'homme est barbouillé de cendres, et le garçon se demande s'il n'a pas pleuré. Une brindille est accrochée à sa barbe. Il ne le trouve pas laid – plutôt fascinant, en réalité –, mais ne l'avoue pas à sa sœur qui possède un album de bande dessinée plein d'images interdites de pères très beaux, des pères agiles, élégants, qui jouent au base-ball avec leur fille ou la font sauter dans les airs. Il n'y a rien d'élégant chez cet homme-là, dont le pantalon crasseux semble – comme son tee-shirt – avoir été taillé dans une peau de cerf. Ses pieds nus sont noirs de suie. Derrière lui, les montagnes calcinées par deux semaines de feux de forêt fument encore. Il y a eu des rumeurs de confrontations dans les bois, de pompiers encerclés par des géants au visage poilu venus voler de la nourriture, des tentes ou des duvets, et de jeunes filles violées dans leur lit.

L'homme cesse de cueillir les pommes et fixe des yeux la fenêtre de la cuisine, comme s'il sentait l'odeur des œufs. Le garçon a un coup au cœur. L'homme s'essuie la bouche sur sa manche, puis longe l'allée en boitant et se courbe pour entrer par la porte ouverte du garage.

Il est en train de voler quelque chose ! dit la sœur.

Mais il tient à peine dans le garage !

Enferme-le. On peut cadenasser la porte.

Il va chercher la carabine 22 long rifle dans la penderie de l'entrée. Jamais encore il n'en a eu besoin – les seuls intrus sont les blaireaux et les opossums, un raton laveur à l'occasion –, mais il sait parfaitement s'en servir, un éclair de certitude dans son cerveau, de même qu'il sait mettre en route la tondeuse à gazon, réparer la tuyauterie et utiliser la scie circulaire au travail sans avoir besoin de réfléchir. Il construit des maisons où vivront d'autres jeunes gens, c'est ce qu'il a toujours fait – il adore le parfum du pin fraîchement coupé et de la sciure dans ses narines, le *whizzz* des vis qui traversent la laine de roche jusqu'au bois –, et il ne s'imagine pas plus faire autre chose qu'il ne se voit quitter cette ville venteuse entourée de montagnes. Il est né avec ce savoir, il le gardera toute sa vie ; c'est aussi instinctif chez lui que de respirer.

Mais il ne sait rien des hommes, seulement ce qu'il a appris dans les livres d'histoire. Et dans ces contes de fées à l'eau de rose, ces bandes dessinées de contrebande qui appartiennent à sa sœur.

Il lui ordonne de rester à l'intérieur et se dirige vers le garage, braquant sa carabine. Le vent gonfle les arbres, les quelques feuilles mortes d'août qui crissent sous ses pieds sentent le caramel. Pour une raison mystérieuse, peut-être à cause du visage triste de l'inconnu, il a moins peur de lui qu'il ne l'imaginait. Il s'arrête à l'ombre du garage et l'aperçoit courbé derrière la tondeuse à gazon, la tête baissée pour ne pas se cogner contre les poutres. Une jambe de son pantalon est retroussée, laissant voir une plaie sanguinolente au mollet. Il prend un jerrycan sur l'étagère et asperge d'essence la plaie avec une grimace. Le garçon toussote, avec insistance, mais l'homme ne lève pas les yeux.

Sors de mon garage !

Il sursaute, se cogne la tête. Saisit une pelle appuyée contre le mur et la brandit devant lui. Dans ses mains immenses, elle ne semble pas plus grande qu'une batte de base-ball. Le garçon met sa carabine en joue, la dirige vers le ventre de l'homme. Puis vers son visage.

Qu'est-ce que tu comptes faire ?

T'abattre, répond le garçon.

L'homme sourit, des fossettes se creusent dans ses joues crasseuses. Il a les dents aussi jaunes que le maïs.

J'aimerais voir ça.

Je viserais le cervelet. Le bulbe rachidien. Tu mourrais instantanément.

Tu as l'air d'un gosse de neuf ans, marmonne l'homme.

Le garçon ne réagit pas. Il le soupçonne d'avoir le cerveau atteint par la maladie. Lentement, l'homme repose la pelle et quitte le garage, baissant la tête et ôtant des toiles d'araignée de son visage. Au soleil, la plaie de sa jambe paraît encore plus profonde, avec des lambeaux de peau collés dessus comme des brins d'herbe. Il empeste l'essence, la fumée et autre chose, une odeur corporelle aussi fétide que l'intérieur d'une chaussure de ski.

Je me désinfectais la jambe.

Tu habites où ? demande le garçon.

Dans les montagnes.

L'homme fixe la carabine.

Ne t'inquiète pas, ajoute-t-il, je suis seul. On s'est séparés pour être plus difficiles à tuer.

Pourquoi ?

Un troupeau est plus facile à chasser.

Faux, dit le garçon. Pourquoi vous êtes partis ?

L'incendie. Tout ce qu'on stockait pour l'hiver a brûlé.

L'homme lance un coup d'œil furtif vers la maison.

Tu veux bien m'indiquer un point d'eau ?

Le garçon abaisse sa carabine, prenant en pitié cette

créature gigantesque qui paraît sortie d'un de ses rêves. Les hommes y ressemblent à des monstres magnifiques qui traversent la ville en pleine nuit, tapissés de feuilles. Il conduit l'inconnu à l'intérieur de la maison, où sa sœur est restée à la fenêtre. L'homme lui jette un regard et la salue de la tête. Voir quelqu'un au visage poilu la consterne encore plus que l'odeur. *Il y a un adulte dans ma maison*, se répète-t-elle, mais impossible de faire coïncider l'image qui lui vient à l'esprit avec l'être voûté qu'elle voit entrer dans la cuisine en boitant. Elle a souvent imaginé quel effet cela ferait de vivre avec un père – un géant fringant, quelqu'un qui la couvrirait de cadeaux et volerait à son secours en cas de danger, comme les courageux pères mortels qui peuplent ses lectures –, mais cet homme est aussi éloigné que possible d'une créature chevaleresque.

Et pourtant, la vue de ses mains rougies par les coups de soleil, assez puissantes pour lui briser la nuque, réveille quelque chose en elle, une sorte de démangeaison hors d'atteinte.

Faute d'avoir une chaise assez grande pour l'inconnu, son frère en place deux côte à côte. Il va à l'évier, revient avec un gobelet d'eau. L'homme le vide d'un trait et en réclame un deuxième.

Quel âge as-tu ? lui demande la jeune fille avec méfiance.

Il ôte la brindille de sa barbe.

Quarante-six ans.

Elle a un gloussement incrédule.

C'est vrai. Je vieillis de seconde en seconde.

Stupéfaite, elle cligne des yeux. Voilà trente ans qu'elle est en vie, mais elle n'arrive pas à s'imaginer avec un corps

portant les traces du temps qui passe. L'homme pose la brindille sur la table, contemple avec gourmandise le melon qui trône sur le plan de travail. Le garçon tire du billot un couteau à viande, tranche le fruit en deux et enlève les graines avant de découper une tranche généreuse. Il met ce sourire orange sur une assiette. L'homme dévore le tout sans se servir de sa cuillère, tenant la tranche comme un harmonica.

Tu travailles où ? demande-t-il subitement, jetant un coup d'œil par la fenêtre au pick-up dans l'allée. Sur le plateau, la boîte à outils étincelle au soleil.

Près d'Old Harmony, répond le garçon. On construit des maisons.

Tout ce qui te permet d'exercer ton incroyable habileté, hein ?

En fait, on a presque terminé.

Sa sœur le dévisage : tous deux s'inquiètent de plus en plus pour l'avenir. La ville a atteint sa capacité d'accueil maximale et, d'après la rumeur, on ne projette pas de l'accroître à nouveau.

Ne vous en faites pas, lâche l'homme en soupirant. Il leur suffira de vous reprogrammer. Illico presto.

Qu'est-ce que tu en sais ? dit-elle.

J'en connais un rayon, sur les Pérennes. Tu me prends pour un idiot ? Avec un hochement de tête, il ajoute : Seigneur ! Toutes ces choses que je pourrais vous enseigner les yeux fermés !

Elle a un sourire hautain.

Quoi, par exemple ?

Il ouvre la bouche pour répondre, puis se ravise, fixant des yeux les casseroles suspendues au-dessus du fourneau.

Elles sont disposées par ordre décroissant, telles les vertèbres d'un dinosaure, de la plus grande à la plus petite. Il a soudain l'air abattu.

Je parie que vous… euh… que vous ne savez pas imiter le cri du huard.

Le quoi ?

Avec les mains et la bouche. Le cri du huard.

Le garçon ressent un grand vide dans son cerveau : un flottement exotique. Cette sensation l'effraie. L'homme se déride, semble retrouver ses esprits. Il forme une coupe avec ses mains comme pour les réchauffer, souffle sur ses pouces en agitant les autres doigts pour imiter un battement d'ailes. Le son est parfait, inquiétant : le cri fantomatique d'un huard.

La jeune fille saisit le couteau à viande sur le plan de travail.

Comment tu as fait ça ?

Ha ! Et ça se prétend experts de l'univers ! ricane l'homme, une lueur de dédain dans le regard. Viens ici, je vais t'expliquer.

Elle refuse, brandissant toujours le couteau, mais son frère ravale sa peur et s'approche de la table. L'homme lui montre comment former une coupe avec ses mains, puis lui dit de souffler sur ses jointures. Il essaie, mais aucun son ne sort. L'homme s'esclaffe. Le garçon souffle à en avoir mal aux joues, il souffle au point que l'envie lui prend de capituler, furieux à cause de ces histoires de cris d'oiseau et des huards qui les produisent, ce qui fait rire l'homme deux fois plus fort. Il rapproche les pouces du garçon. Celui-ci a un mouvement de recul, stupéfait par ce contact rugueux. Tremblant, il pose à nouveau les lèvres sur ses jointures et souffle, émettant un petit sifflement sourd qui le surprend – sa poitrine s'emplit de quelque chose d'inexplicable, un plaisir à la fois arrogant et timide, comme s'il rougissait.

Sa sœur et lui laissent l'homme prendre une douche. Pendant qu'il se déshabille, ils sortent discrètement de la maison et se postent à la fenêtre de la salle de bains, chacun son tour. Les mains en visière contre la vitre, ils regardent furtivement l'étrange corps velu, les gigantesques épaules relevées comme celles d'un vautour, le long pénis terrifiant de l'homme quand il se retourne. La fille est particulièrement choquée par son scrotum. Mou, couvert de poils et de veines saillantes. Elle a lu comment on faisait les bébés autrefois, a même tenté d'imaginer quel effet cela ferait de laisser pousser un fœtus dans son ventre, une petite graine de la taille d'un haricot qui se transformerait en une créature miraculeuse, recroquevillée et enfermée dans sa poche. Elle travaille comme assistante dans un laboratoire qui fabrique des embryons et se demande parfois, à la vue des bacs contenant ces petits êtres aux yeux noirs, tous ces frères et sœurs nés d'œufs congelés, ce qu'elle éprouverait si elle en nourrissait un, le mettait au sein telle une maman gorille. Il lui arrive même de se sentir cruellement seule lorsqu'ils arrivent à maturité, avec tout le savoir dont ils auront besoin encodé dans leurs gènes, et qu'on les envoie à l'orphelinat jusqu'à ce qu'ils aient l'âge de recevoir des traitements. Mais elle-même est bien sûr passée par là, alors d'où vient ce sentiment de solitude ?

De temps à autre, elle jette un coup d'œil dans la chambre de son frère, le voit s'habiller pour aller au travail, voit s'agiter son petit pénis filiforme – vestige aussi inutile que l'appendice –, et elle en a la bouche sèche. Une sensation qui ne dure qu'une seconde, avant d'être court-circuitée par son cerveau.

Là, devant le corps hideux de l'homme, elle a pareillement la bouche sèche, la conscience de chaque battement silencieux de son cœur.

Il passe la nuit chez eux. Un fugitif, comme l'appelle son frère, fermant les rideaux pour que personne ne le voie. Ses vêtements sont déchirés et raidis par le sang, exhalant des relents d'étranges sécrétions humaines, alors le garçon lui donne son peignoir en guise de tee-shirt et lui confectionne un short dans un pantalon de survêtement, coupant l'élastique pour qu'il puisse entrer dedans. L'homme enfile ses nouveaux vêtements, d'où dépassent les petites barbes sous ses bras. Il a l'air satisfait de sa tenue ridicule, fait même une drôle de révérence qui déclenche l'hilarité du garçon. Il s'incline également devant la jeune fille, balayant l'air d'un geste ample, mais elle se renfrogne et s'enferme dans sa chambre.

Elle sent sa contrariété augmenter au fil de la semaine. Chaque matin, il y a cette odeur âcre : un mélange de sueur, d'haleine de vieillard, de sang qui suinte la nuit dans les compresses avec lesquelles son frère panse la blessure. Il y a cette affreuse claudication, la crosse de hockey qui sert de canne à l'homme et qu'on entend résonner dans chaque pièce. Il y a cette puanteur sidérante qu'il laisse dans la salle de bains, si puissante qu'elle lui fait venir les larmes aux yeux. Il y a le jardin jonché d'avions en papier, ceux qu'il a appris au garçon à réaliser : effilés, au profil aquilin et au pliage aussi complexe que celui des origamis.

Normalement, elle et son frère boivent ensemble une bière dans la cuisine après le travail – il lui masse parfois les pieds en écoutant de la musique –, mais cette semaine, quand elle rentre, il est au jardin avec l'homme à faire voler ses avions débiles. Après chaque tentative, il quête du regard l'approbation de ce dernier, ce qui lui donne envie à elle d'abattre les avions à coups de tapette à mouches. Le jardin est protégé du vent par un rideau de pins, mais elle redoute qu'un voisin ne les voie malgré tout et appelle la police. Si quelqu'un découvre qu'ils hébergent un homme, elle peut être renvoyée du laboratoire. Elle risque même la prison.

De temps à autre l'homme leur crie dessus. Des accès de colère imprévisibles.

Baissez-moi cet horrible barouf ! hurle-t-il s'ils mettent de la musique pendant qu'il essaie de regarder les informations.

Un soir où elle prend un appel sur son portable pendant le dîner, il lui arrache l'appareil des mains et le lance dans l'évier. La prochaine fois, prévient-il, il l'écrasera à coups de brique. Le pire est qu'ils doivent obéir pour qu'il se calme.

S'il le faut, elle le tuera. Elle prendra la 22 long rifle et lui tirera dessus dans son sommeil.

Samedi, à son retour de l'épicerie, elle le voit faire le tour du jardin en boitillant avec son frère sur les épaules. La tondeuse à gazon trône au centre d'une spirale dessinée sur l'herbe par les lames. Son frère rit aux éclats, et elle leur dit entre ses dents que les voisins vont les entendre.

L'homme repose son frère à terre, puis la soulève et la hisse à son tour sur ses épaules. Elle est plus grande qu'elle n'aurait pu l'imaginer, si grande qu'elle distingue par la fenêtre l'intérieur de sa chambre à l'étage. L'odeur d'herbe coupée lui emplit les narines. Elle referme les jambes sur le cou de l'homme. Un frisson la parcourt, comme au sortir d'une baignade dans un lac. Ce frisson ne cesse pas, il s'insinue en elle, aussi insaisissable qu'un cheveu dans sa gorge. L'homme fait le tour du jardin au petit trot et c'est plus fort qu'elle : elle éclate de rire comme son frère avant elle, serre les jambes, glousse plus fort qu'elle n'a jamais gloussé – un son étrange, strident, comme si elle ne contrôlait plus sa bouche –, baisse la tête pour éviter les branches basses du chêne des marais qui étend son ombre sur la terrasse. L'homme se met à rire lui aussi, puis la repose. Il se laisse tomber à quatre pattes sur la pelouse, son frère grimpe sur son dos, l'éperonne de ses talons, et l'homme essaie en vain de le désarçonner, hennissant tel un cheval dans l'herbe fraîchement tondue. Son frère se retient à son tee-shirt de fortune. Elle les regarde un temps refaire le tour du jardin – l'expression radieuse de l'homme, leur grande ombre qui rue comme une seule et unique créature –, et soudain elle surgit par-derrière pour donner une bourrade à son frère, si brutalement qu'il en a le souffle coupé.

Les yeux ronds, il la voit rougir jusqu'aux oreilles. Jamais encore elle ne lui avait donné une bourrade sans raison. Il scrute son visage, si petit comparé à celui de l'homme, sa peau si douce et couverte de taches de rousseur, et pour la première fois le dégoût l'envahit.

Serrant les dents, l'homme se remet debout tant bien

que mal. Sa jambe saigne. La compresse est gorgée de sang : une large tache sombre d'où s'échappent de fines rigoles rouges sur sa peau.

Regarde ce que tu as fait ! s'écrie le garçon, avant d'aider l'homme à regagner la maison.

Cette nuit-là, un cauchemar réveille sa sœur en sursaut, comme si on lui arrachait la colonne vertébrale. L'homme est debout dans un coin de sa chambre, appuyé sur la crosse de hockey. Son visage hideux, étrangement luisant, flotte dans le rayon de lune qui entre par la fenêtre. Les battements de son cœur s'accélèrent. Elle se demande s'il vient pour la violer. Avec l'ourlet du peignoir, il s'essuie les yeux, l'un après l'autre. Puis s'approche d'elle clopin-clopant et s'assoit au bord du lit, si près qu'elle sent son haleine fétide. Il a de nouveau les larmes aux yeux. Je te regardais simplement dormir, dit-il. Il se met à chanter, toujours cette même chanson triste qu'il fredonne avec des trémolos dans la voix sous la douche, celle qui évoque la traversée de ce monde de misère. *There is no sickness, toil or danger, in that bright land to which I go*[1]. En chantant, il lui caresse les cheveux avec le dos de la main, replaçant quelques mèches rebelles derrière son oreille. Ses énormes jointures ont la rugosité des cupules de gland.

C'est quoi, ce pays radieux ? demande-t-elle.

Il s'interrompt.

Le paradis, dit-il.

1. Refrain de la chanson de Johnny Cash, « Wayfaring Stranger ». (*N.d.T.*)

Elle a entendu parler de ces vieilles croyances ; l'idée qu'il y aurait une vie dans l'au-delà est si démodée et naïve qu'une étrange émotion la gagne.

Quelqu'un que vous connaissiez est mort ?

Il ne répond pas. Elle perçoit l'âcreté de sa sueur. Tremblante, elle lui pose la main sur le genou, là où s'arrête le pantalon de survêtement qui lui tient lieu de short, sentant ses poils enchevêtrés. Elle glisse les doigts sous l'ourlet. L'homme ne bouge pas, fermant les yeux tandis qu'elle remonte le long de sa jambe. Il respire fort. Dehors, le vent se lève et fait vibrer la moustiquaire métallique de la fenêtre. Brusquement, l'homme a un mouvement de recul, il descend du lit tant bien que mal.

Tu n'es qu'une gamine, murmure-t-il.

Elle le dévisage. Il tourne la tête, comme si sa vue lui était insupportable. Elle ne sait pas ce qu'elle est.

Il la traite d'« imbécile heureuse » et quitte la pièce en boitant. Elle s'interroge sur cette étrange expression, à l'évidence une insulte. Des larmes lui piquent les yeux. Par la fenêtre, la pleine lune semble sourire béatement : une imbécile heureuse.

Le lendemain, quand le garçon revient du travail, des vapeurs de cuisine flottent dans la maison. L'homme est aux fourneaux, penché de côté pour éviter de peser sur sa jambe blessée. Il s'est écoulé plus d'une semaine et la plaie n'a pas meilleur aspect. En fait, l'odeur a changé : une puanteur douceâtre, comme une chose qu'on aurait laissée trop longtemps sous la pluie. Hier, lorsque le garçon a changé le pansement, la peau sous le pus était d'un brun jaunâtre, de la couleur d'une feuille morte. Mais il ne s'inquiète pas. Il considère de plus en plus l'homme comme une sorte de dieu. Toute la journée, il attend avec impatience l'heure de remonter en voiture pour rentrer chez lui et retrouver cette imposante silhouette voûtée, sentir la sueur de la journée qui émane de ce corps à travers le peignoir. C'est plus fort que lui, il est pressé de le rejoindre. L'homme paraît toujours vaguement étonné de le voir, perturbé même, mais plein de gratitude, hochant la tête comme devant quelque chose qu'il croyait perdu, et bien que le garçon ne puisse se l'avouer, c'est cet étonnement qu'il attendait et qui l'emplit d'une telle impatience au travail. Ohé, moussaillon ! lui dit l'homme. Ce n'est pas spécialement drôle, c'est même un peu bête, mais ça lui plaît. Ohé ! répond-il. Quand il lui change son pansement, l'homme s'agrippe parfois à son épaule, si fort qu'il perçoit comme une décharge électrique dans le cou, et il attend aussi cette sensation avec impatience, même si ça leur fait mal à tous les deux.

L'homme prend la poêle sur le fourneau et leur sert à dîner. Le garçon examine le contenu de son assiette : une bestiole décharnée, dépouillée de son pelage, pareille à un lévrier miniature passé au gril. Un écureuil.

Je les ai capturés dans le jardin, explique l'homme.

Dégoûtant ! s'exclame la jeune fille avec une grimace.

Tu préfères que je t'envoie dans ta chambre ?

Elle recule sa chaise.

Non, je t'en prie. Pardon. Tu n'es pas obligée d'en manger.

L'homme contemple son assiette, sourcils froncés : C'était ma mère, la vraie cuisinière. Elle en aurait fait une fricassée.

Elles sont comment ? demande le garçon.

Qui ça ?

Les mères.

Elles sont formidables, dit l'homme après une minute. Même si parfois on les déteste. Des années durant.

Pourquoi ?

Bonne question.

Il découpe un morceau d'écureuil, mais au lieu de le manger, il fixe le rideau de la fenêtre encore illuminée par la lumière du jour à dix-huit heures.

Je me souviens que quand j'étais gosse, j'avais du mal à m'endormir l'été. Je demandais à ma mère d'éteindre le soleil. « Éteins le soleil », voilà ce que je disais, et elle levait le bras pour faire semblant d'éteindre.

L'homme lève alors le bras et fend l'air de la main, comme pour appuyer sur un interrupteur.

Le garçon mange la moitié de son écureuil, malgré un vague goût de térébenthine. Il veut faire plaisir à leur hôte. Il sait qu'il est triste, et que cette tristesse vient de quelque chose qui s'est produit dans les bois. L'homme lui a décrit la ville où il a grandi, nichée dans les montagnes à plusieurs kilomètres de là – dernière colonie de ce genre –, les jeunes gens qui ont débarqué un jour et chassé tous les occupants de leurs maisons. Les années que lui et les siens ont passées à parcourir la région, en quête d'un lieu assez sauvage où se cacher sans être découverts, où il y aurait de la nourriture et de l'eau en abondance, pour finir par s'installer dans les bois près d'ici. Mais ce que le garçon préfère, c'est lorsqu'il évoque sa maladie : sa fascination lorsqu'il s'est vu changer, grandir, se couvrir de poils bruns, devenir aussi fort qu'une bête. Sa sensation, parfois, d'être laid, et de s'entendre parler d'une voix inconnue, de plus en plus grave. L'époque où il est tombé amoureux du corps d'une femme, où il a vu un bébé sortir du ventre de celle-ci, encore relié à elle par un cordon de chair. C'est cette partie-là que le garçon préfère, mais quand il le questionne, l'homme se tait, puis dit comprendre pourquoi les Pérennes veulent vivre éternellement. Tu as eu un bébé de cette façon ? lui a lancé le garçon hier, et il s'est levé, est allé en boitant au jardin où il est resté quelque temps, ramassant des avions en papier égarés et les roulant en boule.

Après le dîner, ils se réfugient au salon pour échapper à l'odeur entêtante de la viande d'écureuil. Avec un soupir, l'homme s'approche de la baie vitrée, tire les rideaux et contemple la rue déserte. Des chauves-souris volettent sous les lampadaires. Il a raconté que dans sa jeunesse, les rues étaient pleines d'enfants : ils s'amusaient jusqu'à la tombée de la nuit, construisaient des cabanes, jouaient à la guerre avec des bâtons en guise de fusils, à Cul-par-dessus-tête, à Capture-le-drapeau ou au Fantôme-du-cimetière, des jeux dont il n'a jamais expliqué les règles à personne. Il soupire à nouveau.

Quelle belle soirée !

La jeune fille ne lève pas le nez de son ordinateur de poche, des larmes lui piquent les yeux comme la veille au soir. Lorsqu'il déclare qu'il fait meilleur dehors que dedans, comme s'il savait ce qui vaut mieux pour eux, elle serre les dents.

Et vous faisiez quoi, quand il pleuvait ? demande son frère.

Le visage de l'homme s'éclaire.

Spectacle de marionnettes.

De marionnettes ?

L'homme se renfrogne.

Du théâtre ! Pour notre père et notre mère. On écrivait notre propre texte, mon frère et moi, et on l'apprenait par cœur.

Il jette un coup d'œil à la jeune fille assise à même le sol, penchée sur son ordinateur de poche. Il tape dans ses mains, bien fort, mais elle ne lève pas les yeux.

Tu peux m'apporter un stylo-feutre et quelques chaussettes de différentes couleurs ?

Elles ne t'iront pas, réplique le garçon.

On va faire un spectacle de marionnettes. Tous les trois.

Le garçon sourit.

Sur quel thème ?

N'importe lequel. Imaginez que vous êtes enfants comme je l'ai été autrefois.

On va faire un spectacle pour toi, dit le garçon, devinant à quel point ça lui plairait.

Il va chercher des chaussettes dans sa chambre, puis le regarde dessiner sur chacune des yeux et un nez. Sa sœur aussi regarde, mais à la dérobée. Si son frère est content, elle fera ce qu'il voudra. Tous deux disparaissent dans la chambre du garçon pour préparer leur texte. Au bout d'un moment, ils ressortent avec les marionnettes sur les mains et, suivant les consignes de l'homme, s'accroupissent derrière le canapé. Le spectacle commence.

Bonjour, marionnette rouge.

Bonjour, marionnette blanche.

Je ne sais même pas conduire.

Moi non plus.

Et si on jouait à Capture-le-cimetière ?

D'accord.

Dans soixante-dix ans, je mourrai. Mais je commencerai d'abord par prendre de l'âge, par m'affaiblir et tomber malade. La vieillesse, ça s'appelle. C'était considéré comme une maladie incurable, à l'ère de la Sénescence.

Tu perdras tes cheveux ?

Je suis de sexe masculin, donc j'ai quatre chances sur sept de devenir chauve.

Si on procrée ensemble, mes seins vont se remplir de lait.

Désolé.

Ne t'excuse pas. Ce lait nourrira mon bébé.

Comment ça ?

Il coulera de mes mamelons.

Tu ne me dégoûtes pas, marionnette rouge. Beaucoup d'animaux ont des glandes mammaires qui produisent du lait. Je regrette que ça coûte si cher de vieillir et de mourir !

Tout le monde devra payer plus d'impôts, parce qu'on sera trop faibles pour continuer à travailler et acheter nos médicaments qui ne servent à rien.

Nom de Dieu !

L'homme les interrompt, s'approche à grand-peine et leur arrache les chaussettes des mains. Qu'est-ce qui cloche chez vous ?

Rien, dit la jeune fille.

Vous n'êtes même pas capables de faire un foutu spectacle de marionnettes ?

Il disparaît en boitillant dans la chambre du garçon et ferme la porte. Celui-ci ne comprend pas ce qu'il a fait pour le mettre en colère. Il a une étrange envie de pleurer. Il reste longtemps assis sur le canapé, scrutant par la fenêtre la rue déserte. Des papillons de nuit tourbillonnent sous les lampadaires comme des flocons de neige. Sa sœur lui en veut de son silence ; jamais elle ne l'a mis dans un tel état, comme s'il allait vomir de contrariété. Elle va à la fenêtre, tire les rideaux sans un mot et lui montre quelque chose sur son ordinateur de poche : un article de presse consacré aux Sénescents. On en a repéré douze en trois jours. La plupart ont réussi à s'échapper, mais l'un d'eux, une femme, a été abattu par un garçon de la police, chez le voisin duquel elle tentait d'entrer par la fenêtre. Il y a une photo en gros plan de son corps, encore plus vieux que celui de l'homme, et de son horrible visage tout ridé. Un inspecteur lui écarte les lèvres avec le pouce et l'index, montrant ses quelques dents jaunies et plantées de travers. La jeune fille clique sur une autre photo : une bande d'enfants qui participent à une battue, presque tous armés d'une carabine. Ils sont dans un jardin, près d'un potager dont les légumes ont été volés. La municipalité offre une récompense pour toute capture d'un Sénescent. Cinq mille dollars, mort ou vif. La fille fixe son frère avec insistance, dans l'espoir qu'il acquiesce du regard, mais il plisse les yeux comme s'il ne la connaissait pas.

Sur le chantier, il a pris du retard dans l'isolation de la maison dont il est chargé. Ses collègues ont déjà commencé à isoler les murs du rez-de-chaussée. Dans la chaleur de l'été, il pose le dernier panneau de laine de roche à l'étage, puis s'assoit pour se reposer dans un halo de poussière de gypse. Il a toujours aimé cette odeur de craie, toujours trouvé du sens à son travail : il construisait des maisons pour que de nouveaux Pérennes y emménagent et y commencent leur vie. Mais quelque chose a changé. Par la petite fenêtre sans vitre, il voit les conifères en bordure du terrain. Sous peu ils seront blancs de neige, puis elle fondra et ils redeviendront aussi verts, silencieux et solitaires que maintenant. Ça se produira en un clin d'œil, songe-t-il.

Il y a un couteau de vitrier par terre près de sa chaussure, il le ramasse et imagine quel effet ça ferait de se trancher la gorge.

Tu as vu les infos, ce matin ? demande au déjeuner son collègue, pérennisé depuis si longtemps qu'il a cessé de compter les années.

Luttant contre le sommeil, il fait non de la tête. Il dort mal sur le canapé.

Ils ont trouvé un autre Sénescent, à l'hôpital. Il voulait qu'on lui fasse des injections.

Mais c'est trop tard, dit le garçon. Ses cellules sont contaminées.

Apparemment, cet idiot l'ignorait. La police a promis de lui injecter le traitement s'il révélait où est situé le nouveau campement.

Le garçon sent ses cheveux se dresser sur sa tête.

Quel campement ?

Celui où la plupart d'entre eux ont atterri, à cause de l'incendie.

Il le leur a dit ?

Au col de Conover, répond le collègue en riant. Ça ne m'étonnerait pas que tout un groupe soit déjà parti là-bas.

Le garçon rentre en voiture, les yeux si lourds de sommeil qu'il peine à se concentrer sur la route. Le col de Conover n'est pas loin de chez lui ; s'il avait été au courant, il y aurait peut-être conduit l'homme. Un mois s'est écoulé depuis qu'il a vu celui-ci pour la première fois dans le jardin, dévorant des pommes, si grand et fort qu'il semblait invincible. Maintenant il arrive à peine à finir un malheureux toast. De lui-même, le garçon lui change son pansement chaque soir, bien qu'il finisse par redouter en secret ce moment. La plaie commence à noircir et à suppurer. L'odeur est épouvantable, comme celle d'un opossum mort. Quand l'homme a besoin de prendre un bain, il faut le déshabiller, le soulever par la taille pour l'aider à monter dans la baignoire. Il a les bras plus maigres que les siens, aussi anguleux que les ailes d'un oiseau, et son pénis fripé flotte dans l'eau telle une algue. Gêné, le garçon quitte la salle de bains. Difficile de croire que cette frêle créature ait pu l'emplir de crainte.

La veille au soir, l'homme l'a supplié d'enterrer son cadavre. Empêche-les de l'emporter, a-t-il insisté.

Chut, a dit le garçon en lui glissant un oreiller sous la tête.

Pas question que j'atterrisse au musée ou ailleurs !

Tu ne vas pas mourir, a-t-il bêtement répliqué. Et il a rougi, se demandant pourquoi il se sentait obligé de mentir. C'était sans doute ça, le sort d'un Sénescent. Il fallait se mentir sans arrêt, se convaincre qu'on n'allait pas disparaître. Il a répété sa phrase avec plus de véhémence et une lueur d'espoir a éclairé le regard de l'homme.

Ohé, moussaillon ! lui lance à présent le Sénescent en le voyant rentrer.

Ohé !

L'odeur est pire que d'habitude. Il a souillé ses draps. Le garçon l'aide à se lever, le laisse s'appuyer sur son épaule et le conduit vers la baignoire, où il le lave avec un gant de toilette. Son pied aussi a noirci ; sa jambe ressemble à une bûche pourrissante. Le garçon a des tonnes de choses à faire – c'est son tour de préparer le dîner, une liasse de factures doit partir demain –, et voilà qu'en prime il lui faut mettre une lessive à tourner. Il saisit l'homme par les poignets et s'efforce de l'extirper de la baignoire, mais ses bras sont comme des poids morts. Il n'arrive pas à contracter efficacement ses muscles. Le garçon s'agenouille et tente de le soulever par les aisselles, mais il lui échappe et retombe lourdement dans la baignoire. Il pousse un hurlement de douleur, lâche une bordée d'injures.

Le garçon l'abandonne dans la baignoire et va à la cuisine, où sa sœur fait la vaisselle du petit-déjeuner. Sur la table, les factures attendent.

Dans une semaine il est mort, dit-elle.

Il ne réagit pas.

J'ai fait des calculs, ce matin. On pourra tenir environ trois mois, après ta mise à pied.

Il la regarde. Pour lui aussi, l'homme est devenu un fardeau – elle le lit sur son visage. Elle lit également son attachement à cette créature pathétique qui est entrée dans leur vie pour mourir, et pourtant elle sait qu'il sera soulagé le jour où cela arrivera. Peut-être refuse-t-il de l'admettre, mais ce sera le cas.

Je subviendrai à nos besoins, ajoute-t-elle avec tendresse.

Comment ça ?

Elle fixe le plan de travail.

Va le distraire.

Il ne demande pas pourquoi. Le Sénescent mourra, mais sa sœur et lui resteront éternellement ensemble. Il regagne la salle de bains ; l'homme a réussi à sortir de la baignoire, mais il est tombé. Il geint. Le garçon le prend par la taille et l'aide à retourner se coucher. Une luciole entrée par la fenêtre tournoie dans la pièce en clignotant doucement, mais l'homme ne semble pas remarquer sa présence.

On pense à quoi, quand on est vieux ? lui demande le garçon.

Il rit.

À son foyer, j'imagine.

Les bois, tu veux dire ?

L'enfance, rectifie-t-il, comme si c'était un lieu.

Donc elle te manque, finit par répondre le garçon.

Quand on est petit, on est impatient de la quitter. Parfois c'est l'enfer.

À travers la cloison, il entend sa sœur téléphoner – de cette voix timide, guindée, qu'elle prend avec les inconnus. Il en a la nausée.

Au moins, il y a le paradis, dit-il pour consoler l'homme.

Celui-ci le dévisage bizarrement, puis fronce les sourcils.

Une plume minuscule, aussi petite qu'un flocon de neige, est posée sur un de ses cils. Le garçon a une étrange réaction. Il humecte son index dans le verre sur la table de chevet et lui trace une sorte de T sur le front. Il n'a aucune idée de ce que cela signifie : une vague survivance d'un rite dérisoire. L'homme esquisse un sourire. Il lève le bras et fend l'air de la main.

Il referme les yeux ; il faut quelques secondes au garçon pour comprendre qu'il s'est endormi. Le clignotement de la luciole s'est intensifié. Des gouttes d'eau ruissellent sur son front et roulent sur son visage parcheminé. Le garçon tente de se souvenir de ses sentiments la première fois qu'il l'a vu – croquant une pomme, couvert de cendres –, mais cette image est déjà devenue floue, aussi lointaine qu'un rêve.

Il tend l'oreille, guette le hurlement des sirènes. Le crissement des pneus. Hormis les stridulations des grillons, la soirée est silencieuse.

Soudain il se sent pris au piège, effrayé, comme s'il ne pouvait plus respirer. Il va dans le salon, mais cela ne sert à rien. Le couloir aussi l'oppresse. Sa peau l'emprisonne. Son cœur cogne à l'intérieur de son cou, des battements forts et réguliers. Il cogne, cogne, cogne. Par le vasistas de l'entrée, il voit les premières étoiles scintiller dans le crépuscule. Elles finiront par s'éteindre, réduites à néant. Quand il sort la 22 long rifle de la penderie, il a l'insupportable sensation que ses mains – si petites, si dociles, d'une légèreté d'oiseau – sont captives.

Il ne réfléchit pas, ne se demande pas s'il a assez de temps devant lui ; il veut seulement faire ce que l'homme demande, enterrer son cadavre, comme un trésor.

Il retourne dans la chambre avec la carabine. L'homme dort paisiblement, la respiration rapide, haletante. Son peignoir entrouvert laisse voir un triangle pâle : son torse osseux, comme fossilisé. Le garçon tente d'imaginer quel effet cela ferait d'être si brièvement sur terre. Quarante-six ans. À peine le temps de vivre. Il voit même la peau de l'homme se soulever au rythme des battements de son cœur. Il vise ce mystérieux organe défaillant.

Il effleure la détente, l'enduisant de sueur, mais sans pouvoir se résoudre à appuyer. Impossible de tuer cette créature condamnée et malade. Avec un sentiment d'impuissance, il voit déjà les garçons de la police transporter le Sénescent ; il voit déjà l'expression sur le visage de celui-ci lorsqu'il comprendra ce qu'il a fait. Son regard lourd de reproche. Mais non : l'homme ne saura jamais qu'il est impliqué. Il n'aura pas d'ennuis.

Lui et sa sœur reprendront leur vie d'avant. Plus personne pour les réprimander, leur préparer des dîners qui ne leur plaisent pas ou leur faire monter les larmes aux yeux.

Son soulagement est remplacé par une affreuse sensation dans sa poitrine, comme s'il avait commis un acte horrible.

Dehors, des voix résonnent dans la rue. Il se précipite à la fenêtre et tire les rideaux. De retour du col de Conover, un groupe de jeunes défile dans la lumière crépusculaire en hurlant et en brandissant des têtes humaines emmanchées sur des pics. Les têtes coupées s'agitent dans les airs comme des marionnettes. Au lit sans souper ! dit un jeune d'une voix rauque – quelque chose qu'il a lu dans un livre –, et les autres répètent, imitant les adultes : Au lit ! Au lit ! Bouche bée, les têtes se dévisagent mutuellement du haut de leurs pics. Aux yeux du garçon, elles ont l'air stupéfait, encore sous le coup de cette trahison. L'une d'elles se tourne vers lui dans un nuage de mouches, et pendant quelques instants ses yeux semblent s'écarquiller davantage, comme si elle voyait un monstre. Puis elle se tourne vers les autres têtes. Libérées de leur corps, aussi légères que des enfants, elles s'éloignent dans la rue en dansant.

Être mère

Alors que Jess quittait la clinique de Clayton House, on venait de découvrir à son beau-frère une tumeur au cerveau. Il n'y avait qu'elle pour se faire voler la vedette par une tumeur au cerveau. Elle avait tenté de se suicider, puis dilapidé son héritage au point d'écoper de six mois de thérapie de groupe avec des dingues, et sa sœur ne parlait que de cette grosseur dans le cerveau de son mari. Elles étaient assises dans le hall de l'hôpital Cedars-Sinaï pendant que Frank se reposait dans sa chambre à l'étage. La climatisation avait ramené l'établissement à l'ère glaciaire, mais Margot portait une tunique vaporeuse et un short. Des types en blouse bleue – des médecins – la déshabillaient du regard en passant. Jess, qui voyait les hommes mater les nichons de sa sœur depuis qu'elle avait quatorze ans, se sentait aussi moche qu'une gargouille.

Ce n'était même pas une vraie tumeur. Elle était bénigne, mais il y avait eu un pépin pendant l'opération et Frank ne sentait plus la moitié de son corps. Voilà ce qu'avait dit le chirurgien : un « pépin ». Margot ne s'en remettait pas.

« On est à Los Angeles. Qui parle encore comme ça ?

– Il veut dire que ça a foiré, traduisit Jess.

– Chut ! “Il y a des enfants dans la pièce” », répondit Margot, s'autoparodiant.

Le neveu de Jess, qui s'entraînait pour Halloween, poussait des rugissements de tigre à dents de sabre. Avant de passer deux nuits dans la maison de sa sœur – une superbe villa méditerranéenne qui, malgré sa valeur marchande, était à peu près aussi spacieuse qu'une péniche –, Jess ignorait ce que cela signifiait, d'« avoir des enfants dans la pièce ». Chaque matin à six heures et quart, sa nièce et son neveu déboulaient dans le séjour et se mettaient à sauter sur le canapé convertible comme sur un trampoline. Sans nullement se soucier du fait que sous les draps étaient cachés les bras, les jambes et les ovaires de Jess. L'estomac retourné par les secousses, momifiée par les antidépresseurs, elle devait se retenir pour ne pas les injurier. « Votre père a une tumeur au cerveau ! » leur avait-elle lancé une fois avec colère, oubliant qu'elle était venue en avion de Portland pour s'occuper d'eux.

Cela mis à part – et comme tout ce que faisait Margot –, les enfants étaient parfaits. À la vue de ces visages bronzés par le soleil, des inconnus avaient le souffle coupé, portaient même la main à leur cœur. Malgré son prénom faulknérien, Floyd était le petit garçon de quatre ans dont rêvait chaque couple aux idées progressistes. Il adorait les camions, mais ne mordait pas, ne se bagarrait pas, ne jetait pas sa nourriture par terre. Comme il convenait, sa couleur préférée était le rose. Ellory, à sept ans, avait déjà lu seule tous les *Harry Potter* plusieurs fois. Elle mangeait des sushis et des choux de Bruxelles. À l'école, bien sûr, elle s'ennuyait « à mourir ».

« J'ai peur, Mister F ! » dit Jess en réaction aux rugissements de Floyd. Elle avait entendu Margot l'appeler ainsi la veille au soir. Telle était sa stratégie : imiter Margot au mieux, pour se transformer en tatie digne de ce nom. « Je ne savais pas que les tigres à dents de sabre étaient si méchants.

– En fait, ce sont des smilodons, lâcha négligemment Ellory. Ils ne sont pas de la même famille que les tigres.

– Impossible, répliqua Jess. On les a toujours appelés des tigres.

– Les gens se trompent. C'est une idée fausse.

– J'ai bien peur qu'elle ait raison », dit Margot, adressant un sourire à sa fille.

Jess sentit quelque chose d'aigre dans sa gorge. Gênant, de détester sa propre nièce, mais parfois c'était plus fort que vous. La veille, Ellory lui avait appris à se servir d'un iPad, la rassurant quand elle s'énervait. « On nous a initiés au numérique en cours préparatoire », avait-elle ajouté en prime.

Et à présent, Floyd la questionnait pour la dixième fois sur cet « hôtel » où elle avait prétendument vécu. Le jour de son arrivée, Jess avait commis l'erreur de baptiser ainsi la clinique, ignorant que Floyd était fan d'Éloïse, cette héroïne new-yorkaise de livres pour enfants qui vit au Plaza avec son chien. « Ma colocataire aimait faire cuire des cailloux, expliqua-t-elle pour tenter de le détromper. Elle les ramassait dehors et les faisait frire à la poêle – du moins elle essayait.

– Pourquoi ? »

Jess haussa les épaules. La femme qui partageait sa chambre, une schizophrène obèse, n'avait jamais éprouvé le besoin de se justifier. « Tu sais que certains naissent avec une vocation ? De basketteur, par exemple ? La sienne, c'était de faire frire des cailloux.

– Tu es sûre de vouloir leur parler de ça ? demanda Margot, retirant le feutre mou qu'elle portait depuis le début de la matinée. Elle était devenue une de ces mères branchées qui s'habillent comme Stevie Nicks, invincibles derrière leurs lunettes noires. Elle était de dix-huit mois l'aînée de Jess, avait allaité ses enfants pendant deux ans, mais en faisait cinq de moins que sa sœur.

– On n'a pas de vocation en naissant, déclara Ellory.

– Ah bon ?

– On forge son destin soi-même. Comme Harry Potter. »

Jess fronça les sourcils, fixant les dents de lapin qui rendaient curieusement – un effet de la Providence – sa nièce encore plus belle. Au centre du hall, derrière Ellory, trônait une sculpture de Claes Oldenburg représentant une poche de glace géante. Floyd appuya sur une touche et la sculpture hideuse se gonfla comme un ballon. Jess n'aimait pas les hôpitaux – ils la faisaient flipper –, même si celui-ci ressemblait à peu près autant au centre médical Emanuel, où on lui avait fait un lavage d'estomac, qu'au Taj Mahal. Que savaient au juste ses neveux de sa tentative de suicide ? Elle s'interrogeait. Margot avait promis de s'en tenir à la version officielle selon laquelle Jess, qui n'en pouvait plus des hivers pluvieux de Portland, avait décidé de partir vers le soleil et de séjourner une quinzaine de jours avec eux, le temps de réfléchir à la suite. À vrai dire, Margot avait besoin d'elle, puisqu'elle passait la moitié de ses journées au centre de rééducation avec Frank. Incroyable, le temps et l'énergie que réclamaient deux gosses, sans parler des kilomètres en voiture. Leur tante suicidaire : sans doute pas la nounou que Margot aurait choisie en priorité pour ses enfants, mais la mère de Frank était déjà venue une semaine. (Et pas question de solliciter leur propre mère, qui avait déjà fait assez de dégâts avec elles deux.)

« Tu te sens vraiment de taille à faire la tournée d'Halloween ? » s'assura Margot en lui tendant ses clés de voiture.

Jess acquiesça de la tête. Elle avait accepté d'emmener ses neveux frapper aux portes de leur voisinage pour réclamer des bonbons pendant que Margot restait à l'hôpital – Frank avait une IRM à dix-sept heures –, mais soudain elle se demandait si c'était une bonne idée. La poche de glace géante se dégonflait en produisant un affreux bruit robotique. Margot embrassa Floyd, puis s'accroupit pour être à la hauteur de sa fille. Face à face, elles fermèrent les yeux et frottèrent leurs deux nez l'un contre l'autre comme pour calmer une démangeaison. « Nunka nunka », chuchota Ellory en appuyant son front contre celui de sa mère. C'était un au revoir extraordinaire, le meilleur exemple de mimétisme que Jess ait vu chez des humains depuis longtemps.

« N'oublie pas, pour Floyd, lui rappela Margot. Pas de barres Snickers ni quoi que ce soit contenant des cacahuètes.

– Sinon j'ai le visage qui explose, précisa Floyd.

– Qui enfle, rectifia Ellory.

– Je risque aussi de m'arrêter de respirer », ajouta joyeusement son frère. Il fit le tour de la pièce en chantant et en dansant avec un déhanchement suggestif : « *Everybody knows I'm a motherfucking monster.* »

Margot se releva aussitôt. « Tu as appris ça où ? »

Ellory, cette sale petite moucharde, fixait Jess avec insistance. La veille, celle-ci avait passé le CD de Kanye West dans la voiture en conduisant ses neveux au Muséum d'histoire naturelle. Elle ne s'était même pas souciée des paroles, ni du fait qu'elle les reprenait en chœur, avant qu'Ellory ne lui demande la signification du mot « négro ».

Margot se tourna vers elle, l'air exténuée, et Jess mesura pour la première fois à quel point sa sœur était sous pression. Margot hocha la tête, d'étonnement plus que de réprobation. « C'est quoi ton problème ? »

Les yeux rivés au sol, Jess sentit monter un accès familier de haine de soi. Il s'agissait de la grande question de son existence. Pour certains, c'était : *Tu saurais dessiner la brosse à dents idéale ?* Ou bien : *Tu serais prêt à traverser le désert de Sonora pour trouver une vie meilleure en Amérique ?* Pour elle, c'était : *Putain, c'est quoi ton problème ?* Ça n'avait pas toujours été le cas, bien sûr, du moins pas quand sa sœur et elle étaient plus jeunes – à l'époque, Margot semblait même fière d'avoir une sœur comme elle et vantait son intelligence à ses copines. En l'apprenant, Jess avait été folle de joie. Comme sur la banquette arrière de la voiture lors des départs en vacances, quand Margot et elle inventaient des chansons sur des maladies imaginaires. (*Oh non, ne te laisse pas refiler la « nasalite » du corbeau, tu auras le nez rongé de l'intérieur en moins de deux !*) Parfois, même encore aujourd'hui, elle observait Margot à la dérobée, et son cœur s'envolait avec amour vers sa sœur, aussi léger qu'un cerf-volant. Elle en oubliait presque ses innombrables échecs, comme de ne pas être arrivée à temps pour le mariage de Margot. Mais celle-ci croisait alors son regard et fronçait machinalement les sourcils – inquiétude ou déception, difficile à dire.

Cette fois, pourtant, Jess était bien là. Elle donnait un coup de main. Il n'était pas trop tard pour reconquérir le cœur de Margot. Il suffisait de prouver qu'elle allait bien, ou du moins qu'elle suivait bien son traitement : une vraie tatie, qui garde pour elle son foutu désespoir. Première étape : se faire aimer d'Ellory.

Jess installa Floyd sur son rehausseur pendant qu'Ellory se débattait avec sa ceinture de sécurité. Depuis que Jess avait pris le relais, des relents de benne à ordures flottaient dans la Volkswagen de Margot ; un trognon de pomme marron traînait sur la banquette arrière. Elle fit le tour de la voiture pour boucler la ceinture d'Ellory, vaguement émue par l'incapacité de sa nièce à le faire toute seule. Elle se pencha vers l'enfant, si bien qu'elles étaient presque nez à nez, et prit son petit visage entre ses mains. « Nunka, nunka », chuchota-t-elle. Durant quelques instants, tandis qu'Ellory frottait son nez contre le sien, elle fut submergée par une vague de tendresse qui lui coupa le souffle. Une parcelle du bonheur de Margot. La chevelure d'Ellory avait le même parfum tiède et épicé que celle de sa mère. Soudain Jess s'aperçut qu'Ellory se raidissait. Elle ne frottait pas du tout son nez contre le sien : elle secouait la tête en signe de refus.

L'un des premiers souvenirs de Jess était une séance de maquillage dans une fête foraine – pour ressembler à une princesse, avait-elle demandé – et ses sanglots en découvrant qu'elle restait moins belle que Margot. Ce fut pour elle la première d'une série de déceptions qui firent le lit d'un nombre impressionnant d'échecs une fois l'âge adulte venu. Il y avait eu la période où elle voulait devenir rock star, crevant de faim dans le Queens pendant que ses musiciens – d'anciens copains de fac – supportaient de plus en plus mal cette galère. Il y avait eu l'association Teach for America et la rapide prise de conscience qu'elle ne voulait rien faire pour son pays, surtout si cela impliquait de vivre dans l'ouest du Texas et de garder des gosses. Il y avait eu son doctorat d'anglais avorté – moins on en parlait, mieux c'était. Il y avait eu la longue suite d'emplois de serveuse à New York, à Providence et à Portland, interrompue par l'impossibilité de travailler de son lit.

Comme tout le monde, Jess avait bien sûr « déprimé » plusieurs fois à l'université : des journées entières dans sa chambre à s'apitoyer sur son sort, écœurée par la futilité du monde, fondant en larmes dès qu'il fallait changer une ampoule. Mais là, c'était différent. Rien dans son existence – ni d'ailleurs en littérature, en peinture, au cinéma ou en philosophie – ne l'avait préparée à ça. Ce n'était pas la nausée, la peur et les tremblements, un cri sur un pont. Ce n'était pas un chien noir. Ni la foutue cloche de verre du poème de Sylvia Plath. Ce n'était pas non plus dialoguer avec un crâne, enlacer un cheval battu par son maître, rentrer à l'hôtel sous la pluie.

À quoi ça ressemblait ? À du plastique fou Shrinky Dink, qu'on met au four où il se rétracte lentement pour devenir un petit personnage mort, inutile, qui n'a plus rien à voir avec vous. Un petit personnage à peine capable de réfléchir, de bouger ou de parler. Et encore moins de faire la cuisine. Pour la personne jusque-là prénommée

Jess, ça signifiait manger de la soupe miso à la cuillère directement dans le sachet, comme des sucettes Fun Dip. Ne pas changer la litière du chat pendant un mois, jusqu'à ce que le lit soit plein de crottes et de boules de poils en putréfaction. Sentir si mauvais qu'un responsable du supermarché Trader's Joe lui avait donné une pomme dans l'espoir qu'elle déguerpisse. Ça signifiait aussi ne pas répondre au téléphone ni rappeler si quelqu'un laissait un message. Ne plus supporter sa famille, ses amis, ni tous ceux qu'elle avait aimés au cours de ces étranges et irracontables trente-cinq années sur terre. Traîner au lit jusqu'à perdre la notion du temps et flotter à travers le cosmos, remontant aux origines de l'univers, au-delà du Big Bang, pour atteindre le No Big Bang, le Big Rien du Tout ; puis regarder le réveil, voir que six heures s'étaient écoulées et qu'elle était toujours couchée au même endroit, dans son lit merdique, avec Napoléon qui miaulait près d'elle. Laisser exprès la porte d'entree ouverte pour que ce malheureux animal disparaisse, et ne ressentir aucune tristesse après sa disparition. Envisager de se trancher la gorge – non pas une ou deux fois par jour, mais de manière obsessionnelle, voire complaisamment, en se représentant la lame qui transperce la peau, le sang qui jaillit. Savoir que rien ne changerait quoi que ce soit pour elle, ni ne lui apporterait ne serait-ce qu'une nanoseconde de bonheur. Le prix Nobel de la paix, un million de dollars, une vie pareille à celle de Margot : un bon génie les lui aurait offerts sur-le-champ qu'elle ne serait même pas sortie de son lit pour les accepter.

Au fond, c'était comme avoir une ficelle attachée au

cerveau. On tirait dessus et une voix disait : *Tu l'auras voulu.*

Tu l'auras voulu. Tu l'auras voulu. Tu l'auras voulu. Tu l'auras voulu. Tu l'auras voulu. Tu l'auras voulu. Tu l'auras voulu. Tu l'auras voulu. Tu l'auras voulu. Tu l'auras voulu. Tu l'auras voulu. Tu l'auras voulu. Tu l'auras voulu. Tu l'auras voulu. Tu l'auras voulu. Tu l'auras voulu.

À présent qu'elle s'apprêtait à emmener Floyd et Ellory réclamer leurs bonbons d'Halloween, Jess s'efforçait de ne penser à rien. C'était une pente glissante, avec l'adjectif « glissante » qui l'attendait en bas telle une peau de banane. Elle contemplait la photo de mariage au-dessus du téléviseur : Margot riant aux éclats, la tête renversée en arrière, et Frank en adoration devant elle, une coupe de champagne à la main. Jess avait toujours été un peu amoureuse de lui. Il s'était toujours montré avec elle d'une gentillesse désarmante, même quand elle leur avait emprunté cinq mille dollars pour payer son loyer et ne les avait jamais remboursés. Il travaillait pour l'American Civil Liberties Union, défendait les droits des détenus : peut-être ses crimes à elle semblaient-ils mineurs en comparaison.

Il y avait tellement longtemps – des mois et des mois – qu'un homme ne l'avait pas touchée. Parfois elle se sentait si seule qu'elle en souffrait physiquement.

Elle aida ses neveux à revêtir leurs déguisements, ferma pour Floyd les zips de sa tenue de tigre à dents de sabre, noua la cravate à rayures rouges et jaunes d'Ellory. Bien sûr, la fillette était déguisée en Hermione. Elle fixait le mur avec gravité pendant que Jess lui mettait du mascara. Et lui demanda si elle avait lu *Harry Potter*. Jess se força à sourire.

« J'ai vu les films. Tous les huit. En fait, je les ai regardés d'affilée.

– D'affilée ?

– Oui, un marathon Harry Potter. »

Ellory parut impressionnée. L'un des rares avantages d'une dépression est que votre mode de vie – trop d'heures devant la télé, réticence à se laver ou à se brosser les dents – impressionne les enfants.

« Tu seras quoi ? demanda Ellory.

– Comment ça ?

– Tu te déguises en quoi ? »

Floyd émergea de sa chambre en traînant un coffre à jouets d'où il sortit un masque en caoutchouc. Sa sœur et lui trouvaient important qu'elle se déguise ; elle leur ferait ce plaisir, malgré la méchante humeur qui s'était emparée d'elle à l'hôpital. Elle enfila le masque, examina son reflet dans le miroir noir de l'écran du téléviseur : une extraterrestre avec des yeux globuleux de rainette et un crâne fendu qui ressemblait étrangement à un cul. Hideux, ce cul. Et pourtant une partie d'elle-même préférait ressembler à un cul de Martienne. Au moins, personne n'aurait envie de l'inviter à un brunch.

Dehors, les rues grouillaient de gosses, tous visiblement déguisés en personnages de *Harry Potter*. Jess aperçut deux autres Hermione, mais Ellory ne semblait nullement se soucier de cette prépondérance de magiciennes intrépides. Elle et Floyd couraient devant, leurs citrouilles en plastique leur battant les cuisses. Le trottoir était jonché de fleurs mauves qui collaient aux chaussures de Jess. Il faisait si doux, et l'odeur d'urine des jacarandas était si entêtante, qu'elle transpirait sous son masque. Les décorations de certaines maisons paraissaient tout droit sorties d'Hollywood, ce qui était un peu le cas, bien sûr : une soucoupe géante avec une inquiétante lumière verte émanant de la rampe d'accès, un vaisseau de pirates dont les canons crachaient de la fumée, un cimetière avec des fantômes surgissant des tombes comme au cinéma. Jess suivait Ellory et Floyd de porte en porte, se félicitant de ne pas avoir à sourire sous son masque. Très affairés, ses neveux ne souriaient pas non plus. Ils tendaient leurs citrouilles en plastique pour recevoir leur dû, en bons petits agents des industriels de la confiserie. Pas étonnant qu'en grandissant, les Américains deviennent si arrogants, attendant tout d'autrui ; ensuite on envahissait d'autres pays et on se sentait insulté si on ne revenait pas avec quelques gâteries.

Les deux enfants s'arrêtèrent sur une énième pelouse transformée en cimetière. Un squelette télécommandé jaillit d'un cercueil et, autour, la petite troupe de gamins déguisés hurla de plaisir. Jess espérait que leur joie lui remonterait le moral, mais cela eut apparemment l'effet inverse. Le trottoir ondulait doucement sous ses pieds. Elle se sentait assoiffée et prête à tout. Un Spider Man miniature s'adressa à elle en lui tendant sa citrouille, tel un mendiant sa sébile : « Des bonbons ou un mauvais sort ! » Pour qui ce petit crétin la prenait-il ? Pour un distributeur ambulant ?

« Un mauvais sort, dit-elle.

– Quoi ?

– Tu m'as laissé le choix. Voyons de quoi tu es capable. »

Le mini Spider Man ouvrit des yeux ronds. « Je ne sais pas jeter de mauvais sorts.

– Alors tu ferais mieux de réfléchir avant de parler. Tu te promènes en répétant quelque chose que tu ne comprends même pas. »

Il eut un mouvement de recul, puis courut rejoindre ses copains au bout de la rue. Jess vit Ellory articuler quelque chose en silence à l'intention de Floyd.

« Qu'est-ce que tu dis ? » demanda-t-elle.

Ellory fixa le contenu de sa citrouille.

« Tu formais un mot avec tes lèvres.

– Elle t'a appelée "Tatie Marteau" », expliqua Floyd.

Ellory semblait accablée.

« Papa aussi t'appelle comme ça, ajouta-t-il.

– Ah oui ?

– Il a dit que c'est nous qu'on devrait payer pour être tes baby-sitters. Il m'a donné un dollar. C'est une blague, précisa-t-il, mais je peux le garder. »

Jess se sentit défaillir. « Et ta maman trouve ça drôle, elle aussi ? »

Ellory fit taire Floyd avant qu'il puisse continuer. Jess tira sur son masque qui commençait à lui faire l'effet d'une cagoule de condamné à l'échafaud. Elle se représentait la famille de Margot à table au dîner, pariant sur le prochain exploit de Tatie Marteau. Retourner sous sa couette et y rester pendant six mois ? Se faire sauter la cervelle dans la penderie ? Dans son cercueil, le squelette continuait à ressusciter et à mourir, ressusciter et mourir, comme s'il était aussi peu attiré par la vie que par la mort. Jess lui tourna le dos et bouscula un gamin avec un couteau planté dans le crâne. Il avait la bouche ensanglantée, comme s'il venait de dévorer une antilope. Quand il surprit le regard de Jess, il empoigna le couteau – par le manche – et se mit à tirer dessus en titubant.

Jess ne tenait pas beaucoup mieux sur ses jambes. En fait, elle rétrécissait. Arbres, lampadaires, voitures garées dans la rue : tout semblait enfler autour d'elle, se gonfler d'air. Une araignée en caoutchouc, aussi grosse qu'un crabe royal d'Alaska, escaladait une clôture sur le trottoir d'en face. Jess s'adossa contre un tronc d'arbre. Un zombie aux joues en décomposition passa devant elle en courant et en criant : « On m'a donné un œil en chocolat ! » Près d'elle, une princesse sortit son dentier de sa bouche et croqua dedans. Jess tenta de se raisonner – elle allait bien, beaucoup mieux qu'avant, elle prenait ses antidépresseurs –, mais c'était trop tard. Elle se rétractait et durcissait comme ces petits personnages en plastique fou.

Elle s'assit sur la bordure du trottoir. Alors qu'elle avait promis au docteur Zwelling de résister à la tentation, elle visualisait son issue de secours : la lame qui lui tranchait la gorge, le sang qui éclaboussait la rue. Sa nièce et son neveu vinrent s'asseoir près d'elle – c'est du moins ce qu'elle crut entendre. L'un d'eux déversa des bonbons sur le trottoir et se mit à les trier bruyamment. Difficile de dire combien de temps ils restèrent là. Assez longtemps sans doute, car lorsque Jess rouvrit les yeux, Ellory la dévisageait.

« Ça va, tante Jess ? »

Jess hocha la tête.

« Tu as glissé ton index en travers de ta gorge, comme ça.

– Ah bon ? »

Ellory opina du chef. Elle avait l'air effrayée. Jess jeta un coup d'œil à la mare de bonbons derrière elle.

« Où est Floyd ? »

Ellory regarda autour d'elle. « Il était là. Il mangeait une barre chocolatée. »

Jess la prit par le bras, réussissant tant bien que mal à les remettre debout toutes les deux. Les rues étaient encore pleines d'enfants. « Quel genre de barre ? souffla Jess.

– Aucune idée.

– Une barre Snickers ? »

Ellory ne quittait pas le trottoir des yeux.

« Bon sang, dit Jess, tu n'es pas censée être intelligente ? »

Ellory grimaça. Sa tante l'avait vexée. Jess lui lâcha le bras et l'attrapa par le poignet, scrutant la rue de part et d'autre à la recherche de Floyd. Des sorcières, des Harry Potter, une abeille au nez morveux, mais pas de tigre à dents de sabre. Sans doute était-il allé jusqu'à la maison voisine. Jess longea le trottoir au pas de course, entraînant Ellory derrière elle. Des gens les observaient : un Angry Bird, le violeur d'*Orange mécanique*, mais la maison voisine était plongée dans l'obscurité. Jess fonça au bout de la rue. Floyd ne se trouvait ni devant la maison suivante ni devant celle d'après. Elle voyait déjà le visage de son neveu enfler jusqu'à devenir comme une citrouille, sa gorge bloquée par le choc anaphylactique. Peut-être était-il déjà mort. Elle le chercha derrière un acacia, tirant sur le poignet d'Ellory comme si sa nièce était un objet à roulettes – un chariot ou une valise –, sa main gluante de sueur menaçant de lâcher prise. Elle serra deux fois plus fort, s'arrêta à l'angle d'une aire de jeux déserte et appela Floyd à tue-tête, sa voix résonnant dans un silence infini. Le monde se révélait dans toute son immensité, sans doute pour la première fois.

Elle ferma les yeux, s'efforçant de reprendre son souffle. Tatie Marteau. Ce surnom était trop gentil. Seul quelqu'un de foutrement bon à enfermer pouvait tuer un petit garçon de quatre ans.

On tirait sur sa manche : Ellory. Elle désignait la dernière maison devant laquelle elles étaient passées. Un homme coiffé d'un casque de Viking les salua du haut des marches. Floyd était là lui aussi – ou alors son double en tenue de tigre à dents de sabre –, brandissant une barre Twizzler et se bagarrant pour rire avec un gamin déguisé en pirate.

« La maison de Dalton, dit Ellory.

– Dalton ?

– Le meilleur copain de Floyd. Il a dû rentrer chez lui pour chercher un truc. »

Grisée par le soulagement, Jess voulut serrer Ellory dans ses bras, mais celle-ci se dégagea et recula en se massant le poignet. Sa propre nièce avait peur d'elle. Elle n'était pas contrariée ni en colère : elle avait peur. Elle monta quatre à quatre l'escalier de la magnifique demeure à deux étages, avec un squelette en plastique suspendu à une fenêtre. Jess, rendue muette par le remords, avait trop la nausée pour la suivre. Ellory embrassa son frère sur le front et plongea la main dans une boîte métallique remplie de bonbons posée sur le perron. Jess se baissa pour rattacher sa sandale ; lorsqu'elle leva les yeux, l'homme au casque de Viking, tongs aux pieds, descendait les marches et venait vers elle.

Il marchait vite, comme s'il avait quelque chose à lui dire. S'étaient-ils rencontrés à une fête organisée par Margot ? Quelques années plus tôt, peut-être ? Possible. Il s'arrêta devant elle, son casque incliné vers l'arrière telle une kippa. Il était barbu, bel homme. Sa pomme d'Adam, la plus pointue que Jess ait jamais vue, dépassait sous sa barbe.

Il s'approcha assez près pour qu'elle sente les relents de bière de son haleine. Elle voulut dire quelque chose, mais le visage de l'homme, d'une gravité troublante, l'hypnotisait. Il tendit le bras et lui empoigna l'entrejambe, refermant les doigts comme sur une boule de bowling. Elle en resta figée sur place.

« Tu me tortures, dit l'homme. Je n'en dors plus. »

Le cœur de Jess battait à se rompre. Un chambardement dans sa poitrine.

« J'ai encore le goût de ton con dans la bouche. »

Elle recula d'un pas.

« La mère de Frank est encore là ? Tu pourras t'éclipser cette nuit ? »

Jess acquiesça en silence, n'osant pas ouvrir la bouche. Elle avait des vertiges. Il lui tourna les talons et repartit à petites foulées vers la maison, où Ellory fouillait toujours dans la boîte de bonbons. Floyd et son copain attaquèrent l'homme à coups de Twizzler, et il fit mine de chanceler et de battre en retraite, comme devant un public. Comme pour Jess. Ce fut seulement en se rappelant l'existence de son masque, en sentant la moiteur de son haleine à l'intérieur, qu'elle comprit que c'était un quiproquo.

De retour chez Margot, elle alluma toutes les lampes de la maison, salle de bains comprise. Elle en tremblait encore. L'idée d'appeler la police lui traversa même l'esprit. La méprise était logique, bien sûr : elle était sortie déguisée en extraterrestre avec les enfants de sa sœur. Comment ne l'aurait-il pas prise pour Margot ? Il n'empêche que cela lui faisait l'effet d'une agression. Pas uniquement contre elle, Jess, mais contre sa sœur. Si Margot avait une liaison avec son voisin – ce qui, sauf si le type était dingue, était visiblement le cas –, il s'agissait également d'une agression contre le couple de Margot.

Alors, comment se pouvait-il que même ça – cette aventure sordide de Margot avec un père de famille affamé de sexe – suffise à la rendre jalouse ?

Elle alla se changer dans la chambre d'Ellory. Elle en éprouvait le besoin, il fallait qu'elle enlève ce jean. Sa nièce était depuis une demi-heure sur le siège des toilettes – surnommé « la baby-sitter en porcelaine » par Margot, un de ses rares traits d'humour – et ne semblait pas pressée de sortir. Jess lui avait demandé plusieurs fois si tout allait bien, sans obtenir d'autre réponse que le silence. Elle ouvrit la commode réservée au matériel de dessin d'Ellory, que celle-ci avait vidée pour permettre à Jess d'y ranger ses vêtements. Ce geste de bienvenue lui faisait désormais l'effet d'une farce.

« Sacré butin », dit Margot à son retour, se penchant pour embrasser Floyd. Tels les débris laissés par une tempête, des confiseries jonchaient le sol. Floyd recouvrit violemment son visage de sa main et y planta ses doigts en grognant bizarrement, comme s'il voulait s'arracher les yeux, le nez, la bouche. Il avait mangé trop de sucreries. Sans nul doute, Margot ajouterait ce détail à l'inventaire des échecs de Jess. *Tatie Marteau a laissé ce gosse de quatre ans, son propre neveu, se goinfrer de bonbons !* Frank hocherait la tête avec incrédulité.

Frank, le mari cocu de Margot.

Tellement bizarre, de disposer de cette arme.

« Très bien, répondit Margot quand Jess lui demanda comment allait Frank. Les médecins sont très optimistes. Quant à l'absence de séquelles durables, je veux dire. » Elle sourit, mais quelque chose sonnait faux. Peut-être Jess avait-elle vu trop de déguisements ce soir-là, mais ce sourire avait l'air plaqué sur le visage de sa sœur. « Comment s'est passée cette soirée d'Halloween ?

– On est allés jusqu'à la grande villa au coin de la rue, dit Jess en ramassant une boîte de Milk Duds. La maison de Dalton, non ? Je crois que son père m'a prise pour toi. »

Pour la première fois, Margot la regarda. Elle ne souriait plus. En fait, elle était parfaitement immobile. Contre toute attente, Jess avait ouvert la boîte de Milk Duds et allait fourrer un caramel dans sa bouche. Elle le remit dans la boîte et referma le couvercle.

« Il a dit quoi ? s'enquit Margot.

– Il était… hum, très chaleureux. »

Jess aurait voulu pouvoir ravaler sa phrase. C'était le problème, quand on se vengeait : on éprouvait toujours des remords. Margot la dévisageait et, l'espace d'un instant, quelque chose circula de l'une à l'autre, aussi lent et silencieux qu'un souffle. Jess soutint le regard de sa sœur et, pour la première fois en tant d'années, entrevit dans les lampes humides de ses yeux le cerveau qui les éclairait, cette accumulation de peurs, de désirs et de regrets au sein d'une substance qui nous distingue mystérieusement des zombies et des tigres à dents de sabre. Jess fit un pas vers elle. Quelques cheveux blancs étaient apparus dans la frange de sa sœur – elle ne les avait jamais vus auparavant.

Margot finit par détourner le regard, rompant le charme. « C'est moins facile que ça en a l'air. »

Ce n'était pas une confession, et pourtant la maison parut plus calme, comme lorsqu'un ventilateur dont on n'avait pas remarqué la présence s'arrête. Floyd entonna une chanson tirée de *Grease*, un truc qu'Ellory lui avait appris, et Margot se cala contre le dossier du canapé. Jess posa la main sur la sienne. Comme celle de Margot était menue ! On aurait dit qu'elle avait encore seize ans, sa grande sœur si belle. Elle se souvint du jour où Margot avait rompu avec Bobby Climan, son petit ami qui la faisait passer pour une pute auprès des élèves de première de Sherman High School. Pendant une semaine ou deux, son casier avait débordé de dessins obscènes et de tracts sur les maladies vénériennes. Quel pouvoir sublime et jubilatoire Jess avait éprouvé, à bercer dans ses bras Margot pleurant sur son épaule !

Là, sa sœur contemplait ses mains comme si elles risquaient de s'enfuir du canapé. « Je préférerais parfois que ce soit moi qui aie cette tumeur au cerveau – rester couchée, avec tout ce temps pour moi, et quelqu'un qui veille à ce que je prenne mes vitamines, pour une fois.

– Ce n'est pas aussi génial qu'on le prétend, de rester toute la journée au lit », dit Jess.

Margot rougit. « Non, en effet. Pardon. » C'était elle qui tremblait, à présent. Elle retira sa main et se tourna vers Floyd, visiblement impatiente de changer de sujet. « En parlant de se coucher, il est temps d'enlever ce déguisement de tigre.

– De smilodon, tu veux dire, rectifia Jess.

– De smilodon. Pardon.

– Ellory réclamerait ta tête. »

À sa grande surprise, Margot éclata de rire. « Je sais. Honnêtement, elle me rend folle, parfois. »

Le soulagement rendait Jess euphorique. « Aujourd'hui, elle m'a corrigé une faute de grammaire. Tu te rends compte ? J'ai dit "se rappeler de", et elle m'a reprise.

– C'est Frank qui l'encourage. Il la voit déjà à Harvard.

– On n'y est pas encore. Quand elle m'a demandé le sens du mot "négro" dans la voiture, je lui ai répondu que ça signifiait "copain". »

Margot se remit à rire. Elles étaient à nouveau complices, blotties sur la banquette arrière pour partir en vacances.

« Et cette façon qu'elle a de prendre la pose devant le miroir ? On faisait ça, à son âge ? *Ô chevelure, ma belle chevelure.* » Jess imita Ellory se recoiffant avec un mouvement de tête, comme dans une pub pour une marque de shampoing. « Et ses dents de lapin sont adorables, mais dans cinq ans – pardon de dire ça – elles te coûteront une fortune. »

Margot se raidit. Jess était allée trop loin. Avant qu'elle ait pu réparer les dégâts, Ellory sortit de la salle de bains, plongée dans *Harry Potter et la Coupe de feu*. Elle s'installa sur le canapé et entreprit d'enlever sa tenue d'Hermione, son livre en équilibre instable sur ses genoux. Elle avait un bleu en forme de bracelet autour du poignet. Jess pria le ciel pour que Margot ne s'en aperçoive pas, mais celle-ci se pencha et palpa le poignet de sa fille. Ellory grimaça.

Jess n'eut pas le choix : elle dut parler de la disparition de Floyd et raconter que, affolée, elle avait traîné Ellory derrière elle à sa recherche. « J'avais peur qu'il ait mangé une barre Snickers, avoua-t-elle, consciente de l'effet produit.

– En plus, elle a dit que j'étais bête, déclara Ellory, refusant de croiser son regard.

– Je n'ai pas dit ça !

– Elle a essayé de me casser le poignet.

– Jamais de la vie ! »

Margot jeta un coup d'œil à Jess, puis à Ellory, et de nouveau à Jess, comme pour décider qui croire. Bien sûr, elle savait comment était Ellory – elle l'avait reconnu elle-même. La parole d'une gamine de sept ans ne pèserait pas lourd devant un tribunal. À l'expression de Margot, Jess perçut chez elle une hésitation, une réticence à reprendre son rôle de maman parfaite.

« Elle n'est pas ma mère, pleurnicha Ellory. Je veux qu'elle rentre chez elle. »

Jess eut une réaction qu'elle ne s'expliquait pas. Elle fit une grimace à sa nièce. La lèvre supérieure relevée sur ses incisives bien visibles, elle remua le nez comme un lapin. C'était horrible, abominable, mais jubilatoire.

Margot, les yeux fixés sur elle, serra Ellory dans ses bras. Son regard s'assombrit.

« Mais c'est quoi ton problème, bon sang ? » Cette fois, elle ne semblait pas étonnée – seulement triste. Elle hocha la tête. « C'est trop pour moi, dit-elle, serrant plus fort sa fille contre elle. Ton désespoir me désole. Vraiment. Mais je ne peux pas m'occuper d'une personne de plus. »

Jess n'arrivait pas à s'endormir, terrorisée par des visions où elle se tranchait la gorge. Une bande-annonce en boucle. Le docteur Zwelling parlait d'« idéation », comme si c'était quelque chose qu'elle pouvait contrôler, mais en fait son cerveau ressemblait à un multiplexe dont elle n'était plus la projectionniste. Elle se souvint du film qui passait l'après-midi où elle avait tenté de se suicider. Après avoir avalé tous ses comprimés de Vicodin – dix minutes plus tard ? Une heure ? –, elle avait levé les yeux et vu une femme nue au pied de son lit. Vieille et ridée. Jess avait mis quelques secondes à se reconnaître. Les seins de cette femme ressemblaient à des paupières fripées, à des yeux endormis. Cette Jess plus âgée lui souriait. Elle ne s'était sentie ni atterrée ni horrifiée, mais emplie d'une étrange sérénité. *Un jour, tu seras heureuse*, semblait lui promettre ce sourire, et elle avait appelé les urgences pour s'en assurer.

Mais évidemment c'était un film – rien de plus. Cette vieille bique l'avait bien eue.

Elle finit par se lever et s'habiller. « Ton désespoir », avait dit Margot. Un terme si romantique – Jess avait toujours détesté son côté chic, existentiel. (Où étaient les films de Bertolucci sur la « dépression » ? Brando regardant *The Andy Griffith Show* en milieu de journée ?) Et pourtant la dépression était bel et bien romantique, à sa manière macabre. Un engagement pour la vie. Margot avait épousé son amour de jeunesse, rencontré juste après la fac ; Jess avait elle aussi épousé le sien. Elle et la dépression étaient dans le même bateau, jusqu'à ce que la mort les sépare.

Elle s'arrêta devant la porte de sa sœur, assez longtemps pour entendre les ronflements extravagants de Margot. Elle avait toujours ronflé bruyamment, comme un rhinocéros. Jess ne pensait pas pouvoir se sentir encore plus triste, mais ce vacarme lui prouva que si. C'était comme suspendre son cœur à un crochet et le regarder mourir.

Enfant, elle avait parfois tenté de s'imaginer dans le corps de Margot, de se servir de ses ronflements comme d'une échelle pour grimper en elle, devenir cette fille si belle qui dormait sur le lit au-dessus du sien. Allongée dans l'obscurité, l'esprit dérangé par l'épuisement, cela paraissait presque possible.

Là, dans le couloir, elle ferma les yeux et s'abandonna à ce vieux fantasme apaisant. D'abord les enfants bien-aimés de Margot. Puis sa maison toute blanche qui valait si cher. Puis l'argent, les amitiés, et les raisons de se lever le matin, ni meilleures ni pires que d'autres. Enfin, au bout de la rue, son bel amant, fou du goût de son sexe.

Jess décrocha du portemanteau de l'entrée le masque d'extraterrestre et l'enfila, respirant les toxines grisantes. Une obscure excitation palpitait dans sa poitrine. Elle quitta discrètement la maison et longea le trottoir. Elle se sentait parfaitement éveillée, comme si on l'avait aspergée d'eau froide. Elle laissa derrière elle les pelouses du voisinage qui étaient redevenues immobiles et silencieuses, et dont les décorations semblaient déjà presque incongrues. Le squelette avait interrompu ses résurrections joyeuses et reposait dans son cercueil, aussi paisiblement endormi que les fidèles épouses dans leurs intérieurs confortables. Si elles savaient… Mais peut-être savaient-elles. Oui, les rumeurs allaient bon train : la duplicité de Margot leur avait ouvert des horizons. Arrivée au coin de la rue, Jess s'arrêta devant l'imposante demeure.

L'éclairage extérieur était éteint ; sur les marches, quelques chocolats Kisses étincelaient, éclairés par la lune. Jess frappa. Une lampe s'alluma à l'intérieur, une autre dehors. Son amant s'esclaffa en voyant le masque d'extra-terrestre.

« Je commençais à désespérer », dit-il.

Comme il était beau, aussi grand et bien bâti qu'une star de cinéma ! À peine cette pensée l'avait-elle effleurée qu'elle se demanda si ce ne serait pas le cas, s'il n'était pas acteur à Hollywood. Veuf. Sa femme s'était suicidée. Elle le suivit dans le salon resté sens dessus dessous. Des canettes de Coca jonchaient la table basse ; sur la moquette, au pied du téléviseur, un carton ayant contenu une pizza dont il ne restait que les croûtes. L'arrière du crâne de l'homme commençait à se dégarnir, un tourbillon de cheveux entourait une calvitie naissante. Même cette calvitie semblait belle, pareille à celle d'un nourrisson. Ils étaient devant le téléviseur qui marchait en sourdine. Un chat roux descendit souplement l'escalier et vint se frotter contre les jambes de Jess. Elle leva les yeux vers la cage d'escalier plongée dans le noir.

« Ils dorment », précisa l'homme.

Jess avait le souffle court, mais ce n'était pas de la peur. La pomme d'Adam du type montait et descendait sous sa barbe. « Margot », murmura-t-il. Une sensation rare – de la joie, peut-être – inonda Jess. Il tenta de lui enlever son masque, mais elle l'en empêcha. Il eut l'air surpris, puis sourit. Elle trouva l'interrupteur, éteignit la lampe. Impossible de lui faire une fellation avec ce masque, mais ce n'était pas grave ; elle lui ferait d'autres choses, tout ce qu'il voudrait. Il ne souriait plus. Dans le halo bleuté de la télé, son visage irradiait comme une fleur. Elle s'attendait à de longs préliminaires, dont il lui avait donné un avant-goût, mais très vite il souleva sa robe et la renversa sur le canapé. Baiser dans l'obscurité, elle avait l'habitude. Sauf que soudain, ce n'était pas comme d'habitude. Il avait changé d'approche : plus lent, plus hésitant, moins d'empressement que d'étonnement. Elle n'était plus Margot. Sans être Jess pour autant, bien sûr. Voilà longtemps qu'elle n'était plus Jess. Elle se revit jouant à cache-cache avec sa sœur dans leur enfance, la fois où elle s'était si bien cachée sous le panneau de protection du sous-sol en cas de tempête que Margot ne la trouvait pas : cinq minutes, puis dix, puis tellement de minutes qu'elle avait un peu perdu la tête, le temps s'étirait comme du caramel, les pas de sa sœur résonnaient juste au-dessus de sa tête, et elle avait fini par se demander si on la retrouverait un jour, si elle n'avait pas disparu pour de bon. L'homme se retira, mais elle le glissa de nouveau en elle et il la prit d'une autre façon, plus brutalement, comme s'ils s'étaient mis d'accord ; elle s'échappa de son propre corps et s'éleva jusqu'au plafond, d'où elle voyait parfaitement la scène : une femme à tête d'extraterrestre poussant des cris, comme l'être humain derrière elle. Elle s'éleva encore plus haut, dangereusement suspendue dans le vide du ciel, imaginant qu'elle voyait aussi dans les chambres des voisins, dans les chambres de toute la ville, chacune d'elles occupée par un couple face au même problème : nul ne savait le moins du monde avec qui il baisait.

Ensuite, l'homme eut du mal à reboutonner sa braguette. Visiblement perturbé, il évitait son regard, mais une autre expression se lisait sur son visage. Une émotion difficile à identifier.

« Qui es-tu ? »

Jess hocha la tête. Elle s'approcha de lui, mais il eut un mouvement de recul et ralluma la lampe. Il fit la moue. C'était de la déception qui se lisait sur son visage. Voire du dégoût.

« Qui que tu sois..., commença-t-il. Qui que tu sois, bordel, dégage d'ici. »

Jess s'écarta. Tournant les talons, elle sortit de la pièce en trombe, dévala tant bien que mal l'escalier de l'entrée et rejoignit la rue. Son visage la démangeait sous le masque. Un transfo grésillait au sommet d'un poteau électrique. L'air semblait vibrer de connections. Jess longea la rue sans se retourner. Pourquoi elle marchait là, impossible à dire. Cela paraissait le meilleur chemin jusque chez elle. Elle ignorait où il se trouvait, ce « chez elle », mais on y faisait cuire des cailloux pour les manger au dîner. « Je suis perdu », disaient les gens, mais que se passait-il si vous n'aviez rien en vous – rien de bon, de sincère ni de valable à perdre ?

Au loin, des lumières apparurent dans sa direction, de plus en plus brillantes à mesure qu'elle s'approchait d'elles. Elle s'allongea au milieu de la rue. Curieusement, la chaussée était encore tiède. Cette tiédeur lui fit du bien. Les lumières s'intensifièrent, éclairant l'eucalyptus d'un jardin du voisinage. Il abritait une cabane, étonnant assemblage de planches et d'échelles. On aurait dit l'œuvre d'un fou, ou de quelqu'un de follement heureux. Jess ferma les yeux, attendant l'arrivée des lumières, mais elles obliquèrent dans une allée et la laissèrent étendue dans l'obscurité. Une portière claqua, puis une deuxième ; des voix disparurent à l'intérieur d'une maison. Jess demeura là un bon moment, mais il n'y eut pas d'autres lumières. La terre la retenait prisonnière.

Chez Margot, tout était éteint, comme s'il ne s'était rien passé. Jess enleva son masque et le jeta dans la poubelle de la cuisine. Combien de temps elle resta plantée là, elle n'aurait su le dire. Elle avait envie de vomir. Au-dessus de la poubelle, sur le mur, une affiche qu'Ellory avait réalisée à l'école. Jess la distinguait à peine dans la pénombre. Elle avait pour titre : CE QUI NE VA PAS DANS LE MONDE.

La porte de la chambre de Margot était grande ouverte, à présent. Jess lança un coup d'œil à l'intérieur et vit Floyd endormi sur la poitrine de sa mère – un petit garçon dans un pyjama à motifs de dinosaures, bercé par les ronflements réguliers. Margot était toujours aussi belle, sa chevelure lui enserrant la tête comme celle d'une sirène. Soudain Floyd sursauta et reprit son souffle, mais Margot ne bougea pas. Dans l'obscurité, son visage paraissait plus jeune, presque celui d'une enfant. Ses paupières tressaillirent, ou semblèrent tressaillir, et Jess se demanda si l'homme au bout de la rue n'existait pas uniquement dans ses rêves.

Pour la première fois depuis des années, elle ne se sentait pas envieuse à la vue de sa sœur. C'était une impression étrange, comme de se réveiller dans une chambre dont on aurait oublié l'existence. Tous les petits copains que Margot avait eus à l'adolescence, ce délire que Jess avait pris pour du bonheur : et si cela n'avait pas du tout été le cas ?

Elle referma doucement la porte de la chambre de sa sœur, puis se rendit dans la salle de bains. Elle eut mal en urinant. Elle n'avait pas éprouvé ce genre de douleur depuis longtemps. Elle aurait bien pris un bain – c'était ce qu'elle faisait autrefois, pour se laver de la sensation de souillure après avoir baisé avec un inconnu –, mais là, elle avait envie de se sentir souillée.

Elle sortit son sac de voyage de la penderie. Sur Sunset, il y avait un motel Comfort Inn. Elle allait partir tout de suite – aucune raison d'attendre jusqu'au matin. Elle n'avait pas envie de parler à Margot ni de passer par toutes les étapes de la réconciliation.

Elle entra sur la pointe des pieds dans la chambre de sa nièce pour récupérer ses vêtements dans la commode. Comme sa mère, Ellory était profondément endormie, le visage adouci par le halo de la veilleuse. Une touchante odeur de pet flottait dans la pièce. Près d'elle sur son lit, empilés par ordre d'épaisseur, les *Harry Potter* formaient un escalier miniature. Enfant, Jess cachait des romans de Laura Ingalls Wilder sous ses couvertures pour les lire une fois que Margot et ses parents étaient endormis. Sans bruit, elle ouvrit un tiroir de la commode au pied du lit d'Ellory et se mit à ranger ses vêtements dans son sac.

« Qu'est-ce que tu fais ? » demanda Ellory. Elle observait Jess du fond de son lit, clignant des yeux, les paupières bouffies de sommeil.

« Désolée. Rendors-toi.

– Tu retournes à l'hôtel ? »

Elle semblait avoir hérité de la capacité de Margot à sortir du sommeil d'un bond, comme un chat. Jess regretta de ne pas être restée allongée sur la chaussée. Pour une raison mystérieuse, son cœur battait la chamade.

« Ce n'était pas un hôtel.

– C'était quoi ?

– Un endroit pour les gens comme moi. Des gens qui essaient de se faire du mal. »

Ellory s'assit sur son lit. « Tu as essayé de te faire du mal ? »

Jess acquiesça de la tête.

« Pourquoi ? »

Elle se concentra sur son sac, mit une pile de culottes dedans. Que pouvait-elle répondre ? Qu'un jour, elle avait essayé d'aller chez Starbucks à pied et avait vu plusieurs fauteuils roulants électriques alignés sur le trottoir, ceux dans lesquels se déplacent les infirmes et les obèses ? Ornés de ballons multicolores, ils étaient garés devant un de ces maudits magasins où l'on vend des béquilles et des déambulateurs. Entre autres, elle ne supportait pas l'idée de revoir ces fauteuils électriques.

« Difficile à expliquer. »

Ellory se mordillait la lèvre, puis elle regarda furtivement Jess et ferma la bouche pour cacher ses incisives. Mon Dieu, se dit Jess, qu'est-ce qui m'a pris ? Sur la table de chevet était posée la baguette magique du déguisement de sa nièce.

« Quelque chose ne va pas dans ton cerveau, dit posément Ellory, comme si cette idée venait de l'effleurer.

– Exact. »

À la grande surprise de Jess, une larme noircie par le mascara roula sur la joue de sa nièce.

« Est-ce que mon père va guérir ?

– Bien sûr », répondit Jess, même si, en vérité, elle n'en avait pas la moindre idée. Elle avait accepté la version des choses donnée par Margot sans plus y réfléchir. Elle contourna le pied du lit et alla s'asseoir à côté de sa nièce. « Oui, absolument.

– J'ai tout le temps des idées noires. Peur qu'il meure, par exemple. » Ellory se sécha les yeux avec le dos de sa main. « Moi aussi j'ai quelque chose qui ne va pas dans mon cerveau. »

Le mascara lui faisait des yeux au beurre noir. Jess trouvait épouvantable que ce soit pour elle sa première expérience du maquillage. Que ferait Margot à sa place ? Elle embrasserait les cheveux de sa fille. Lui parlerait d'une voix bien particulière, celle à la fois basse et chantante de l'amour : *Ell-Ell, tout va bien, ma chérie.* Jess s'apprêtait à essayer, mais elle eut soudain une autre idée, une bien meilleure idée. Elle prit la baguette magique sur la table de chevet et l'orienta vers la tête d'Ellory.

« *Extracto !* s'exclama-t-elle, faisant mine de siphonner les pensées de sa nièce.

– Non, pas comme ça. » Ellory rapprocha la baguette de sa tête. « Dumbledore fait juste ce geste. Il n'y a pas de formule magique. »

Jess se laissa faire. C'était ça, être mère : feindre de jeter un sort, alors qu'en réalité on était soi-même sous le charme. De la baguette, elle toucha la tête d'Ellory et imagina les effets spéciaux, le filet de lumière aspiré en un éclair hors du cerveau de sa nièce. Comme Margot serait impressionnée, si elle les voyait depuis la porte ! Jess s'abandonna à ce fantasme, puis s'efforça de le chasser. Elle ne se rappelait pas la dernière fois où elle avait aidé quelqu'un simplement pour lui rendre service.

Elle contempla par la fenêtre le verger derrière la maison. Des fruits pourrissaient par terre. Un fauteuil en plastique trônait au centre de la pelouse, flottant dans un rayon de lune. Elle se souviendrait toujours de ce moment, aussi limpide et inaltérable qu'une chanson. Ce fauteuil solitaire. Ce silence pur, attirant. L'herbe scintillant au clair de lune, l'éclat lointain des étoiles et les arbres qui, malgré l'approche de l'hiver, n'avaient pas perdu une seule feuille.

« Tout va s'arranger, assura-t-elle.

– Promis ? »

Sa nièce l'observait, bien réveillée à présent – une petite fille avec la vie devant elle. Jess reposa la baguette magique sur la table de chevet. Elle pouvait dire la vérité, ou bien, pour une fois, se comporter en adulte.

« Promis », dit-elle.

Indépendance

Tout a commencé quand Rogelio a agrafé un tract sur la poitrine d'un client de la librairie L'Être et le Livre. À moins que ça n'ait été la fin, je n'en sais rien. C'était une étrange année, pleine d'amour et de désespoir.

Voici ce qui s'était passé : un Client cherchait un livre. Il alla voir un Libraire et lui demanda conseil pour son fils adolescent qui aimait « les bouquins type *Guerre des étoiles*, ce genre de choses ».

Le Libraire : La science-fiction ?

Le Client : Oui. Peut-être.

Le Libraire : Il est plutôt du genre sabres laser et planètes imaginaires ou cyberpunk ?

Le Client : Plutôt sabres laser et planètes imaginaires, je dirais.

Le Libraire : L'heroic fantasy, donc.

Le Client : C'est ça. Peut-être. Et les catalogues – il aime bien feuilleter des catalogues.

Tout à trac, l'homme expliqua qu'il était divorcé et avait l'impression d'être un inconnu pour son fils, avec lequel il espérait « approfondir la communication ». Au lieu de répondre ce qui allait de soi (c'est-à-dire : « Votre fils est un demeuré et mieux vaut ne rien approfondir »), le Libraire passa un quart d'heure en quête du livre idéal qui éviterait au Client d'avoir le cœur brisé, tout en éveillant pour toujours chez son fils l'amour de la lecture. Si le Libraire trouva le livre en question ? Bien entendu. Un roman d'heroic fantasy sur – vous l'avez deviné – un père et son fils combattant à dos de dragon. *Ensemble seulement, réunis aux confins du temps, ils avaient une chance de vaincre l'empereur de Flurg.* Avec une couverture cartonnée, rien de moins, pour que le fils ne prenne pas son père pour une pince.

Et que fit le Client ? Comment remercia-t-il le Libraire pour le temps que celui-ci venait de lui consacrer ? En sortant son smartphone pour chercher le livre sur Amazon et… en le commandant sur ce foutu site !

Comment je le sais ? Parce que c'est moi le Libraire. J'espionnais le Client derrière la table des Coups de cœur de la librairie.

Et là, le Libraire – moi – alla raconter à Rogelio ce qui s'était passé. Lalima et lui étaient en train d'accrocher un tract annonçant une conférence sur Isaac Babel, ce qui signifie que Lalima tenait le tract contre le mur et que Rogelio, collé à elle, agrafait les quatre coins. Pour faire vite, Lalima était notre raison de vivre, à Rogelio et à moi. Beaucoup de belles jeunes femmes lisent David Foster Wallace, mais combien se promènent avec *Middlemarch* dans leur sac à main ? Combien d'entre elles aiment la bière blonde, écoutent Merle Haggard, et ont des taches de rousseur sur le nez alors qu'elles sont d'origine indienne ? Nous étions tous les trois les meilleurs amis du monde, jusqu'à cet après-midi sans clients, une semaine avant que Rogelio pète les plombs, quand Lalima m'embrassa dans les toilettes de L'Être et le Livre. Ce n'était qu'un petit baiser – tenant plus du roman expérimental que du naturalisme –, mais Rogelio flaira un loup et prit les choses en main.

Là, en tout cas, il s'écarta de Lalima et me regarda droit dans les yeux, redressant ses épaules maigres comme s'il allait me casser la figure. Il travaillait à la librairie depuis l'université et voyait d'un mauvais œil les « collaborateurs » – comme il les appelait –, bien qu'à sa haine s'ajoutât d'ordinaire une pointe de commisération. Mais il n'y avait aucune commisération sur le visage de Rogelio à cet instant précis. Ses narines frémissaient d'indignation. Sur la chaîne stéréo, les Modern Lovers chantaient « Roadrunner », un des titres préférés de Lalima. *I'm in love with modern moonlight.*

Il tourna les talons, traversa d'un pas décidé le rayon Critique Universitaire, et tomba sur le Client béat devant son portable, hochant la tête à la vue de quelque chose sur l'écran. Rogelio brandit l'agrafeuse. C'était le grand modèle, à usage professionnel, et il la braquait sur le type à la manière d'un pistolet. Dans son autre poing, un tract qu'il avait pris sur la pile. La chanson se tut et un silence étrange, d'une profondeur sidérale, emplit la librairie. Comme l'homme ne levait pas les yeux de son portable, Rogelio lui flanqua le tract sur la poitrine, puis, d'un geste vif et curieusement élégant, lui plaqua l'agrafeuse sur le cœur tel un défibrillateur et appuya sur la détente.

Vous vous rappelez ces vieux dessins animés où le personnage ouvre si grand la bouche qu'on voit le fond de son crâne ? Le type hurlait sans qu'aucun son ne sorte. Puis il retrouva sa voix et se rattrapa, courant en tous sens et criant au meurtre, tandis qu'une tache rouge s'étalait sur le visage d'Isaac Babel. Assez bonne publicité pour la prose de ce dernier, très franchement. Rogelio et moi l'observions, comme en transe. Dieu merci, Lalima eut la présence d'esprit d'appeler les secours.

Inutile de dire que cet incident n'améliora pas les finances de L'Être et le Livre. L'homme porta plainte contre Rogelio et menaça de faire un procès à la librairie, mais il y a pire. Hersch, le propriétaire, n'eut d'autre choix que de se séparer de Rogelio. Cela le navrait, je le voyais bien. On ressemblait à une famille : une famille multiraciale, incestueuse et en voie de paupérisation, mais une famille tout de même. Lalima et moi attendions au rayon des Nouveautés pendant que Hersch s'entretenait avec Rogelio dans l'arrière-boutique. Quand ils en sortirent, Hersch évita mon regard ; son visage d'habitude plutôt rose semblait grisâtre et vieilli. L'élastique de son catogan avait glissé. Je ne savais pas pour qui j'étais le plus triste. C'était Hersch qui nous avait embauchés après la fac, qui nous avait offert un emploi, des encouragements, un sentiment de sécurité – et qui avait vu en Rogelio un possible successeur.

Certes, un désaccord avait surgi entre eux récemment, sur les moyens de sauver la librairie. Hersch était partisan d'une approche artisanale. Il plaçait son espoir dans les boutiques de beignets haut de gamme, les friperies éphémères, les outils fabriqués à la main qu'on trouvait sur Internet.

« Tu veux faire quoi ? avait demandé Rogelio. Transformer les Livres d'Occasion en Antiquités Littéraires ?

– J'essaie juste d'être concurrentiel. Les gens veulent de belles choses.

– Walt Whitman ? William Butler Yeats ? Ce n'est pas assez beau pour eux ? »

Hersch avait soutenu son regard. « Quand a-t-on vendu un recueil de poésie pour la dernière fois ? »

Le projet de Hersch était d'engager des artistes locaux qui réaliseraient à la main des jaquettes destinées aux grands classiques : il n'y en aurait pas deux identiques et, bien sûr, Amazon ne pourrait pas les vendre à prix réduit. « Donc tu veux mettre Dostoïevski dans la catégorie Beaux Livres ? » avait dit Rogelio, incrédule. Il n'était toujours pas remis lorsqu'on sortit déjeuner et marmonnait tout seul sur le trottoir. Lalima fit de son mieux pour le calmer, le prenant par l'épaule pendant le trajet vers le tex-mex. Je trouvais qu'elle en faisait peut-être un peu trop. Qu'elle surcompensait. C'était un bel après-midi, nulle trace des orages de juin, et la robe qu'elle portait laissait voir le fin duvet le long de sa colonne vertébrale. Notre baiser dans les toilettes remontait à la veille, et j'aurais sans doute aimé qu'elle me prenne moi aussi par l'épaule.

Je dois préciser quelque chose : quoique d'une intelligence brillante, Rogelio n'avait jamais eu de petite amie. D'abord, il est tout maigre. À l'université on le surnommait l'Asperge. Les filles ne s'intéressaient pas à lui, mais apparemment il ne s'en formalisait pas trop. Lui, il avait l'amour des livres. Il en laissait tomber un certain nombre, de colère ou avec le sentiment d'avoir été trahi, mais entretenait des liaisons torrides avec ceux qu'il aimait : *Lipstick Traces* de Greil Marcus, *Feu pâle* de Nabokov, *Pedro Páramo* de Juan Rulfo. Quand j'avais fait sa connaissance au troisième jour de l'accueil des étudiants de première année, pendant une partie de Capture-le-drapeau, il se promenait avec *Against Interpretation* de Susan Sontag et flottait dans une veste achetée d'occasion. On aurait dit qu'il allait à un mariage d'épouvantails. Comme moi, il détestait jouer à Capture-le-drapeau. Il ne voyait pas l'intérêt de courir après quelque chose simplement parce que les autres le faisaient. Si on s'est tellement bien entendus, selon moi – si on est devenus amis –, c'est parce qu'on préférait rester assis à lire pendant que les autres couraient après le drapeau.

J'étais ignare, comparé à Rogelio, et il m'arrive de penser que c'était mon inculture, voire mon mauvais goût, qui nous liait si étroitement. Il m'a appris quels écrivains aimer (Woolf, Borges) et lesquels haïr (Wolfe, Kerouac), tel le capitaine d'une équipe de foot sélectionnant ses joueurs. Il n'y avait jamais de milieu de terrain. Je lisais parfois une œuvre qu'il m'avait conseillée – disons un poème de Rilke – et elle me laissait perplexe, ou du moins sa portée m'échappait, mais Rogelio s'asseyait alors près de moi et en extrayait le sens, m'expliquant pourquoi elle était précise et mystérieuse à la fois, m'en lisant des passages d'une voix de présentateur d'émission littéraire de radio, si vibrante et biblique qu'elle semblait irréelle. Nous avons passé beaucoup de soirées ainsi, assis contre le mur pendant que nos copains allaient à des fêtes bien arrosées et ramenaient des filles (ou des garçons) dans leur chambre. Même plus tard, quand je suis sorti à mon tour avec des filles, Rogelio avait l'air de s'en moquer, comme s'il préférait passer ses samedis soir en compagnie de l'Aliocha des

Frères Karamazov, du Kinbote de *Feu pâle* ou des autres personnages de roman qu'il fréquentait alors.

Donc, quand Lalima est arrivée, on a tous deux eu un choc. Au début, Rogelio s'opposait à ce qu'on l'embauche – trop « crise de la quarantaine », se plaignait-il à Hersch, même si, à mon avis, il redoutait surtout qu'elle ne s'intéresse pas assez à lui. Voilà pourtant une femme qui semblait nous apprécier tous les deux, intelligente, drôle, et presque aussi cultivée que Rogelio. Autrement dit, un cœur à prendre. Nous passions de très bons moments ensemble à la librairie. Lalima avait horreur de la prose « lyrique » – c'était son grief favori – et en lisait volontiers les exemples les plus accablants d'une voix de mauvais génie qui nous faisait tordre de rire. Les jours de congé, nous arpentions les rues de Silver Lake comme si nous sortions d'un roman de Steinbeck et ne comprenions pas ce qui était arrivé à la Californie. Nous disions « talkie-walkie » au lieu d'« iPhone », demandant aux gens la permission d'envoyer un message radio à notre mère. Nous dressions la liste des « Mots et Expressions Utiles » que nous avions recueillis dans la rue : « Rationalisons ! » y figurait, ainsi que : « J'ai raté la mousse, putain ! » Cette exclamation, nous l'avions entendue dans un café où un client photographiait pour Instagram le dessin sur la mousse de son cappuccino. C'était devenu une blague entre nous : si l'un de nous – disons Rogelio – passait une matinée merdique, il fronçait les sourcils, grommelait : « Mousse ratée », et Lalima et moi hochions la tête, puis nous lui donnions une tape amicale sur l'épaule.

Je mentionne tout cela uniquement pour expliquer pourquoi je m'intéressais tant au bras de Lalima sur l'épaule de Rogelio. Ce n'était pas n'importe quel bras. J'attendais avec impatience de le voir revenir à sa place pendant le déjeuner. Mais quand nous arrivâmes devant le tex-mex Sanchez, il ne s'appelait plus Sanchez. Il était rebaptisé Comida para la Vida. « Une cuisine saine pour une vie saine. » Au menu, des *horchatas* sans produits laitiers, des tacos soja-chorizo, une salade César au chou kale.

« Où est passé le *lomo* ? demandai-je au caissier, un Blanc aux bras couverts de tatouages.

– On n'en fait plus, désolé.

– Même pas du *lomo* de porc élevé en plein air ?

– Plus de *lomo*. On a changé de propriétaire.

– Où est M. Sanchez ? » dit Lalima.

Le caissier la dévisagea, puis jeta un coup d'œil en direction de l'homme qui faisait frire une *quesadilla* végétarienne et portait un tablier sur lequel on pouvait lire : LES TACOS SONT BONS POUR LA SANTÉ. Le monde trouve continuellement de nouveaux moyens de vous déprimer.

Je soupirai. « Tu peux dire adieu au *lomo*. » Et je vins cogner ma hanche contre celle de Lalima. Jamais je n'avais fait ça ; si on m'avait posé la question une seconde avant, j'aurais nié être un type capable de faire ce genre de chose. Je levai les yeux, et Rogelio me regardait comme s'il venait de marcher dans une crotte de chien.

« C'est quoi cette histoire de *lomo* ? Tu l'as toujours trouvé répugnant, ce saucisson.

– Ça ne veut pas dire que je voulais le voir disparaître. »

Rogelio fit la moue. Nous allâmes dans un restaurant thaïlandais sur Sunset mais il boudait, le nez dans ses nouilles détrempées, Lalima et moi assis en face de lui, nos jambes se touchant presque sous la table. Je croisai une fois son regard entre deux lapements, et il avait l'air au supplice. C'était le meilleur ami que j'aie jamais eu – la personne que j'admirais sans doute le plus au monde –, mais soudain j'en avais assez. Pourquoi fallait-il toujours qu'il en soit ainsi avec lui ? Tout ou rien ? Ce n'était pas ma faute si Lalima m'avait embrassé dans les toilettes, de même que ce n'était pas la faute de Hersch s'il devait faire appel à des hipsters. Rogelio voulait que la vie soit précise et sans compromission, comme un grand roman. Or elle était vague, incongrue et mal ficelée. Il fallait sans cesse faire des compromis.

J'espérais qu'une fois à la librairie tout reviendrait à la normale, d'autant que Lalima aidait Hersch à faire sa comptabilité, mais Rogelio partit s'occuper des retours dans son coin. Les affaires étant calmes – comme presque tous les jours, pour être honnête –, je décidai de lui faire une surprise, d'entamer une partie de quelque-chose-mais-je-ne-sais-pas-quoi. C'était un jeu auquel on jouait souvent, autrefois. L'un de nous faisait le client et inventait une requête extravagante – plus elle l'était, mieux c'était. Un bon entraînement pour les fêtes de fin d'année. Rogelio, le champion en titre, ne s'était pas laissé coller une seule fois.

Je pensais lui donner une chance de reprendre l'avantage sur moi. Histoire de faire la paix. Si notre amitié sombrait, je n'y serais pour rien.

« Vous travaillez ici ? lui demandai-je.

– Pas envie de jouer, répondit-il, penché sur une facture.

– Je cherche un cadeau.

– Laisse-moi tranquille. »

Je poussai un soupir. « Je viens de faire douze librairies. De toute façon, vous ne pourrez sans doute pas m'aider. »

Là, il leva la tête – incapable de résister à ce genre de défi – et plissa les yeux. Mais lorsqu'il me fixa entre ses paupières mi-closes, le regard arrogant, omniscient, invincible, mon cœur fit un bond dans ma poitrine. Je mourais d'envie de le coller. Je cherchai quelque chose de grotesque : une requête d'enfer.

« Très bien, dit-il. De quoi s'agit-il ? »

Je toussotai. « J'ai eu le visage arraché par un chien et maintenant j'ai celui d'une morte, vous savez – la donneuse. Elle en avait fait don avant sa mort.

– Et alors ?

– Eh bien je voudrais offrir un livre à la fille de cette femme, pour qu'elle soit moins perturbée de savoir que j'ai le visage de sa mère. »

Je souris à Rogelio avec satisfaction, m'attendant à ce qu'il reste perplexe.

« Je n'ai pas beaucoup de temps, ajoutai-je.

– Par ici.

– Je ne vous en voudrais pas de ne rien trouver.

– Par ici ! » insista-t-il en criant.

Il m'emmena d'abord vers le rayon Psychologie, où il prit *Le Moi divisé*. Bien vu, mais pas assez pour ébranler ma confiance. Pour lui, ce n'était toutefois qu'un échauffement. Au rayon Littérature orientale, il me tendit un témoignage intitulé *Perdre la face et trouver la grâce*, ce qui me fit sourire malgré moi. J'attendais qu'il sourie à son tour pour concéder que mon défi était absurde, mais il n'en avait pas fini : c'était sa raison d'être, d'édifier de petites villes avec des livres, chacun jetant un pont vers un autre, aussi me conduisit-il dans la foulée au rayon Animaux de compagnie, où il me lança un exemplaire de *Bien nourrir son animal de compagnie : le guide de l'alimentation du chien et du chat*, puis au rayon Cuisine, d'où il exhuma *Le Dilemme de l'omnivore.* J'éclatai de rire – c'était plus fort que moi. À ce stade, Lalima et Hersch se doutaient de quelque chose et émergèrent de l'arrière-boutique pour suivre la scène. Je leur expliquai ma requête en partant vers le rayon Littérature Jeunesse, où Rogelio me donna *C'est bien toi ma maman ?* Il enchaîna avec *Ce n'est plus ta maman : une histoire de zombie*, que je n'avais encore jamais vu, puis partit vers son fonds de commerce, les Occasions, d'où il sortit trois livres coup sur coup : *La Leçon d'anatomie*, *Le Double*, et *Family Resemblances* de Lowry Pei. Il parcourait toute la librairie, faisant des rapprochements impossibles même pour un ordinateur, et c'était un spectacle magnifique : nous devenions son public, ses apôtres, entraînés dans un royaume de sa création. D'une pirouette, il se retrouva au rayon Policiers, où il attrapa *Monsieur Ripley*, avant de revenir sur ses pas et d'ajouter *Le Mouron rouge*, association qui me déconcerta un instant, après quoi je me retournai avec ma pile de bouquins pour expliquer que dans ces deux-là le héros changeait d'identité, alors Hersch et Lalima sourirent, on jubilait étrangement tous les trois, car la quête de Rogelio devenait autre chose, un hommage à L'Être et le Livre, à la promesse selon laquelle on pouvait reconstituer l'histoire d'une vie avec des livres, nos livres à nous, ainsi qu'avec tout notre savoir, notre compétence désintéressée, et Rogelio, rayonnant de fierté, bifurqua vers le rayon Histoire littéraire. Il posa sur ma pile *Le Pouvoir de Thétis :*

allusion et interprétation dans l'« Illiade », ce qui me dérouta totalement jusqu'à ce qu'il déclare : « Thétis, la mère immortelle d'Achille », et on aurait dit que c'était la librairie même qu'il décrivait, notre mère immortelle qui continuerait à vivre et s'occuperait toujours de nous, sous quelque apparence que ce soit.

Ensuite, bien sûr, Rogelio fut licencié. C'est ma faute, ma très grande faute. Une partie de moi savait – lorsque je lui avais parlé de la commande du client sur Amazon et que je l'avais vu se retourner avec l'agrafeuse – que rien de bon ne sortirait de cette histoire.

Mais ce qui me restera à jamais de cette journée, c'est l'épisode avant que Rogelio ne quitte la librairie. Il avait passé l'après-midi au poste de police, empestait la sueur et les cachets anti-brûlures d'estomac. Il s'arrêta devant la table des Coups de cœur et remit d'aplomb une pile de *Lucky Jim*. « Allons-y », me dit-il de cette voix improbable qui rendrait un mode d'emploi mélodieux. « On nous a retirés du menu. » Il me fallut une seconde pour comprendre qu'il voulait que je quitte mon emploi, que je parte avec lui comme j'étais arrivé avec lui. Je jetai un coup d'œil à Lalima, qui fixait la moquette, et je ne bougeai pas.

C'était il y a six mois aujourd'hui. Aucune plainte en justice ne s'est concrétisée. La librairie L'Être et le Livre est encore là. Hersch a tenté sans trop y croire de contacter quelques artistes, d'éveiller leur intérêt pour son idée de jaquettes personnalisées, mais cela n'a rien donné jusqu'à présent. Malgré tout, les clients s'aventurent entre les rayons en buvant leur café *latte* à petites gorgées. Le carillon de la porte tinte. Cette année, Noël nous a réussi, assez pour nous permettre de tenir tout l'été.

Sans Rogelio, pourtant, ce n'est plus pareil. Il était l'âme de la librairie, son *pneuma*, le souffle gonflant ses poumons. Parfois, de sa voix de mauvais génie, Lalima lit quelque chose qui me fait rire, alors je cherche Rogelio du regard, oubliant qu'il n'est plus là, et mon cœur se serre. J'ai beau lui laisser des messages, il ne rappelle jamais. Quand je passe devant son appartement, il n'y a personne.

« Tu trouves que Hersch va bien ? me demande un jour Lalima au déjeuner.

– Comment ça ?

– On dirait qu'il a pris un coup de vieux. Il a les yeux de plus en plus larmoyants, comme un vieillard. Avant-hier, je lui ai demandé s'il avait *Tropique du Cancer* en stock, et il m'a demandé de qui c'était. »

On se tient par la main en attendant notre plat. On est devenus des habitués du tex-mex au bout de la rue, celui qui sert des tacos soja-chorizo. Bien qu'aucun de nous ne veuille l'admettre, la nourriture est meilleure qu'avant. Quand nos tacos arrivent, Lalima pose l'assiette sur ses genoux et se blottit contre moi sur la banquette.

Soudain j'aperçois Rogelio par la fenêtre ouverte. Il marche sur le trottoir, le nez dans un livre. Dieu seul sait de qui : Calvino, peut-être, ou Pynchon, ou Patricia Highsmith. Il est plus maigre que jamais – c'est-à-dire vraiment très maigre. Il a les cheveux gras et en bataille. Au point que les gens quittent leur portable des yeux et s'écartent de son chemin. Il fait place nette devant lui

– sans doute ne sait-il même pas où il est –, et il a quelque chose de magnifique, de rare, de lent, d'absorbé : un homme plongé dans un livre. J'ouvre la bouche pour l'appeler, mais non. Je ne l'appelle pas. Non. Mais lorsqu'il disparaît, il me manque.

Expression

À quinze ans, j'écrivis pour le cours d'anglais de Mme Nowinski une nouvelle intitulée : « Massada des nouveau-nés ». J'étais tombé sur le nom « Massada » en feuilletant une encyclopédie à la recherche d'un titre, et j'avais eu le coup de foudre. Aussitôt, j'avais su qu'il donnerait la portée nécessaire à ma nouvelle, dont le narrateur était un nouveau-né dans un service de prématurés. Inexplicablement, celui-ci possédait un vocabulaire étendu. Il éprouvait également une attirance précoce pour Ingrid, son infirmière préférée, qui lui chantait chaque soir une berceuse d'une « voix plaintive ». Une nuit, éveillé dans sa couveuse, il voit Ingrid se faire violer par un médecin de l'hôpital. Avec un sentiment d'impuissance, il la regarde se débattre, incapable d'intervenir. Après cela, il décide qu'il préfère mourir de froid plutôt qu'affronter un monde si cruel et prédateur. Il serre le poing et, rassemblant tout son courage, défonce la paroi vitrée de sa couveuse. Inspirés par ce courageux acte de protestation, les autres prématurés du service brisent à leur tour la vitre de leur couveuse à coups de poing, une forêt de bras minuscules. C'est le dénouement.

Mme Nowinski me mit A+, la meilleure note, et précisa dans son commentaire que ma nouvelle était « l'expression poignante de la cruauté humaine, en même temps qu'une réécriture géniale de l'histoire des juifs ». Cette dernière remarque me déconcerta – je n'étais pas juif et j'avais eu de justesse mon examen d'histoire mondiale –, mais je pouvais reprendre le reste à mon compte. Tout en moi n'était que l'expression poignante de la cruauté humaine, surtout si ça plaisait aux femmes. Jusque-là, le commentaire le plus flatteur que j'avais recueilli au lycée venait de M. Gerbino, mon professeur de SVT, qui avait dit que je manifestais « une compréhension très sûre des systèmes climatologiques ».

Mon père fut lui aussi impressionné par cette nouvelle – au point qu'il décida de m'envoyer dans un camp de vacances ayant pour thème les arts et lettres. Celui-ci se révéla être destiné à des « artistes en herbe ». Il n'avait pas lieu en Californie, où nous vivions, mais dans le Massachusetts.

« Je ne veux pas être un artiste », protestai-je. J'associais les artistes à cette catégorie d'adolescents que ma mère trouvait « intéressants ». De plus, j'avais une petite amie, la première de ma vie, avec laquelle je faisais des progrès, lents mais prometteurs, sur le trampoline de son jardin. L'été s'étendait désormais devant moi comme un paysage de souffrance érotique.

« Les écrivains se nourrissent de leurs expériences », répondit mon père. Il avait passé une licence de littérature française et sortait parfois ce genre de choses. « Ça enrichit leur imaginaire. »

Ma sœur pouffa de rire, la bouche pleine de corn-flakes.

Elle était jalouse, car elle-même n'avait aucun talent particulier. « Il n'a que quinze ans, bon sang !

– Rimbaud a écrit son premier poème immortel au même âge, répliqua mon père.

– Moi je préfère être immortel à la maison », dis-je.

Mon père poussa un soupir.

« Papa et maman veulent aller en Europe, expliqua ma sœur. Moi, ils m'envoient au Mexique pendant un mois pour aider les orphelins. »

Ainsi me retrouvai-je au Massachusetts, dans un camp de vacances pour jeunes artistes. En fin de compte, ce n'était pas du tout un camp de vacances, mais un collège universitaire au milieu de nulle part qui, l'été, se transformait en un lieu où se débarrasser de ses gosses. Mon copain de chambre s'appelait Chet Turnblad. Je n'avais encore jamais rencontré quelqu'un prénommé Chet, et je fus sidéré de découvrir qu'il correspondait exactement à l'idée que je m'en faisais. Il était rouquin et boutonneux, avec une de ces coupes de cheveux donnant l'impression qu'il s'était saupoudré du désherbant sur le haut du crâne mais en laissant le reste pousser jusqu'aux épaules. Il s'était installé la veille dans notre chambre et avait décoré le mur au-dessus de son lit d'un poster de Miles Davis avec une cravate à rayures, assis sur une banquette, une jambe repliée et l'autre insolemment allongée devant lui. Je connaissais vaguement le jazz – mon père avait toute une collection de vinyles –, mais je n'avais jamais rencontré un jeune de mon âge qui en écoutait par goût. Face à la porte, là où tout le monde le verrait en entrant, un autre poster : un groupe de heavy metal, visages grimaçants devant l'objectif, les cheveux permanentés et bouclés comme la perruque de Louis XIV.

Je décrétai que Chet venait du Kansas, du Mississippi, ou d'un autre endroit où on vous mettait en pension parce que vous écoutiez la « musique du diable ». En réalité, il vivait dans la bourgade voisine. J'étais surpris. Pendant le trajet depuis l'aéroport, je n'avais pas vu grand-chose : des fermes, deux ou trois motels, puis un clocher solitaire et quelques boutiques vendant des souvenirs du collège.

« Tu habites dans le coin ? demandai-je.

– Sur Lincoln Road », répondit-il. Il avait une voix étonnante, trop grave pour sa silhouette frêle, comme celle d'un doublage raté. « Près du lac.

– Tu n'as pas de chambre à toi ?

– Bien sûr que si. »

Il rougit, se tournant vers les cassettes qu'il avait alignées par ordre alphabétique sur une étagère de la bibliothèque. Je ne comprenais pas qu'il préfère vivre dans une résidence universitaire plutôt que chez lui, surtout dans ce bâtiment qui sentait les crottes de souris, n'avait pas la climatisation, et où je laissais des empreintes squelettiques à chaque pas tant l'air était humide. J'avais la sensation que mes globes oculaires allaient glisser de leurs orbites. Impossible de ne pas penser à mes copains restés en Californie, traînant à la plage, bronzant dans la fraîcheur du vent marin avant de plonger avec délices sous les vagues. Ce qui me ramenait à ma petite amie : à sa bouche qui avait le goût des Coca Light qu'elle buvait sans cesse et dont la fraîcheur engourdissait mes lèvres, chaque baiser neigeux laissant une douceur métallique sur ma langue. Elle s'appelait Sylvana. À mes oreilles, cela sonnait comme le nom d'un pays, un endroit magnifique que j'étais perpétuellement sur le point de découvrir. Jusqu'à présent, je n'avais fait qu'entrevoir le rivage. Seuls sur le trampoline, une fois ses parents sortis pour la soirée, nous nous embrassions et nous pelotions avec une telle ardeur que j'avais mal à en pleurer.

Après avoir déballé mon sac de voyage dans une chaleur atroce, je partis dîner avec Chet. Il portait une casquette des Red Sox qu'on aurait dit tout juste sortie de son emballage, aussi rigide que du plastique, et dont ses cheveux dépassaient à l'arrière comme la queue d'un écureuil. Je n'avais pas envie d'être vu avec lui, mais pas envie non plus de le vexer dès le premier jour, alors qu'on allait passer l'été ensemble. Le dîner tenait de la course d'orientation : tout le monde avait reçu une carte postale reproduisant un tableau, et on était censés s'asseoir à la table sur laquelle se trouvait le tableau correspondant. Le mien représentait un vieillard regardant un enfant dans les yeux avec adoration. Le nez de cet homme était déformé par des verrues répugnantes, comme certaines citrouilles que les gens placent devant chez eux pour Halloween. Je découvris avec consternation que Chet avait le même tableau. Nous prîmes des hamburgers au self et trouvâmes notre table dans un coin reculé de la salle, près d'un chevalet où était fixé un agrandissement du vieillard au nez difforme. Je lançai un coup d'œil aux convives de la table voisine, qui dînaient en compagnie d'une femme nue se faisant des tresses.

« Qu'est-ce qu'il a sur le nez ? » dis-je, reposant ma fourchette. Les hamburgers – ou peut-être la pièce elle-même – avaient l'odeur d'un vieil appareil dentaire. « Ça me dégoûte.

– C'est une peinture célèbre », répliqua le garçon assis en face de moi. Une longue frange noire lui descendait au ras des paupières et il avait le même sourire qu'un dauphin. Sur le carton devant lui, le prénom ETHAN. « Un tableau de Ghirlandaio.

– Il aurait pu nous épargner ces verrues.

– En fait, il s'agit d'une maladie de peau, reprit Ethan. Ce sont des petites tumeurs.

– Quand j'avais neuf ans, il y en a une énorme qui m'a poussé sur le dos », annonça ma voisine, dont les lunettes donnaient l'impression que ses yeux flottaient devant son visage. Elle avait empilé quatre moitiés de petits pains en les tartinant de plusieurs couches d'une substance orange, si bien que son hamburger ressemblait à une pièce montée. « On m'a opérée pour l'enlever et on a trouvé des poils et des dents à l'intérieur. Ça s'appelle un tératome. Parfois, ils ont même des orteils ou des doigts !

– Waouh », dis-je.

Je me tournai vers Chet, qui leva les yeux au ciel. Je l'imitai. Déjà, je me souciais moins de ce qu'on pouvait penser de lui. J'inspectai du regard la salle étouffante, et je vis un assortiment d'artistes en herbe penchés sur leurs hamburgers, certains habillés tout en noir – un mélange de visages luisants de sueur et mélancoliques qui ne présentaient pas plus d'intérêt que le mien. Tous, nous nous retrouvions sans doute là parce que nos parents savaient flatter notre vanité pour ne pas nous avoir dans leurs jambes. Derrière le distributeur de sauces et de condiments, debout près de la porte, deux policiers transpiraient à grosses gouttes dans leur uniforme.

« Qu'est-ce que ces flics font là ? demandai-je.

– Le bras armé de la justice ? ironisa Ethan. Tu n'as pas reçu la circulaire ? »

Je secouai la tête.

« Le Rôdeur du Campus. Quelqu'un vole des choses dans les chambres. Celles des premiers arrivants – des étrangers pour la plupart. Il s'en prend aux plus faibles et aux Allemands.

– On est censés fermer nos portes à clé, même quand on va aux toilettes, ajouta la fille aux lunettes.

– C'est qui ? »

Ethan haussa les épaules, avec un mouvement de tête pour écarter sa frange de ses yeux. « Un type du coin, j'imagine. »

Je regardai Chet qui fixait son assiette, mangeant ses petits pois après les avoir empalés un à un sur les dents de sa fourchette. De nous quatre, c'était le seul à avoir demandé des légumes. Pour regagner notre chambre, lui et moi traversâmes la cour intérieure en ruisselant de sueur, tandis que les grillons stridulaient autour de nous comme un vélo de course lancé à pleine vitesse dans une descente. Le soleil se couchait et dans l'air de minuscules lueurs commençaient à clignoter. Je n'avais encore jamais vu de lucioles, et je mis quelques secondes à comprendre de quoi il s'agissait. C'était un superbe campus, il fallait l'admettre. Les bâtiments étaient bien plus anciens que ceux que nous avions en Californie ; leurs façades de brique rouge s'élevaient, majestueuses, au-dessus du clignotement des lucioles, et le campanile dominant la cour engazonnée semblait refléter les derniers rayons du soleil. L'air était plus odorant que celui auquel j'étais habitué, saturé de senteurs d'herbe et de feuilles, mais aussi des relents d'eau de vaisselle qui s'échappaient par la porte ouverte des cuisines. En passant devant le gymnase, je perçus le silence des arbres juste derrière, ceux du bois en lisière de notre résidence ; au-delà s'étendait la petite ville de Dumbarton avec ses boutiques de souvenirs, son lac que je n'avais pas vu en venant de l'aéroport, et, à proximité, la maison des Turnblad, toutes ses lampes allumées, sauf dans la chambre de Chet.

Ce soir-là, avant qu'on se couche, je lui donnai à lire « Massada des nouveau-nés » – le même exemplaire, hérissé d'onglets, que celui que j'avais confié à Mme Nowinski. Chet tournait les pages avec une expression impénétrable. S'il reconnaissait le caractère génial de ma nouvelle, il gardait son admiration pour lui. Quand il eut fini, il la reposa et me lança un regard bizarre, comme si je venais d'avouer que j'étais un loup-garou.

« Elle me plaît bien, lâcha-t-il sans conviction. C'est censé être réaliste ?

– Comment ça ?

– Je me demande juste si un prématuré serait capable de défoncer une couveuse. Même en étant fou de rage. »

J'avais les joues en feu. « Je me suis autorisé quelques libertés.

– Par ailleurs, je crois que les nouveau-nés sont plus ou moins aveugles.

– C'est une réécriture de l'histoire des juifs.

– Oh, dit-il, l'air pensif. Ils sont donc… symboliques ? »

Je hochai la tête, trop en colère pour parler. Un musicien – un joueur de trombone, par-dessus le marché. Qu'est-ce qu'il connaissait à la littérature ? Je lui demandai de me rendre ma nouvelle et la laissai en évidence sur mon bureau, repliée de manière à laisser voir la note mise par Mme Nowinski. L'étui du trombone de Chet trônait dans l'angle, pareil à une patte d'éléphant. Cette occupation présomptueuse du terrain me contraria.

« Et si tu nous jouais quelque chose ? » dis-je, désignant l'étui.

Chet s'approcha du lecteur de cassettes en haut de la bibliothèque et en inséra une de sa collection. Peut-être n'avait-il pas assez de talent pour jouer sans accompagnement. Le morceau débuta par quelques notes tristes au saxo et le frémissement d'une batterie – la lente intro d'une ballade. J'attendais que Chet sorte son trombone, mais il restait planté là, la tête penchée comme un oiseau.

« Tu ne joues pas ?

– C'est l'orchestre dont je fais partie, répondit-il. Mon solo va suivre. »

Je tendis l'oreille, me demandant comment diable le bruit de pet d'un trombone allait se fondre dans une ballade. Le saxo se tut, et soudain retentit le bêlement maladroit du trombone, à ceci près qu'il n'était pas du tout maladroit mais posé, magnifique et plein de tendresse. On aurait dit un phoque endeuillé. Puis ce son lugubre se transforma en autre chose, montant en puissance comme s'il gravissait une échelle, s'embarquant dans un swing enivré et déchirant qui semblait à la fois gracieux et déjanté. Sous les grondements et les ronflements, la mélodie était là, envers et contre tout. Je compris que c'était ça, le talent. J'y étais sans doute confronté pour la première fois. À la fin du morceau, je rangeai ma nouvelle dans le bureau et sortis me brosser les dents, incapable d'affronter le regard de Chet.

Cette nuit-là, je ne trouvai pas le sommeil. Mes draps trempés de sueur s'entortillaient, le ventilateur rotatif que Chet avait apporté me soufflait des rafales humides au visage. Je pensais sans cesse à Sylvana : le week-end précédant mon départ, je l'avais convaincue de me laisser lui retirer son tee-shirt, et à présent l'image de ses seins pâles et frissonnants me hantait en secret dans l'obscurité. Les policiers patrouillaient, à l'affût du Rôdeur du Campus, et j'entendais au loin le haut-parleur grésillant de leur voiture, qui nous rappelait de bien fermer nos chambres à clé. En nage, ne trouvant pas de position confortable, j'aurais voulu pouvoir me glisser hors de ma peau et l'essorer telle une serviette éponge. Au-dessus de moi, le lit de Chet était silencieux comme une tombe. Je me suis masturbé. C'était plus fort que moi. Je faisais le moins de bruit possible pour ne pas me trahir, avec la lenteur d'un rêve que je ne voulais pas interrompre, quand subitement je perçus un son au-dessus de moi, un bruissement sourd, et l'espace d'un instant je crus que Chet s'y mettait lui aussi – une jubilation insolite et nauséeuse monta dans ma poitrine –, mais le bruissement s'intensifia : une voix au cœur de la nuit, celle d'un garçon qui pleurait doucement dans le lit du haut.

Durant cette première semaine au camp, en dehors des matinées où j'avais mon atelier d'écriture et où Chet jouait du trombone, nous ne nous quittions pas. Nous avions l'impression de nous être rencontrés longtemps auparavant, dans une vie antérieure, et de reprendre une vieille amitié sans avoir besoin de faire connaissance. À l'heure du déjeuner, nous emportions nos plateaux loin de la fournaise des cuisines, dans un coin de la salle à manger où la peinture s'écaillait sur les murs et où un ventilateur électrique soufflait en tempête au-dessus de nos têtes, lâchant des flots de poussière qui ondulaient telles des algues, et nous guettions nos proies. Les apprentis acteurs avaient notre préférence, car la plupart n'étaient pas des flèches. Chet et moi avions feuilleté l'annuaire dans notre chambre avant de venir, armés des noms les plus absurdes que nous avions pu trouver.

« Tu en as pensé quoi, du dernier film de Dallendoerfer ?

– Dallendoerfer ?

– Au moins quatre personnes m'ont dit qu'il n'était pas très inspiré.

– En fait, je ne sais pas trop.

– Le plus grand acteur de notre génération. On s'attaque à forte partie. » Chet et moi baissions la voix, comme honteux de commettre un sacrilège. « Mais toi, tu choisirais qui ? Dallendoerfer ou Funkhouse ? À tout prendre. »

Contre toute attente, nous arrivions à nous retenir de rire, mémorisant les meilleures répliques pour les ressortir dans la journée et nous esclaffer. J'adorais provoquer l'hilarité de Chet ; son visage sévère s'éclairait et il riait à gorge déployée, si bien que j'apercevais sa luette rose, tremblante comme un mollard. Il était l'image même de la joie. Il poussait des rugissements de hyène. Jamais on n'aurait deviné qu'il pleurait avant de s'endormir. Chaque soir, ça recommençait : un petit son discret qu'on pouvait prendre pour autre chose, jusqu'à ce qu'émerge une voix entrecoupée de reniflements et de sanglots incoercibles. Je n'abordais jamais le sujet avec lui. En partie parce que je trouvais que c'était trop intime, en partie parce que je produisais mes propres bruits dont je n'avais pas envie de parler. Je ne faisais pas allusion à ses pleurs ; il ne faisait pas allusion à mes branlettes nocturnes. Curieusement, les deux choses étaient devenues indissociables dans mon esprit.

Le week-end suivant notre arrivée, Chet m'invita à dîner chez lui. Nous avions mangé des hamburgers deux fois cette semaine-là, et je ne me fis pas prier. De plus, je commençais à élaborer des scénarios à son sujet, et je souhaitais voir où il vivait. Mon imaginaire avait transformé la maison près du lac en mobile home au fond des bois, aux mains d'un père alcoolique – le genre d'endroit où le pouvoir rédempteur du trombone sauverait Chet d'une vie de délinquance. J'avais déjà commencé pour mon atelier d'écriture un roman sur lui, intitulé *Le Cri du trombone*. Il me prêta son vélo, un vieux BMX, et me montra le chemin sur son skateboard.

« Ma sœur sera là, dit-il, attaquant une montée.

– Quoi ?

– C'est ma jumelle. »

Je mis pied à terre. « Tu as une sœur jumelle ?

– C'est une fille. On n'est pas des vrais jumeaux. »

J'étais déçu : je le croyais fils unique, avec la musique pour seule compagne. Sa maison me déçut également. Pas de mobile home, mais une demeure d'apparence normale dans une rue bordée d'arbres, et qui possédait même des volets en bois peint. Un peu petite, sans doute, mais pas plus que les autres maisons du quartier. Il y avait même une cabane dans le grand chêne dont l'ombre s'étendait sur la pelouse. Nous contournâmes la terrasse et traversâmes le jardin en friche au milieu de fleurs de pissenlit aussi grosses que la tête d'un bébé, avant de nous essuyer les pieds sur un paillasson agrémenté de l'image d'un tamia mangeant un gland. Sous le tamia, l'inscription : BIENVENUE CHEZ LES GLANDEURS.

La mère de Chet me serra dans ses bras en signe de bienvenue. Elle sentait le chewing-gum. Peut-être à cause de ça, elle avait l'air étonnamment jeune. Je retrouvais les traits de Chet sur son visage, découvrant avec surprise qu'il n'était pas sans charme.

« Chet m'a tellement parlé de vous, dit-elle. Où en est ce Grand Roman américain ?

– Ça baigne.

– Pardon ?

– En fait, c'est plutôt un antiroman. Je révèle l'envers du rêve américain. » Je jetai un coup d'œil à Chet, qui me regardait avec des yeux ronds. J'ignorais ce qui me prenait de parler ainsi.

« Waouh. Ça a vraiment l'air d'être quelque chose. » Sa mère sourit vaguement, puis écarta une boucle rousse de son visage. « Tu aimes le pain de viande, j'espère. Je comptais faire des côtelettes de porc, mais ensuite je me suis souvenue de tes… enfin, de tes origines. »

Elle glissa les mains derrière son dos et rattacha son tablier, le tendant d'un geste sec sur ses seins. À ma grande honte, j'avoue l'avoir imaginée ne portant rien d'autre que ce tablier. Après l'apparence surprenante de la mère de Chet, le dîner fut décevant : j'espérais apprendre quelque chose que je pourrais utiliser pour mon roman, mais Chet semblait bien s'entendre avec ses parents, et aucun secret obscur ou pathétique ne fut dévoilé. Son père paysagiste avait sa propre entreprise, un développement prometteur, à ceci près qu'il s'avéra être un type bien et d'une grande courtoisie, qui non seulement approuvait que Chet joue du trombone, mais était apparemment amateur de jazz lui-même, questionnant son fils sur le nouveau morceau de Lee Morgan que celui-ci avait ajouté à son répertoire. Quant à la sœur de Chet, je n'avais pas encore fait sa connaissance : elle était souffrante – « un peu patraque », selon la mère de Chet – et restait dans sa chambre. Sa mère avait insisté pour lui mettre son couvert, au cas où elle se sentirait suffisamment bien pour manger.

« Je regrette que tu gâches de la nourriture », déclara le père de Chet, à propos de la tranche de pain de viande qui refroidissait dans l'assiette. « On pourra toujours lui en refaire un si elle a faim.

– Elle va peut-être retrouver l'appétit, assura la mère de Chet. On ne sait jamais.

– Ce n'est pas une façon normale de dîner.

– Mais si, dit-elle d'un ton enjoué. Chez vous on ne fait pas ça pour Pessah, Jason ? Mettre un couvert de plus ?

– Pessah ?

– Je mélange sans doute les fêtes religieuses. »

Je hochai la tête. Le père de Chet fronça les sourcils et poursuivit son repas, fixant de temps à autre la tranche intacte de pain de viande, puis détournant le regard. Il finit par se lever au milieu d'une bouchée, saisit l'assiette et alla dans la cuisine la mettre au réfrigérateur. La porte-moustiquaire s'ouvrit avec un grincement et claqua derrière lui. La mère de Chet cessa de sourire et ses joues s'empourprèrent. Je jetai un coup d'œil furtif à Chet, qui terminait son dîner comme si de rien n'était.

« Je crois que ta sœur apprécierait que tu lui dises bonjour, lâcha la mère de Chet lorsqu'il eut vidé son assiette. Je sais que tu lui as manqué. »

Sa chambre se trouvait à l'autre bout de la maison, jouxtant le garage, mais au lieu de frapper à sa porte, nous retraversâmes le jardin pour apparaître par surprise à sa fenêtre. J'eus l'impression que ce n'était pas la première fois que Chet faisait ça. Les pissenlits géants oscillaient au vent, leurs graines jaillissant telles des étincelles. Il faisait encore plus lourd et la pluie menaçait. « Il aime bien aller se promener après dîner. » Ce fut tout ce que répondit Chet quand je lui demandai où était passé son père. Lorsqu'on atteignit la fenêtre, il s'approcha sans bruit et on resta là une minute, à épier sa sœur entre les rideaux tirés. Elle était couchée et regardait la télé. Contre toute attente, elle n'avait pas les cheveux roux, mais d'un magnifique châtain doré. Ils étaient frisés, avec de longues boucles qui lui descendaient jusqu'aux épaules. Près d'elle, posé sur la table de chevet, une sorte d'interphone : boîtier blanc muni d'une touche d'appel. La fenêtre était ouverte, et malgré le vent qui apportait la pluie, je sentais la chaleur et l'odeur de renfermé de cette chambre, aux mêmes relents aigrelets que la tête d'un bébé.

J'attendis que Chet dise bonjour, mais il se contentait de fixer sa sœur sans un mot. Il avait le visage livide et figé, avec un étrange rictus qui n'avait rien à voir avec un sourire. Je commençai à avoir peur. Plus il restait là, plus j'étais mal à l'aise. À la télé quelqu'un hurlait. Au moment précis où je croyais que Chet allait parler, il fit une affreuse grimace, la plus méchante que j'aie vue : découvrant ses dents serrées, il tira la langue le plus lentement possible. On aurait dit une machine à pâte à modeler. Puis il tourna les talons et s'enfuit, faisant sursauter sa sœur qui leva les yeux de l'écran et m'aperçut derrière la fenêtre. Elle coupa le son et sortit tout doucement de son lit, jusqu'à se retrouver à la fenêtre elle aussi, juste en face de moi.

« C'est toi le copain de Chet ? »

J'acquiesçai de la tête. Elle portait un pyjama écossais qui semblait un peu trop petit pour elle. Sous l'ourlet du pantalon, je voyais ses chevilles pâles et osseuses, ses pieds longs et minces comme des lames. Elle avait les ongles de pieds vernis en violet.

« Chet s'est enfui », annonçai-je bêtement.

Elle referma les doigts sur le col de sa veste de pyjama, comme si elle avait froid. « D'après maman, il a régressé. C'est elle qui a eu l'idée de l'envoyer en camp de vacances.

– Et toi, tu es malade ? »

Elle détourna le regard. « Non. Simplement, je déteste le pain de viande. »

Je mentis. « Moi aussi. »

Elle sourit. Quelque chose dans son expression – pas le sourire en lui-même, mais l'effort qu'il lui coûtait – trahissait la contrariété. Elle ferma les yeux. Le vent balaya le jardin et souffla une nuée de graines de pissenlit dans sa chambre, les faisant tourbillonner comme les flocons d'une boule à neige. L'une d'elles se posa sur ses boucles. Je tendis le bras par la fenêtre pour l'enlever. Je lui offris ce fin duvet – j'ignore pourquoi – et nos doigts se touchèrent, aussi légers que des fourmis.

« Merci. »

Elle rougit. Mon cœur battait à se rompre. Une rafale plus violente s'engouffra par la fenêtre et un pan de sa veste de pyjama se souleva, laissant voir un tatouage sous son nombril. Une croix, aurait-on dit. Elle rabattit le bas de sa veste. Durant quelques instants, je fus incapable d'articuler une parole.

« Il va pleuvoir, dis-je. Tu devrais fermer la fenêtre.

– J'aime mieux la laisser ouverte.

– Pourquoi ? »

Elle me dévisagea, haussant le sourcil. « Pour le cas où j'aurais de la visite. »

Je tournai les talons à mon tour et repartis parmi les pissenlits géants en direction de la pelouse devant la maison. Quand je retrouvai Chet, il était assis sur la terrasse et refusa de parler de sa sœur. Il ne fit aucune allusion à cette affreuse grimace ; je ne fis aucune allusion au fait que nos doigts s'étaient touchés par la fenêtre. C'était comme s'il ne s'était rien passé. Nous prîmes congé de ses parents et nous rentrâmes, moi sur le skateboard, cette fois. Il pédalait vite, et j'avais du mal à le suivre. Dans la longue montée avant le campus, le campanile surgit sous nos yeux telle la tourelle d'un château, assombri par la pluie qui arrivait, mais j'étais trop essoufflé pour profiter de la vue. Un coup de tonnerre fracassant, exotique pour moi, retentit à proximité. Lorsque je rattrapai Chet, il évita mon regard, s'absorbant dans la contemplation du campus soudain noyé sous la pluie, comme prisonnier au fond d'un puits.

« Ça baigne », répondit-il, quand je lui demandai s'il allait bien.

Quoi qu'il se soit passé chez Chet – et quels qu'aient pu être ses griefs contre moi –, tout parut oublié le lendemain. Nous reprîmes notre routine faite de repas, de conversations sur les filles et de canulars, même si quelque chose de bizarre était apparu dans notre amitié, une sorte de gêne dont je ne savais pas trop de qui elle venait. La nuit, dans notre chambre transformée en sauna par la chaleur, Sylvana était remplacée dans mes fantasmes par la sœur de Chet : son flot de boucles châtaines, sa veste de pyjama remontée sur son ventre par le vent. La caresse de ses doigts qui semblait à présent pareille à un baiser. Mais je revoyais surtout cette croix sous son nombril : ce qu'il a pu me torturer, le souvenir de ce symbole sacré dans un endroit si impie ! Quel genre de fille pouvait choisir un tatouage pareil ? Dans mes fantasmes, j'entrais dans sa chambre par la fenêtre et lui arrachais sa veste de pyjama à deux mains, avant de lui embrasser le ventre le long de cette croix, jusqu'à sa culotte. Nous faisions l'amour de toutes les façons que je pouvais imaginer : sur son lit, par terre, dans le jardin avec les graines de pissenlit tourbillonnant autour de nous. Elle avait plus d'expérience que moi, mais pas assez pour que je me sente stupide, seulement reconnaissant de m'initier. Nous poursuivions nos ébats jusqu'à l'aube, où je partais avant que ses parents ne se lèvent, que Chet lui-même ne se réveille, retrouvant mon lit sans me faire remarquer.

Bien évidemment, je ne partageais pas mes fantasmes avec lui. Je m'étais remis à l'écriture du *Cri du trombone*, où j'avais ajouté un personnage féminin inspiré par sa sœur. Prénommée Miranda, elle était sexy, perturbée, et en froid avec son frère jumeau – le protagoniste, qui jouait du trombone – à cause de sa conversion religieuse, mais aussi parce qu'elle était amoureuse de Blake, le meilleur copain de son frère. Blake me ressemblait, à ceci près qu'une cicatrice sous l'œil lui donnait l'air « canaille », et qu'il avait perdu sa virginité à dix ans avec sa baby-sitter déprimée, alors qu'elle était sur le point de se marier. À l'atelier d'écriture, nous venions de lire « Le Démon de midi », une nouvelle de John Cheever, et j'avais été impressionné non seulement par Anne Murchinson, aussi belle que dérangée, mais par l'art avec lequel Cheever transfigurait la vraie vie, comme si ce qu'il décrivait était mort, en quelque sorte, et qu'il en faisait l'éloge funèbre. *L'image de la jeune fille semblait lui permettre d'entretenir avec le monde une relation mystérieuse et captivante*[1]. J'avais surligné cette phrase en jaune fluo, car la nouvelle avait eu le même effet sur moi : elle avait rendu ma relation au monde mystérieuse et captivante. C'était ce que je voulais pour *Le Cri du trombone*. J'ignorais si mon roman était « captivant » ou pas, mais il comportait bel et bien un mystère : l'expression sur le visage du protagoniste quand il apercevait Miranda par la fenêtre. Dans l'idée que je me faisais du livre, cette expression devenait le cœur du problème. Pourquoi haïssait-il Miranda à ce point ? Que voulait dire cette langue hideuse qui pointait entre ses dents avec une lenteur obscène ? C'était la première fois que je voyais l'écriture sous cet angle, comme l'élucidation d'un mys-

1. John Cheever, *L'Ange sur le pont*, traduction de Dominique Mainard, Le Serpent à Plumes, 2001.

tère. Qu'il puisse y avoir d'un côté le monde dans lequel vous viviez, et de l'autre, rôdant sous la surface, celui sur lequel vous écriviez, ne m'était jamais venu à l'esprit. Quand j'avais soumis le premier chapitre aux autres participants à l'atelier d'écriture, le professeur l'avait qualifié d'« ambitieux ».

« Tu pourrais quand même donner plus de détails », déclara Ethan avec son sourire de dauphin. Nous rentrions ensemble. Il travaillait à une trilogie sur la vie de Karl Marx, et j'étais sidéré par l'étendue de son vocabulaire. Si ses personnages gravissaient une colline, il préférait parler de « dénivelé ». Quant à mon roman, il avait trouvé le premier chapitre écrit dans une « prose lapidaire ». Je ne connaissais pas la signification de « lapidaire », mais à sa mine gourmande en prononçant cet adjectif, je savais que c'était une qualité. « La couverture du lit de cette fille, par exemple ? Elle est en quoi ?

– Aucune idée, dis-je. Ce n'est qu'une couverture.

– Une couverture au crochet ? En laine polaire ? Voire en laine vierge ? » suggéra-t-il avec un clin d'œil.

Je haussai les épaules. Ça ne paraissait pas apporter grand-chose à l'intrigue, mais il en savait visiblement plus que moi en matière d'écriture. « Je n'y avais pas réfléchi.

– En tout cas, ça me plaît que ce soit un roman à clés, concéda-t-il.

– Merci. » Cette formulation sonnait encore mieux qu'antiroman.

« Je veux dire, le protagoniste. C'est de toute évidence Chet, ton copain de chambre. »

Je hochai la tête, l'air faussement perplexe.

« Allons ! Il a les cheveux longs et roux, il porte une

casquette des Red Sox, exactement comme Chet. En plus il joue du trombone.

– Bon, je me suis peut-être un peu inspiré de lui. Inconsciemment, répondis-je en chassant des aoûtats de mon visage.

– Tu n'as pas peur de le froisser, j'espère ? »

Je hochai de nouveau la tête. Cela ne m'avait pas effleuré. Quoi qu'il en soit, j'en voulais encore à Chet de ses critiques sur « Massada des nouveau-nés ». Nous traversâmes la cour intérieure, où quelques membres de la Société pour l'Anachronisme créatif, des passionnés du Moyen Âge déguisés en chevaliers, répétaient un combat à l'épée, pendant que plusieurs filles dans des robes médiévales se pâmaient en bordure de la pelouse.

« Les vrais écrivains, insista Ethan, préfèrent les phrases aux êtres humains. » Il s'interrompit pour relever sa frange qui lui tombait dans les yeux. « Tolstoï écrivait sur tous ceux qu'il connaissait. Il a détruit la vie de certains. Mais personne ne regrette son manque de discrétion, ni l'existence de *Guerre et paix*. »

Je n'avais pas lu *Guerre et paix* et je n'avais aucun avis sur la question, mais j'aimais me croire exempté des règles qui s'appliquaient aux autres. Pour dîner, je m'installai avec Ethan près de l'entrée de la salle à manger, à côté des policiers en faction à la porte. Ils recherchaient toujours le Rôdeur du Campus – on avait récemment volé une chaîne stéréo dans une résidence et deux vélos à douze vitesses dans l'autre. Chet finit par nous retrouver et s'assit avec son plateau. Il était visiblement surpris de me voir dîner avec quelqu'un d'autre, même s'il dissimula de son mieux sa déception en s'attaquant à son cordon-bleu. J'éprouvai une pointe de remords. Ethan me donnait une haute idée de moi-même – comme si nous étions des adolescents à part, au talent reconnu –, mais je n'appréciais pas spécialement sa compagnie. J'aurais préféré être attablé avec Chet dans notre coin, levant les yeux au ciel devant ces ados tout en noir et nous tordant de rire. Ethan se plaignit des nouvelles que nous lisions à l'atelier d'écriture, de leur « prosaïsme ». Pour la plupart – comme « Le Démon de midi » –, je les avais adorées. « S'il y a bien une chose qui me fait mourir d'ennui, ajouta-t-il, c'est le roman réaliste.

– Quel genre de littérature tu aimes ? demanda Chet.

– La vraie. Celle qui prend le monde à bras-le-corps.

– James Michener, par exemple ? »

Ethan ricana. « Pas du tout ! Nom d'un chien... La vraie littérature, j'ai dit. »

Il se produisit quelque chose d'étrange : Chet rougit, et c'était comme si je rougissais moi aussi. Comme si je voyais Ethan à travers les yeux de Chet. Le nez dans mon assiette, j'attendis les représailles de Chet. C'est ce qu'aurait fait le protagoniste du *Cri du trombone*. « Qu'est-ce que tu penses de Lichtenberger, alors ? » aurait-il lancé, donnant un coup de coude à Blake sous la table. « Est-ce que son œuvre est derrière lui ? » Il aurait appâté sa proie, puis bondi sur elle. Il y aurait eu la vengeance, l'humiliation, la jubilation de l'affrontement. En regardant Chet découper son cordon-bleu, j'eus la sensation bizarre de pouvoir faire advenir tout cela. Voyant que ce n'était pas le cas – et que Chet restait assis là, concentré sur le contenu de son assiette –, je fus déçu.

Ce soir-là, de retour dans notre chambre, je parcourus le chapitre du *Cri du trombone* corrigé par mon professeur et je relus ses commentaires. Elle semblait d'accord avec Ethan sur le fait que ce chapitre manquait de détails concrets. *À quoi ressemble ce personnage ?* écrivait-elle, page deux. Puis, page cinq : *Mais à quoi ressemble-t-il ?* Enfin, page onze : *À QUOI PEUT-IL BIEN RESSEMBLER ?* Je posai le manuscrit et observai Chet. Assis à son bureau, casque sur les oreilles, il feuilletait un numéro du magazine *Mad* qu'il avait rapporté de chez lui. L'air absent, il tirait sur une de ses paupières avec le pouce et l'index, la décollant du globe oculaire à intervalles réguliers. J'entendais les petits bruits de ventouse que cela produisait. Son geste m'était vaguement familier – j'avais déjà dû le voir faire, mais sans y prêter attention.

« Pourquoi tu me regardes ? » finit-il par dire, posant son magazine.

Je rougis. « Je ne te regardais pas.

– Arrête. Tu me fais flipper. »

Cette semaine-là, je me plongeai dans l'écriture du chapitre suivant, m'efforçant d'insérer le plus de détails possible. J'écrivis une scène dans laquelle le protagoniste trouve sa mère en larmes dans la cuisine, parce que son père a jeté un cendrier à la tête de celle-ci pendant le réveillon de Noël. Une alerte météo annonce une tempête imminente, et le père est endormi dans la voiture, ivre mort. « Je vais le laisser mourir de froid dehors ! » menace la mère. Le protagoniste est obligé de sortir lui-même son père de la voiture. C'était une situation que Sylvana avait vécue au Colorado avant le divorce de ses parents, et dont j'avais promis de ne parler à personne. Elle me l'avait fait jurer sur l'honneur. D'où mon sentiment de malaise, mais j'étais censé écrire comme si tous ceux que je connaissais étaient morts. Même notre professeur nous avait rappelé ce commandement : *Écrivez comme si tous ceux que vous connaissez étaient morts.* Environné de cadavres, je finis par associer au protagoniste de mon roman le prénom Chet ; ce fut d'abord fortuit – une sorte de lapsus –, mais je trouvais le personnage plus consistant ainsi, plus convaincant, et ne pus me résoudre à revenir en arrière.

Le problème, c'était Miranda – la sœur de Chet. Elle refusait de prendre vie. Je ne comprenais pas pourquoi elle restait couchée au milieu de la journée, ni pourquoi Chet – le principal mystère, le cœur sombre du récit – lui avait fait une grimace si horrible. Finalement, n'en pouvant plus, je reposai mon stylo avec désespoir.

« Ta sœur se l'est fait faire quand, ce tatouage ? demandai-je.

– De quoi tu parles ? » Chet nettoyait l'embouchure de son trombone, qu'il avait démonté sur son bureau. Vu sous cet angle – un fouillis de pièces détachées –, il faisait paraître le talent de Chet encore plus improbable.

« Tu sais bien. Cette croix, sur son ventre. »

Chet fixait l'embout, dans lequel il enfonçait une petite brosse en forme de sapin de Noël. « Ce n'est pas un tatouage.

– Alors c'est quoi ?

– Ce n'est pas un tatouage. Elle est malade.

– Elle m'a dit que non, répliquai-je, comme si j'en savais davantage sur sa sœur que lui.

– Tu es débile, ou quoi ? Elle a un neuroblastome. C'est pour les rayons – pour indiquer l'emplacement. »

Je rougis à nouveau, mortifié par ma bêtise. J'ignorais ce qu'était un neuroblastome, mais ça avait l'air grave.

« Pourquoi crois-tu que je suis là ? reprit Chet. Ma mère passe la moitié de la semaine sur la route, pour la conduire au Dana-Ferber Cancer Institute. »

Il se remit à astiquer son trombone, saisissant une longue tige de métal et enfilant un bout de chiffon dans le chas. Je m'approchai pour l'aider, et il m'adressa un regard surpris. Je tins la coulisse – une moitié, du moins – pendant qu'il en nettoyait l'intérieur. Puis on fit la seconde moitié, et je l'aidai à raccorder les deux parties en forme de *U*. J'éprouvais une réelle tendresse pour lui, et de la tristesse pour sa sœur, mais une étrange bulle d'excitation montait dans ma poitrine. Cela venait du mot « neuroblastome », qui flottait devant moi comme sur une page blanche.

Plus tard, étendu sur mon lit alors que Chet dormait – il n'y avait pas eu de pleurs, comme si je les avais fait taire –, je sentis monter en moi cette même bulle d'excitation. Mon cœur battait plus fort, mû par les possibilités dramatiques qu'offrait la maladie de la sœur de Chet. Une adolescente mourante. La haine de son frère pour elle. Le combat d'une famille aux prises avec le cancer. J'étais complètement abasourdi. Cela ne m'était encore jamais arrivé, de rester au lit sans rien faire. J'avais le sentiment d'être tout près de quelque chose, quelque chose de meilleur que moi, même si cela émanait de mon propre cerveau ; si je me penchais pour m'approcher de deux ou trois centimètres, je pourrais le toucher. Et si je ne le touchais pas très vite, ou si je n'essayais pas, cela disparaîtrait.

Je me levai, enfilai mes vêtements et mes chaussures en

faisant le moins de bruit possible. Puis je soulevai de son crochet sur le mur le BMX Mongoose de Chet, au cadre argenté et aux roues de vingt pouces en alu, le posant par terre sans un cliquetis et le poussant jusqu'à la porte. Je montai dessus d'un bond et commençai à pédaler. Tout le campus semblait endormi, le chant des grillons seul à rompre le silence, et en passant devant le campanile muet dont la silhouette éclairée se détachait sur la voûte déserte du ciel, je frissonnai d'impatience. Je descendis du trottoir illuminé par un rayon de lune, puis attaquai le dénivelé en direction de la maison de Chet. Je m'arrêtai au sommet, contemplant les rues en cul-de-sac de Dumbarton. En fait, il existe un certain type de quartier que l'on voit dans les petites villes de Nouvelle-Angleterre, où chaque demeure a son téléviseur allumé pendant le dîner, où les pelouses paraissent minuscules et vides au crépuscule, où l'espace étroit entre les maisons vous rappelle la courte et précieuse distance qui vous sépare de la mort. Celui où les Turnblad se disaient chez eux était exactement du même genre. Tout semblait différent dans l'obscurité, mais je devais assez bien m'orienter, car j'arrivai à Dumbarton en roue libre, m'engageai dans une rue d'apparence familière, et très vite la petite maison surgit des ténèbres, avec ses fenêtres aux rideaux tirés sur le spectacle tragique qui se jouait à l'intérieur.

Je restai là une minute, le temps de reprendre mon souffle. Puis je laissai le vélo le long du trottoir, ouvris la grille le plus doucement possible et contournai la maison pour atteindre le jardin, encore plus luxuriant que dans mes souvenirs. La tondeuse à gazon des Turnblad devait être en panne et ils n'avaient pas les moyens de la remplacer. Les gigantesques fleurs de pissenlit dépassaient de la pelouse, plus hautes que deux semaines auparavant. Un vers de John Milton me revint en mémoire : « Le temps, cet habile voleur… ». Je me faufilai à pas de loup et m'arrêtai au centre du jardin. J'étais en nage. À première vue, les fenêtres de derrière étaient aussi sombres que celles de la façade, mais soudain une lumière vacillante éclaira l'une d'elles, elle changea de couleur et j'eus un coup au cœur. La chambre de la sœur de Chet. Le son d'un téléviseur me parvenait par la fenêtre ouverte.

Elle l'avait laissée ouverte pour moi, comme un cri d'amour.

Je marchais toujours à pas de loup parmi les pissenlits. Elle était allongée sur son lit, une couverture ocre de marque Pendleton, faite à 84 % de laine, remontée jusqu'à la taille. J'en sentais d'ici l'odeur de suint. Précipitamment, je frappai à la fenêtre de la main droite. La sœur de Chet ne parut pas surprise de me voir. Elle coupa le son de la télé, puis se leva et s'approcha de la fenêtre en boitillant. Son état s'était dégradé depuis ma première visite : elle perdait ses cheveux et je distinguais à travers sa veste de pyjama l'échelle cruelle formée par ses côtes. Le vernis violet de ses ongles de pied, tout neuf et brillant la première fois, était terne et écaillé.

« Je vais mourir, Blake, dit-elle avec colère.

– Je sais.

– Je t'ai menti, l'autre fois.

– La jeunesse est un mensonge », répondis-je.

Elle acquiesça de la tête, comme les fleurs de pissenlit courbées par le vent. J'en fixai une des yeux. Une rafale dispersa toutes les graines.

« Pourquoi Chet t'a fait cette horrible grimace ? demandai-je enfin.

– Je n'en sais rien, Blake. Peut-être qu'il m'en veut à cause de notre père, de ce qu'il a été obligé de devenir. »

J'aurais voulu dire quelque chose de sincère, de lapidaire, mais je ne voyais pas quoi. « Qu'est-ce qu'il est devenu ?

– Chut. » Elle porta son index à ses lèvres et, avec celui de l'autre main, désigna l'interphone.

Alors j'entendis. Des bribes de voix en sortaient, celles d'un homme et d'une femme. Avec un choc, je pris conscience qu'elles provenaient d'une autre pièce. Avaient-ils oublié que l'appareil était branché ? Leurs voix emplirent la chambre à leur insu tandis que la sœur de Chet et moi, nous ne nous quittions pas des yeux.

Je suis paysagiste, Janet.

Plus que trois vélos. Jamais ils ne soupçonneront le père d'un des participants au camp.

Mais je suis paysagiste, Janet.

Tu veux qu'elle puisse voir Noël ? Ta propre fille ?

Je vais finir en prison. Et si je me fais prendre ?

Ils n'y sont pas encore arrivés.

Ce n'est qu'une gamine, Janet ! Une gamine ! On ne peut pas lui trouver un hôpital meilleur marché ?

Rien n'est bon marché aux États-Unis. Surtout pas la mort.

D'abord, il y eut un mot scotché à la porte de notre chambre, avec le mot KLEPTOMANE écrit au feutre. Et puis, alors que Chet et moi allions au foyer, je vis plusieurs membres de la Société pour l'Anachronisme créatif, équipés de plastrons d'armure et de gants de lacrosse, jeter un coup d'œil à Chet et se faire des messes basses. Cela se passait quelques jours après une discussion à l'atelier d'écriture sur le dernier chapitre en date du *Cri du trombone*. Je ne fis pas tout de suite le rapprochement, mais je compris peu à peu : d'une façon ou d'une autre, ce que j'avais écrit dans mon roman s'était transformé en rumeur, en allégation, à ceci près que ce n'était pas le père de Chet qu'on soupçonnait d'être le Rôdeur du Campus, mais Chet lui-même. Il volait les affaires d'autrui et les rapportait en douce chez lui. Puisqu'il était – à ma connaissance – le seul au camp à habiter Dumbarton, ce n'était pas si difficile à croire. Où quelqu'un d'autre aurait-il mis les vélos et les chaînes stéréo qu'il dérobait ? Cela ne tenait debout que si le coupable vivait à proximité. Stupéfait, je me demandais si la police allait frapper à la porte de notre chambre pour interroger Chet.

Ce soir-là, j'allai dîner avant qu'il ne soit rentré de son cours d'histoire du jazz et je m'assis à la même table qu'Ethan et une fille de notre atelier d'écriture, auteur d'une nouvelle écrite du point de vue d'un grille-pain. (Ethan la dézinguait en privé – « l'Artoast », l'avait-il surnommée –, d'où ma surprise quand il se lança au dîner dans un éloge de son « goût pour l'expérimentation ».) Il ne fut pas question de Chet, mais quand celui-ci fit son entrée avec un gratin de dinde sur son plateau, un silence électrique se répandit de table en table. On aurait dit l'arrivée d'une célébrité. Chet regardait ses pieds, ce qui m'épargna d'avoir à lui faire signe de se joindre à nous. Il s'assit tout seul à une table près des toilettes, où d'habitude personne ne mangeait. La Table des Chiottes, on l'appelait. Je vis qu'à celle d'à côté quelques apprentis comédiens parlaient de lui, penchés en avant pour que Chet ne les entende pas. Oui, je me sentais coupable, mais il y avait autre chose : la griserie de la toute-puissance. C'était moi la cause de tout cela. Je n'en revenais pas de retrouver certaines phrases de mon invention dans le monde réel, avec leurs conséquences : Chet exilé à la Table des Chiottes, et moi contraint de dîner avec des gens que je n'aimais pas vraiment.

Après le dîner, j'allai dans la chambre de l'Artoast, où les autres avaient organisé une fête surprise pour son anniversaire. À mon retour, Chet était assoupi sur son lit, et le lendemain il dormait encore quand je me levai pour aller à mon atelier. Je grimpai à l'échelle menant à son lit pour l'observer, avec ce sentiment de solitude qui ne m'avait pas quitté de l'été. Son visage dans les profondeurs du sommeil semblait rêveur, impénétrable comme celui d'un inconnu. Lorsque je revins dans l'après-midi, Chet déménageait ses cassettes de la bibliothèque et les lançait dans un carton sans prendre la peine de les mettre par ordre alphabétique.

« Qu'est-ce que tu fais ? dis-je.

– Je me casse.

– Mais le camp ne se termine pas avant deux semaines.

– Je retourne chez moi plus tôt que prévu. Je pourrai toujours venir sur le campus à vélo. »

Les cheveux qui dépassaient, telle une queue d'écureuil, de sa casquette des Red Sox étaient gras, comme s'il n'avait pas pris de douche depuis quelque temps. Je le regardai faire ses bagages. Il arracha son poster représentant un groupe de heavy metal, laissant quatre punaises triangulaires sur le mur. Quand il s'attaqua à ses livres, je m'agenouillai pour l'aider, les sortant de la bibliothèque et les jetant sur ses cassettes.

« Tu crois que c'est ce que Hinkenbottom a écrit de mieux ? » demandai-je, brandissant un dictionnaire. J'avais repéré ce patronyme sur une petite annonce immobilière et je guettais depuis deux jours une occasion de le replacer. Chet ignora ma question et referma le carton. J'allai remettre le dictionnaire à sa place et aperçus les feuillets laborieusement dactylographiés du *Cri du trombone*, chapitres un à cinq, épars sur son bureau. Mon cœur se serra. Je me demandai si la thèse d'Ethan sur les « vrais écrivains » ne s'appliquait qu'aux plus géniaux. Quel talent fallait-il avoir ? Et comment savoir si ce que vous écriviez valait quelque chose – si on se souviendrait de vous comme d'un grand romancier ou comme d'une nullité ?

« Pardon de m'être servi de ta vie », dis-je.

Chet ricana. « Qu'est-ce que tu sais de ma vie ?

– Je viens de m'excuser.

– Et ça, alors ? Là, maintenant ? Ça figurera aussi dans ton antiroman ?

– Tolstoï écrivait sur tous ceux qu'il connaissait.

– Tolstoï ? » Il eut l'air incrédule.

J'étais au bord des larmes. Je rassemblai les feuillets du *Cri du trombone* et les remis en pile sur le bureau d'un geste sec.

« Ethan aime bien ce que j'écris », déclarai-je.

Chet se remit à rire. « Il dit ça à tout le monde. Enfin, par-devant. »

Je commençais moi aussi à nourrir ce genre de soupçons, ce qui redoubla ma colère. Chet me tourna le dos et entreprit de ranger son trombone. Il démonta la coulisse et la déposa dans l'étui, à genoux comme si celui-ci était un don de Dieu. Il ajouta le pavillon, le tenant dans ses bras tel un bébé endormi. J'aurais voulu balancer le précieux instrument par la fenêtre.

« Moi, au moins, j'ai des amis », lançai-je.

Chet me dévisagea. Je pris conscience qu'il n'avait pas réellement envie de retourner chez lui, qu'il espérait que je le supplierais de rester. Il avait eu toute la matinée pour faire ses bagages – le vendredi était le jour où il répétait, il n'avait pas cours –, or il avait attendu mon retour. Il m'aurait suffi de dire : *Pardon, vraiment*, ou bien : *S'il te plaît ne rentre pas chez toi*, ou même : *Tu es le seul que j'apprécie ici*, pour qu'il soupire, fasse mine de capituler et demande à sa mère de ne pas venir le chercher. Mais je ne dis rien de tout cela. Je lui tournai le dos à mon tour et fis quelque chose d'incongru. Je me mis à siffloter « Walking on Sunshine », une chanson qu'il détestait, je le savais. Il ferma son étui et se releva en le prenant d'une main.

« Tu as raison, répondit-il. Je n'ai aucun ami ici. »

Peu après le départ de Chet, le Rôdeur du Campus fut arrêté alors qu'il s'introduisait en pleine nuit à Grafton Hall, l'une des résidences. C'était un ancien professeur, un artiste new-yorkais renvoyé pour cause de « comportement inapproprié ». Apparemment, il n'avait rien vendu de son butin, mais le gardait dans un box de stockage à la sortie de la ville, où il passait ses nuits. On se demandait s'il ne se droguait pas. Le plus étonnant, c'était son nom : Schuesslefahrt. J'éclatai de rire en l'apprenant, mais sans Chet, c'était beaucoup moins drôle.

Pendant ma dernière semaine au camp, je découvris que Chet devait donner un concert avec les élèves de son cours de jazz, et je me rendis à l'auditorium au sud du campus pour y assister. Ethan m'accompagnait. Il y avait huit musiciens dans l'orchestre – baptisé Octamerous Octuor –, dont sept étaient habillés comme des serveurs, en chemise et pantalon noirs. Le huitième était Chet, affublé d'une de ces cravates à motifs de notes de musique. Ethan trouvait cela désopilant et me bourrait de coups de coude avec son sourire de dauphin. Ce sourire commençait à m'agacer, mais je l'oubliai quand l'orchestre se mit à jouer – j'oubliai même la présence d'Ethan. Étrange, de voir des jeunes de notre âge aussi bien rodés. Leur jazz était plein de brio, télépathique, une machine bien huilée, et ils swinguaient en chœur lorsque l'un d'eux s'avança pour un solo époustouflant. S'ils avaient ouvert un zip de la tête aux pieds pour laisser apparaître des jazzmen noirs à petit chapeau, je n'en aurais pas été surpris. Chacun d'eux avait composé un morceau dont il annonçait le titre. Quand vint le tour de Chet, il se pencha vers le micro et parla d'une voix nouée par l'émotion, tenant son trombone à deux mains. Son morceau s'intitulait « Blastome ». L'orchestre interpréta le thème, qui était sobre et mélancolique, les cuivres jouant comme à pas de velours. C'était magnifique, d'une beauté un peu sinistre. Chet finit par porter son trombone à ses lèvres pour entamer son solo, mais aucun son n'en sortit. Il restait là sans produire une seule note. Du moins je n'en entendais aucune. À en juger par l'expression des spectateurs, par leur nervosité et leurs rires étouffés, eux non plus n'entendaient rien. Enfin, Chet posa son trombone et s'éloigna du micro. Il n'avait pas émis un son, et pourtant, lorsque l'orchestre reprit le thème, il se joignit sans hésitation aux cuivres, son trombone dressé en l'air comme un canon.

À l'époque, cela me semblait une terrible épreuve, d'être ainsi paralysé par le trac. J'en parlai à Ethan, qui me répondit en plaisantant que la cravate de Chet avait dû aspirer toutes les notes dans la pièce. Il ne nous vint pas à l'esprit – pas à moi, en tout cas – qu'il ait pu le faire exprès.

« En tout cas, dit Ethan, ce n'est pas une grosse perte.

– Comment ça ?

– Je l'ai déjà vu jouer. Pendant les répétitions. » Ethan se pencha vers moi, comme pour me confier un secret. « Il ne manque pas de talent, mais il est désespérément prosaïque. »

Chet Turnblad. Ce n'était pas son nom, bien sûr. Simplement, les sonorités me plaisent. « Chet Turnblad ». J'ai cherché son vrai nom sur Internet, mais je ne trouve personne qui lui ressemble. Je dois donc me contenter d'imaginer sa page Facebook : une photo de lui avec ses deux filles, rouquines toutes les deux, souriant devant l'objectif avec leur chevelure de feu ondulant au vent. Tous trois portent des chaussures de randonnée, ils sont au sommet d'un pic rocheux. Lui a pris un coup de soleil, son visage disparaît à moitié sous une imposante barbe de Viking. Il a repris Evergreen Landscape Service, l'entreprise de son père paysagiste. Sa fille aînée, Cassie, a réussi ses examens avec mention. Il a fondé l'association Dumbarton for Cancer Bike Tour en souvenir de sa sœur. À ma connaissance, il ne joue plus du trombone. Il a l'air incapable de rire comme une hyène, de pleurer avant de s'endormir, ou de donner à un homme adulte l'envie de s'excuser, trente ans plus tard, pour son manque d'imagination. Il ressemble à n'importe quel type de son âge. Je le vois d'ici, avec sa barbe qui commence à blanchir. Parce que je n'écris pas comme s'il était mort. J'écris comme s'il était encore vivant.

J'étais quand même retombé sur lui une dernière fois, le lendemain de la fermeture du camp. Mes parents avaient pris l'avion pour venir me chercher – bronzés et comme rajeunis après leur voyage en Europe – et nous faisions un tour dans le centre ancien de Dumbarton, où la vieille église surplombe la rivière. C'était une belle journée, l'air agréablement rehaussé par les relents de la brasserie voisine, et l'on avait l'impression – malgré le nombre d'adolescents qui déambulaient tout de noir vêtus – qu'aucun habitant ne pouvait être vraiment malheureux. Passant devant une sandwicherie, je jetai un coup d'œil dans la vitrine et aperçus Chet assis à l'intérieur, seul avec sa sœur jumelle. Elle était affalée sur une banquette, bien moins maigre que je ne l'avais imaginée dans mon roman, et portant un de ces tee-shirts vintage à manches longues de couleur blanche. Du trottoir, impossible de dire si elle avait perdu des cheveux. Chet et elle avaient de la nourriture devant eux – de la soupe, apparemment –, mais ils ne mangeaient pas. Ils se faisaient des grimaces, ouvrant tout grand les narines et montrant les dents, s'enlaidissant à plaisir. Une sorte de jeu. À qui serait le plus horrible, peut-être, ou bien : Je fais plus peur que toi. Il y avait entre eux la complicité des farces de l'enfance, que l'on n'oublie jamais. La sœur de Chet porta les mains à ses yeux et retourna ses paupières, faisant apparaître deux petites demi-lunes de peau rouge. Ses cils étaient dressés vers le ciel. Chet éclata de rire. J'enfonçai la tête dans les épaules et passai mon chemin avant qu'ils ne me voient.

« Alors, qu'as-tu appris à ton atelier d'écriture ? » demanda mon père, et je récitai une série de consignes. Montrer, ne pas raconter. Écrire sur ce que l'on connaît. Rester patient – il faut des années pour terminer certaines nouvelles, et elles ne sont jamais comme on voudrait.

Paradis

Kevin était face à l'exerciseur pour bébé qui trônait dans la cuisine de son ex-compagne. Deux années durant, elle et lui avaient vécu là, se mitonnant des dîners romantiques et les dégustant sur la table du coin-repas dénichée par Charlotte dans un vide-grenier, mais à présent cet affreux jouet en plastique usurpait la place de Kevin. Ce n'était qu'un des nombreux ajouts à cette cuisine qu'ils partageaient auparavant : un tableau noir avec une liste de provisions était fixé au-dessus du fourneau, et une sorte de harnais rappelant ceux d'une attraction de fête foraine était suspendu à la porte. Le frigo, qui se contentait naguère de ronronner, était recouvert de cartes de Noël, d'un jeu d'engrenages aimantés et d'une coupure de magazine intitulée : « LES 12 LÉGUMES LES PLUS POLLUÉS ». Kevin appuya sur un engrenage, et ils se mirent tous à tourner bruyamment dans le sens des aiguilles d'une montre, de quoi lui faire regretter de s'être levé pour venir. Tout était de la faute du bébé installé sur les genoux de Charlotte. Leur bébé.

« Il faudra que tu l'emmènes en promenade », expliqua Charlotte, comme à une nounou. Assise devant la table de la cuisine, elle allaitait Arrow, le prénom dont elle avait affublé leur malheureux fils pour le restant de ses jours. Kevin ne pouvait s'empêcher de fixer le sein généreux de Charlotte. C'était bien sa chance, qu'aussitôt après leur rupture elle soit devenue Brigitte Bardot. « C'est le seul moyen pour qu'il fasse une sieste. S'il est trop énervé, jamais il ne dormira ce soir.

– Je me suis déjà occupé de lui, je te signale, dit Kevin.

– Je vérifie juste que tu n'as pas oublié. Comme pour une nouvelle recrue avant son premier vol spatial. »

Kevin plissa les yeux de cet air mi-moqueur mi-sérieux qui plaisait tant à Charlotte, avant. « Sauf que moi, j'ai déjà mes galons d'officier.

– Très drôle, ironisa-t-elle. Me voilà vraiment rassurée.

– Autrefois, ça t'aurait fait rire. Du temps où on n'était que tous les deux.

– Oh là ! “Que tous les deux”… Ne recommence pas avec ça. »

Kevin regarda Arrow vider le sein de Charlotte et se força à sourire. Il avait proposé de jouer les baby-sitters deux fois le mois précédent. L'idée, c'était de prouver qu'il avait l'étoffe d'un père. Et il l'avait prouvé, du moins s'y était-il efforcé – en tout cas, il avait survécu à l'épreuve. Alors, quand Charlotte avait appelé ce matin-là après avoir appris que sa baby-sitter habituelle était malade – et, n'avait-elle pas manqué de préciser, après avoir passé en revue toutes les autres options –, il avait accepté de s'occuper d'Arrow tout l'après-midi, pendant qu'elle serait au cinéma. En dehors de son travail, elle n'avait pas eu une minute à elle en sept mois. Voilà ce qu'elle lui avait dit. Aussi avait-il renoncé à son projet d'aller à l'une des célèbres fêtes au bord de la piscine de Druvi – fête qui, d'après Druvi, devait lui ouvrir des horizons – pour passer son samedi à nettoyer la crotte sur les fesses de son fils. Dans l'intimité de son appartement, cela lui avait paru une bonne idée pour reconquérir le cœur de Charlotte. Il réussirait, et ils vivraient là tous les trois ensemble, et peut-être qu'Arrow ne ficherait pas sa vie en l'air de manière aussi désastreuse qu'il le croyait. Qu'avait-il à perdre ? Mais à présent qu'il était face à son fils et à ses claquements de langue gloutons, imaginant déjà les heures d'ennui mortel qui l'attendaient, ponctuées par les régurgitations, les maux de dos, et ces gémissements énigmatiques qui se transformeraient en sanglots, il ne pouvait s'empêcher de penser qu'il avait commis une grave erreur.

Charlotte écarta Arrow de son sein, rabattant discrètement son tee-shirt tandis que le bébé émettait un grognement de protestation. Elle lui chuchota quelque chose à l'oreille, et Kevin sentit la jalousie l'étreindre. Il n'avait revu Charlotte que six fois depuis leur rupture, mais son visage tenait encore la vedette dans ses rêves : ses yeux aux paupières légèrement tombantes et son nez en lame de poignard slave, si mince que ses lunettes noires n'arrêtaient pas de glisser, continuaient de l'émerveiller. Ce jour-là, elle portait un tee-shirt avec la photo d'un marteau à panne ronde. Elle avait cette nonchalance typique de Los Angeles, cette assurance tranquille à la Andy Warhol qui pouvait rendre sexy même les outils. Parfois elle lui manquait tellement qu'il devait se faire mal – se couper les ongles trop court – pour penser à autre chose.

Sans doute avait-elle remarqué son changement d'expression, car son regard s'adoucit. « Comment tu vas ? Et le travail ?

– Je préférais l'époque où les étudiants étaient tous défoncés. » Il enseignait les arts plastiques au City College, activité qu'il décrivait naguère comme une sinécure, mais la récession avait considérablement élevé le niveau de ses classes. « Jeudi, c'est mon anniversaire. Je pense apporter des brownies au cannabis.

– Bon sang, dit Charlotte. On est déjà en août ?

– Le cap fatidique des trente-cinq ans, répondit-il, contrarié qu'elle ait oublié. Tu me feras un cadeau ?

– Si tu promets de ne plus jamais parler du “cap fatidique des trente-cinq ans”. Ni de quoi que ce soit du même genre.

– On pourrait peut-être fêter mon anniversaire en avance. Cet après-midi, par exemple ? Tu pourrais laisser tomber le cinéma, et tous les trois on prendrait la voiture pour aller, je ne sais pas… à l'observatoire. »

Elle le dévisagea, et pendant quelques instants elle eut cet air attendri qu'il avait presque oublié. Elle regarda par la fenêtre. Il leur était arrivé, après une nuit blanche passée à discuter, de s'asseoir là à l'aube pour observer les perruches qui venaient faire des razzias dans le figuier du jardin. Elles se posaient toutes à la fois, un immense parachute d'oiseaux verts. On aurait dit – du moins aux yeux de Kevin, la voix enrouée par l'amour – une scène sortie d'un rêve.

« Je vois des figues, reprit-il, plissant les yeux en direction de l'arbre. Les perruches ne sont pas venues ? »

Charlotte regardait toujours par la fenêtre. « Elles ne

viennent plus depuis longtemps. Avant la naissance d'Arrow.

– Tu sais, s'il doit dormir de toute façon, on pourrait se contenter de rester ici. J'irais chercher du vin à l'épicerie du coin. Arrow fait encore plusieurs heures de sieste, non ?

– Oh, Kevin… » Son visage s'assombrit. « Tu viens de résumer le fond du problème.

– Quel problème ? »

Elle ne répondit pas, mais il déduisit que le problème et lui ne faisaient qu'un. Charlotte jeta un coup d'œil à son estomac tout en faisant sauter Arrow sur son genou. « Tu te nourris de gin tonic ?

– Comment ça ?

– Tu vas perdre ton jean. »

Il mentit. « Je peins sans arrêt. J'oublie de manger. » Il resserra sa ceinture. « Alors, qu'en penses-tu ? De mon idée ? »

Charlotte se leva avec le bébé dans les bras et se pencha vers Kevin, le visage à une trentaine de centimètres du sien, comme si elle se demandait si elle devait l'embrasser ou pas. Le cœur de Kevin battit plus vite. Il distinguait ses lentilles de contact. Elle avait les yeux rouges comme un fumeur de joints : curieusement, l'épuisement n'avait fait qu'accroître leur beauté. Ce n'est qu'au moment où elle se redressa qu'il comprit qu'elle avait humé son haleine. Il recula comme s'il avait reçu un coup de poing. Ça faisait aussi mal. Il se concentra sur le jeu d'engrenages aimantés pour que Charlotte ne voie pas son visage.

« Si tu vas au parc, n'oublie pas le matelas à changer, dit-elle, embrassant Arrow dans le cou. La dernière fois, sa couche a débordé. »

Arrow pleura après le départ de Charlotte, en la voyant par la fenêtre partir en voiture pour retrouver ses copines au cinéma Vista – combien de films Kevin et elle avaient-ils vus là, blottis l'un contre l'autre comme des adolescents ? –, mais il posa presque aussitôt la tête sur l'épaule de Kevin et se mit à faire des bulles de salive. Il était vite consolé. Kevin le renifla avec gêne, et le bébé lui sourit. Un sourire adorable, irrésistible, qui l'emplit d'émotions auxquelles il refusait de céder. Parfois, avant d'être immunisé par l'ennui et les changements de couche laborieux, il avait admiré ce sourire et senti quelque chose s'ouvrir dans sa poitrine comme une grille. Il avait lu un article sur les tentatives d'Arrow pour conquérir son cerveau, sur son taux d'ocytocine et de prolactine qui grimpait en flèche au moindre sourire de ce gosse. Une guerre chimique. S'il avait eu gain de cause, ses hormones ne seraient pas en état de siège. Arrow n'aurait pas de prénom débile – ni aucun prénom, d'ailleurs. Kevin et Charlotte seraient encore ensemble dans l'appartement confortable de cette dernière, s'apprêtant à déjeuner avant de baiser contre la porte du frigo dépourvue d'engrenages aimantés.

Le bébé ou lui. Il n'avait eu d'autre choix que de lancer à Charlotte cet ultimatum dès qu'elle avait décidé – contre toute attente – de le garder. Comment pouvait-elle lui en vouloir ? D'emblée il avait été franc avec elle, de même qu'elle l'avait sans doute été avec lui en déclarant, lors de leur premier rendez-vous, qu'avoir des enfants, c'était « manquer d'imagination ». À partir de ce moment-là, ils avaient su qu'ils étaient faits l'un pour l'autre. Charlotte avait ses propres rêves, à l'époque : elle voulait devenir documentariste, avait même passé un mois dans l'Idaho à filmer une secte millénariste. Son poste d'attachée de presse pour Ball Peen Films n'était qu'un moyen de payer les factures. Désormais, bien sûr, elle n'avait plus le temps de poursuivre ses rêves – plus exactement, ils s'étaient modifiés, atrophiés, étaient devenus aussi minuscules et ordinaires que ceux de tout le monde.

Jamais cela n'avait semblé tenter Kevin, cette redéfinition soudaine et non négociable des buts que l'on se fixait sur terre. Il avait vu certains de ses amis des Beaux-Arts se marier et se mettre à parler une autre langue où il était question de « goûters ludiques », de « grenouillères » et de « poussettes Bugaboo », comme s'ils avaient été hypnotisés par un Schtroumpf. À l'image de Charlotte, ils avaient renoncé à leurs rêves de grandeur pour s'accommoder d'une vie faite de cartes de fidélité Costco, de troubles du sommeil, de Cheerios écrabouillés sur le sol. Ces amis new-yorkais qui avaient appartenu à des « collectifs marxistes de théâtre de rue » et à des groupes d'art punk rock avec des noms comme « Molotov Cock Tease », qui avaient organisé des performances où ils déclamaient l'*Ulysse* de Joyce devant un montage de plans de l'*Oprah Winfrey Show*, ils étaient à présent blasés et résignés, satisfaits de travailler dans un bureau et de mettre des tee-shirts Ramones à leurs gamins de deux ou trois ans. Au téléphone, Kevin leur demandait s'ils avaient vu l'exposition Jenny Saville, et ils soupiraient ou faisaient claquer leur langue avec agacement, comme s'il ne comprenait vraiment rien à leur existence. « Si seulement j'avais une heure à moi pour faire ça, disaient-ils avec un curieux mélange d'envie et de suffisance. Tu as tellement de chance d'avoir le temps de peindre. »

À ceci près que Kevin ne peignait pas. Il n'avait pas mis les pieds dans son atelier depuis un mois. Pendant toute une période, il avait réellement progressé, travaillé à sa série « Désastre à L.A. ! », des triptyques de tableaux peints à l'huile : le premier, intitulé *The Big One*, représentait la simulation d'un tremblement de terre aux studios Universal alors que la terre tremblait pour de bon, si bien qu'on ne savait pas où s'arrêtait la simulation et où commençait le cataclysme. Il avait repris la même idée pour le triptyque suivant avec un plateau de tournage et un attentat terroriste. Une galerie de Culver City était intéressée – le propriétaire avait décrit le tableau du tremblement de terre comme « la rencontre entre banlieues californiennes et peinture florentine » –, mais Kevin, lui, s'était désintéressé du projet après avoir déménagé de l'appartement de Charlotte. À vrai dire, il le trouvait ennuyeux. Quand il se remettait à peindre, il ne pensait qu'au visage de Charlotte, à sa façon de suçoter la commissure de ses lèvres à droite lorsqu'elle se concentrait.

Il décrocha le porte-bébé de la patère et glissa les sangles sur ses épaules. Le Björn, l'appelait Charlotte. En Suède, de toute évidence, ça ne gênait pas les hommes de porter leur bébé contre leur poitrine comme les chimpanzés. Il boucla la ceinture et se lança dans une entreprise périlleuse : insérer Arrow dans le harnais sans le lâcher et le faire tomber la tête la première. Pendant qu'il se débattait avec une jambe de son fils qui refusait d'entrer dans le trou prévu à cet effet, sa sonnerie de portable, une bossa nova robotique, retentit. C'était Druvi, qui voulait savoir pourquoi il n'était pas à sa fête.

« Je fais du baby-sitting.

– Nom d'un chien, dit Druvi avec gravité. Tu t'es fait virer ?

– Évidemment que non. » Kevin tenait le portable hors de la portée d'Arrow qui voulait l'attraper et se mettait à hurler.

« Arrête, Arrow ! Lâche-moi ça !

– Waouh, qu'est-ce que… tu travailles dans une crèche ?

– Ce n'est pas un emploi. J'ai un bébé. Tu as oublié ?

– Bien sûr que non », répondit Druvi sans conviction. C'était le dernier des amis hétérosexuels de Kevin à résister à la paternité ; il avait échappé aux enfants avec succès, en affirmant qu'ils n'existaient pas. « Je me payais juste ta tête. Elle s'appelle comment ?

– "Il". Arrow. »

Il y eut un bruit de plongeon et Druvi posa la main sur son téléphone. Il dit quelque chose – qui ressemblait à « Wonderbra » – et une voix féminine gloussa. Kevin et lui s'étaient installés à Los Angeles ensemble après leur licence, décrétant que rester à New York était un choix trop prévisible. Tous leurs peintres préférés étaient californiens, et quelque chose dans l'étrange lumière un peu huileuse de L.A. les attirait. De plus, ils avaient grandi dans le Middle West, et le glamour cuit par le soleil les séduisait ; ils y participeraient tout en le subvertissant de l'intérieur, par un talent artistique à l'ancienne. Jamais il n'était venu à l'esprit de Kevin que Druvi deviendrait célèbre sans lui, en peignant les ongles de pied d'autrui avec son propre sang, le genre d'art racoleur dont ils s'étaient autrefois moqués.

« Amène ton petit monstre, déclara Druvi. Où es-tu ?

– Chez moi. » Kevin se reprit. « Enfin, chez Charlotte.

– C'est en bas de la rue !

– Je ne peux pas l'emmener à une fête. Charlotte ne me le pardonnerait jamais.

– Excuse-moi, mais c'est elle qui t'a préféré ce gosse, non ? À moins que ma mémoire me joue des tours ? » Kevin ne réagit pas. « En tout cas, je veux te montrer sur quoi je travaille. Je me sers de billes en guise de peinture. Des billes ! Il faut que tu voies ce qu'elles font à cette putain de lumière. »

Kevin raccrocha. Druvi n'avait jamais beaucoup aimé Charlotte. Kevin avait rencontré celle-ci à un vernissage organisé par son ami, alors que ses soins de pédicurie à base de plasma sanguin et ses tableaux de vampires commençaient tout juste à attirer l'attention de la critique, et que, sous l'effet du cannabis, ses avances insistantes durant toute la soirée l'avaient poussée à s'intéresser au premier venu susceptible d'éloigner ce fléau. Kevin était suffisamment ivre – de champagne, de jalousie, d'un sentiment d'échec – pour voler à son secours. Quand Druvi avait surpris ses invités en leur servant des vodkas avec une goutte de son sang au lieu de jus de tomate – l'une de ses infâmes « provocations » –, Charlotte, contrairement à certaines femmes présentes, ne s'était pas mise à pousser des cris, mais avait lâché froidement : « J'espère que tu as meilleur goût que ta peinture. » Le sourire de Druvi avait glissé de son visage comme une tarte à la crème.

« Je suis vraiment obligée de boire ça ? » avait-elle demandé, une fois Druvi parti.

Kevin avait haussé les épaules. « À son dernier vernissage, il a fait venir des videurs, puis il leur a ordonné d'évacuer toute personne portant du jaune. D'après lui, le jaune était la couleur de la médiocrité.

– Charmant.

– Avant, il y a eu cette fête où il avait fait mettre un œilleton dans le mur de sa chambre et payé quelques stars du porno pour baiser dans son lit.

– Tu as regardé dedans ?

– Non, j'y ai fourré une olive à apéritif.

– Bravo », avait dit Charlotte. Plus tard, ils étaient sortis fumer une cigarette et sa jambe avait heurté celle de Kevin. À cette seule pensée, il sentait encore son cœur bondir comme un poisson.

De l'autre côté de la fenêtre, il neigeait des cendres et des débris d'insectes qui tourbillonnaient au vent. Les monts San Gabriel étaient en feu. La semaine précédente, il avait mis les essuie-glaces pour enlever les cendres de son pare-brise et était allé jusqu'au stade du Rose Bowl faire quelques photos du nuage de fumée en forme de champignon. Il songeait vaguement à s'en servir pour le troisième triptyque de sa série. L'air était voilé par la fumée, assez pour que ses yeux le piquent, mais ce qui l'avait surtout impressionné, c'étaient les joggeurs haletants qui couraient dans le parc voisin. Sur l'aire de jeux, même les pères et les mères faisaient comme si de rien n'était, poursuivant autour des balançoires leurs jeunes enfants qui criaient de joie. Il avait fini par se demander si cet incendie n'était pas une hallucination provoquée par la solitude dans laquelle il se complaisait. Ce sentiment ne l'avait pas quitté de la nuit, alors que, allongé dans son appartement de Glendale, entouré de linge sale et de cartons attendant depuis un an d'être déballés, il regardait à la télé le feu faire rage de manière toujours plus spectaculaire. Il pensait à l'avenir tel que Charlotte et lui se le peignaient naguère – parlant de s'installer dans les îles San Juan lorsqu'ils se seraient fait un nom, de restaurer un vieux ranch où ils pourraient travailler toute la journée en paix, vieillir ensemble tranquillement –, et durant quelques instants il avait eu du mal à respirer.

La grossesse de Charlotte était une anomalie ; elle avait mis le même diaphragme que d'habitude, celui qui avait rempli son office des centaines de fois auparavant – comme il était censé le faire. Mais dès que Kevin évoquait le caractère anormal, improbable, de cette grossesse, cela ne réussissait qu'à confirmer le désir de Charlotte d'avoir un enfant. Elle se mettait à dire n'importe quoi, que si son diaphragme avait lâché, par exemple, il devait bien y avoir une raison. « J'étais destinée à avoir ce bébé », lui avait-elle répété plusieurs fois, même si elle ne croyait pas à ce genre de choses et s'était un jour moquée du père adoptif de Kevin parce qu'il se présentait comme « une personne en quête de spiritualité ».

Si Charlotte était destinée à avoir un bébé, alors lui-même était sûrement destiné à aller au musée quand il en avait envie, à suivre les méandres de son esprit et à ne pas se sentir totalement exténué. Il était destiné à écouter de la musique à fond s'il le souhaitait, des chansons plutôt que des comptines. Il était destiné à peindre un chef-d'œuvre qui ridiculiserait les provocations artistiques de Druvi – ou du moins à avoir le temps d'essayer avant de mourir. Il était destiné à fêter ses anniversaires – ceux qui lui restaient – avec Charlotte, et à l'avoir pour lui tout seul.

À présent, le poids d'Arrow tirant sur ses épaules, il tentait de rester à l'ombre des moulures en stuc des façades de Rowena Avenue, pour épargner au bébé un coup de soleil sur la tête. Arrow s'appliquait à enlever son bob comme si celui-ci lui voulait du mal. Chaque fois que Kevin se baissait pour le ramasser, un élancement lui transperçait le bas du dos. De temps à autre, une femme lui adressait un sourire étrangement aguicheur, alors il se penchait et embrassait le crâne d'Arrow pour l'impressionner. Quand il sentit la tendresse le gagner, il arrêta. Il passa sous un caroubier en fleur à l'odeur de sperme, puis longea le réservoir d'eau potable, agrémenté de sentiers, de plantes tropicales, d'oies laissant de ravissantes ondulations dans leur sillage. Un décor magnifique mais, comme il fallait s'y attendre en Californie du Sud, interdiction d'y pénétrer. Une clôture grillagée de couleur verte avec des pancartes « Défense d'entrer » entourait le parc. Kevin admira à travers le grillage les cascades étincelantes du lac et sa beauté qui le narguait – encore une chose à laquelle il n'avait pas le droit de toucher.

Charlotte et lui avaient surnommé ce parc le « Paradis », à cause de l'image des portes du Ciel dans l'Apocalypse.

Kevin jeta un coup d'œil à Arrow : son fils dormait profondément dans le porte-bébé, se balançant mollement comme à une potence. Le Björn était aussi efficace qu'un somnifère.

Kevin ne s'avoua pas où il allait, même en tournant dans Waverly Drive, même en voyant les voitures garées et les plantes desséchées devant la maison de style colonial espagnol de Druvi. Par la porte ouverte, le rythme syncopé de la musique lui parvenait. La fête battait son plein. Il glissa le chapeau d'Arrow dans la poche arrière de son jean, entra, et tomba sur un groupe de jeunes gens d'une vingtaine d'années, en maillot de bain et avec des coiffures asymétriques. Une odeur de joint écœurante imprégnait la pièce. Pour autant qu'il puisse en juger, il n'y avait pas d'autres enfants. Rien de grave, décida-t-il. C'était cool et subversif d'emmener son bébé à une fête, et de toute façon, Arrow était un virtuose de la sieste. Il aurait dormi même pendant un tremblement de terre.

Kevin traversa la maison à la recherche d'invités de son âge et se retrouva sur la terrasse de derrière, clignant des yeux devant la piscine en forme d'amibe. Debout dans le petit bain embrumé par les cendres, quelques personnes sirotaient des cocktails. Quant à Druvi, il restait invisible. Kevin s'approcha de la glacière géante près du barbecue, s'efforçant de prendre une bière sans réveiller Arrow. Il se retourna et découvrit face à lui une femme avec d'énormes lunettes, d'une taille tellement stupéfiante qu'elles glissaient sans arrêt sur son nez, aussi petit et rond qu'un bonbon. Comme celui de Charlotte, il ne semblait pas fait pour retenir quoi que ce soit.

« Il y a un problème ? »

De l'index, l'inconnue remonta ses lunettes. « Je n'avais pas vu votre bébé. Il va bien ?

– Il dort.
– Vous en êtes sûr ? »
Kevin acquiesça de la tête.
« Il a l'air à moitié mort.
– Mais il ne l'est pas. »
Elle n'avait pas l'air convaincue. Elle retira le parasol miniature de son cocktail et en but une rasade. D'origine asiatique – chinoise, devina Kevin –, elle portait un tee-shirt qui lui dénudait la taille, et une ceinture dont la boucle monstrueuse ressemblait à un tatou. Son ventre formait un bourrelet par-dessus, qu'il aurait été facile de dissimuler sous un tee-shirt plus long. Kevin trouva rafraîchissante – un rappel du Middle West – cette façon d'exhiber ses rondeurs.
« J'ai horreur des bébés, dit-elle.
– Ah bon ?
– Oui. C'est juste qu'ils sont… je ne sais pas. Débiles.
– En fait, leur cerveau est immature.
– Exactement. »
Kevin était intrigué. Il but une gorgée de bière glacée, heureux d'en sentir les effets sous son crâne. Pourquoi avait-il pensé que ce serait une mauvaise idée de venir ? Il était à une fête, parlait à une femme ivre aux lunettes branchées. Son prénom, Joyce, semblait d'un classicisme incongru.
« Vous êtes un de ces nouveaux pères au foyer ?
– Non, je suis professeur. » Il s'interrompit. « D'arts plastiques. »
Elle s'esclaffa, laissant voir deux rangées de dents parfaites.
« Vous vous moquez toujours du métier d'autrui ?

– Désolée. C'est juste votre façon de dire : “D'arts plastiques”. »

Kevin fronça les sourcils. « Vous faites quoi, vous ?

– Je suis avocate. Juriste.

– Vraiment ?

– Ça semble vous surprendre.

– Vous ne ressemblez pas à une avocate.

– Merci. Je m'occupe de droit des médias. De négociation de contrats. Au travail, je ne m'habille pas comme ça. » Elle finit son verre, puis se pencha pour prendre une bière dans la glacière ; son tee-shirt remonta lentement sur ses reins et Kevin se sentit un père indigne, avec Arrow se balançant entre eux. « Vous enseignez quelle sorte d'art, au fait ?

– En atelier. Vous savez, le dessin, ce genre de choses.

– Vos étudiants sont doués ? »

Il haussa les épaules. « Certains réussissent de beaux dragons. »

Joyce rit à nouveau. Ses dents étaient si grandes et blanches qu'elles ressemblaient de manière troublante à un dentier. L'effet était curieusement érotique.

« Je donne aussi un cours intitulé “L'art en question” », ajouta-t-il, dans l'espoir de l'impressionner. Il n'avait enseigné ce cours qu'une fois, plusieurs années auparavant, une expérience assez catastrophique. Ivre au moment de corriger ses copies, il avait écrit : « Vous vous foutez de moi ? » dans la marge d'un essai dont l'auteur préférait *Piss Christ* d'Andres Serrano aux *Désastres de la guerre* de Goya.

« On a lu *Devant la douleur des autres* de Susan Sontag. Vous savez, sur ce qui est “éthique” ou pas.

– Comme amener son bébé à une cocaïne party. »

Kevin se redressa. « C'est une cocaïne party ?

– Disons qu'il y a de la cocaïne qui circule. Et c'est une fête. Encore que ce dernier point se discute, puisque vous êtes la deuxième personne que je croise à me parler de Susan Sontag. »

Kevin chercha autour de lui un endroit où poser sa canette vide. Il finit par la remettre dans la glacière et en prendre une deuxième, revoyant le visage de Charlotte – rougissant de soulagement – lorsqu'elle avait humé son haleine. Quel air désespéré elle aurait si elle le voyait à présent ! Il s'envoya la moitié de la canette avec satisfaction. « Je comptais inventer un chapeau pouvant servir… de plateau de table, en quelque sorte. On en coifferait le bébé quand on le promène. Un peu comme une toque de magistrat. On pourrait y poser son verre. »

Joyce l'observait attentivement. « Vous n'êtes pas réellement professeur, en fait ?

– Non. » Ce mensonge lui donna un étrange sentiment de libération.

« Vous pouvez vous débarrasser de ce bébé ? demanda-t-elle.

– Évidemment que non.

– Dommage. »

Elle fouilla dans le sac à main qui pendait à son épaule et lui tendit un sachet en plastique. Il l'approcha de son visage. « C'est quoi ?

– Ce quoi est de la coke.

– Pas question. Impossible.

– Allez, faites-vous plaisir. Un type l'a fourré dans mon

sac avant que je puisse refuser. Or j'ai une maladie de cœur : je peux tomber raide morte si j'en prends.

– Ah bon ? »

Elle haussa les épaules. « Si ça m'arrivait, vous vous sentiriez affreusement coupable de m'avoir laissée avec ça. »

Elle sourit et disparut dans la maison. Kevin n'avait pas le choix : il mit le sachet dans sa poche. Que pouvait-il en faire d'autre, l'abandonner près de la mousse au crabe ? Il aurait pu trouver une poubelle, bien sûr, mais ce n'était pas tous les jours qu'on lui offrait gratuitement de la coke, et il songeait à la garder pour son anniversaire. Il vida sa canette avant de s'apercevoir qu'il avait oublié de déjeuner. Il tenait à peine sur ses jambes, avait des maux de tête et des douleurs lombaires à cause du poids d'Arrow. Il avait l'impression d'être un homme enceint. Il suivit Joyce à l'intérieur et s'aventura dans la cuisine, où il trouva Druvi affublé d'un maillot de bain de la Belle Époque, avec des rayures et des bretelles. Le ventilateur au plafond projetait sur son crâne rasé des reflets d'aurore boréale. Accoudé au plan de travail, il mélangeait le contenu d'un pichet de martini à l'aide d'une longue cuillère en argent.

« C'est une cocaïne party ? demanda Kevin.

– Un pléonasme, non ? » Druvi leva la tête et écarquilla les yeux. « Mince alors ! Tu étais sérieux quand tu disais que tu amenais ce bébé.

– C'est toi qui me l'as proposé !

– Qu'est-ce que je connais à l'éducation des enfants ? » Druvi se pencha pour examiner le visage d'Arrow, dont la tête dodelinait comme une fleur fanée. « Il est vraiment en sécurité dans ce sac à dos ?

– C’est un BabyBjörn. »

Druvi ouvrit des yeux ronds, comme si une seconde tête venait de pousser à Kevin. « Comment va le travail ? lâcha-t-il enfin.

– Une horreur. Les étudiants veulent vraiment apprendre, en fait.

– Je parle de ton vrai travail. Ta série “Désastre”. »

Kevin jeta un coup d’œil à la porte du réfrigérateur de Druvi, blanche comme une toile vierge. « Oh, ça va bien. Super bien. J’ai franchi un cap, je crois. »

Druvi eut un large sourire. « Mon salaud ! Je me doutais que tu me cachais quelque chose. Avec cet air radieux. » Il goûta au contenu du pichet, puis ajouta du vermouth. « J’ai parlé de toi à Colasanti de chez Regen Projects, tu sais. Comme du plus grand peintre méconnu de notre temps. Il avait visiblement envie de passer à ton atelier. »

Kevin hocha la tête. Il ne savait que penser de la foi inébranlable de Druvi en son talent ; curieusement, elle le mettait encore plus mal à l’aise. En licence, déjà, Druvi lui prédisait la célébrité. Un des professeurs de Kevin était allé jusqu’à lui dire qu’il était « visionnaire ». « Visez l’étrangeté », voilà ce à quoi il exhortait toujours ses étudiants, donnant le travail de Kevin en exemple. De l’étrangeté : c’était bien ce que souhaitait Kevin pour sa série, mais tout ce qu’il tentait de peindre paraissait aussi terne, familier et peu inspiré que sa propre vie. Le monde avait perdu son étrangeté : là était le problème. Kevin se sentait comme les joggeurs courant autour du stade du Rose Bowl, imperturbables pendant que le ciel brûlait autour d’eux. Au moins les dessins de ses étudiants – leurs dragons heavy metal – brillaient-ils par leur étrangeté.

« Pourquoi diable tu ne mets pas ton travail en ligne ? J'ai dû raconter à Colasanti que tu étais un luddite.

– Je ne suis pas adepte des JPEG. »

Druvi lui donna une claque sur le dos. « Mais heureusement, tu arrives à temps pour mon expérience. Elle ne nécessite qu'une technologie primitive. »

Il saisit un appareil Polaroid sur le plan de travail et demanda à Kevin de sourire avant de prendre son visage en photo. Le flash les aveugla. Le Polaroid produisit des gargouillis, puis un cliché, qui s'éclaircit avec la lenteur de l'aube pour finir par ressembler à Kevin. Druvi le plia en quatre et le lâcha dans un chapeau haut-de-forme posé sur le plan de travail, à côté du pichet de martini. On aurait dit le chapeau d'un magicien. Kevin vit qu'il était rempli d'autres photos pliées en quatre, le matériau pour l'expérience de Druvi, mais il se garda bien de chercher à savoir en quoi celle-ci consistait. Rien de pire, dans l'univers de Druvi, qu'un invité ne jouant pas le jeu ou se récriant au nom de la « décence ». Avec Arrow sanglé contre lui, au moins n'oserait-on pas jeter Kevin dans la piscine. Un sourire énigmatique aux lèvres, Druvi lui tendit d'office un martini. C'était typique de son rapport à ce breuvage. En tout cas, ça arrangeait Kevin.

Tandis que Druvi s'éloignait en poussant le chariot à apéritifs, Kevin passa de la cuisine au salon pour siroter son cocktail. La foule habituelle des amis de Druvi s'y pressait : hipsters coiffés d'un feutre noir de grand-père, femmes à silhouette de sirène, peintres au look de bûcheron chic, arborant leur moustache comme s'ils l'avaient achetée dans une boutique mythique de Mustache Land. Deux types branchés lancèrent un regard à Kevin et à

Arrow, puis chuchotèrent quelque chose à leurs voisins. Kevin inclina la tête et scruta le visage d'Arrow : une chandelle de morve jaune dépassait d'une de ses narines. Pendant un temps, avant qu'elle ne se convertisse à la maternité, Kevin avait convaincu Charlotte de se faire avorter. Ils étaient allés en voiture dans une clinique de Glendale où, s'effondrant sur le canapé, elle avait sangloté comme si elle était seule dans la pièce. Son nez coulait sans qu'elle se soucie de l'essuyer. Il avait soutiré un Kleenex à la dame de l'accueil, mais au dernier moment, plutôt que de le lui donner, il s'était penché et avait embrassé Charlotte. Ce baiser au goût salé l'avait chaviré un instant. Il avait également eu un effet sur Charlotte. Comme dans un conte de fées, le charme s'était rompu et elle avait relevé la tête, le regard sévère et les yeux écarquillés, semblant soudain se rendre compte de l'endroit où elle se trouvait.

Leur fils avait échappé d'un cheveu au néant.

Kevin regarda le contenu de son verre et s'aperçut qu'il en avait bu la moitié. Il vida le reste d'un trait, puis se dirigea vers les toilettes pour se soulager, un vrai défi à cause de la présence d'Arrow. Il visa à côté de la cuvette, mais se repéra vite à l'oreille, s'aidant du bruit des éclaboussures pour recentrer son jet. Il referma sa braguette de son mieux et se lava les mains, ne pouvant s'empêcher de voir le visage d'Arrow dans le miroir du lavabo. Les paupières du bébé étaient aussi finement veinées de bleu que les ailes d'une libellule. Une bouffée d'amour le fit chanceler. C'était la faute de ce gosse. La biologie conspirait à lui laver le cerveau pour qu'il rejoigne les nouveaux convertis à la paternité. Et si vous n'étiez pas un bon père, si vous résistiez à ces assauts pour vous cramponner à vos rêves, les nouveaux convertis vous considéraient comme un irresponsable, un égoïste, un lâche. Ils avaient gagné Charlotte à leur cause, bien sûr, et à présent elle voyait Kevin ainsi. Elle ne se souvenait même plus de la date de son anniversaire, putain ! Glissant la main sous le porte-bébé, il sortit délicatement le sachet de coke de sa poche en veillant à ne pas réveiller l'enfant.

Il y avait un problème. Il ne pouvait pas se baisser avec Arrow contre sa poitrine ; c'était physiquement impossible. Et il ne pouvait pas non plus poser Arrow quelque part, car son fils se réveillerait à coup sûr et se mettrait à pleurer, et lui-même se retrouverait dans une fête avec un bébé braillant de faim, ce qui casserait l'ambiance. Il chercha des yeux un point d'appui suffisamment haut pour qu'il se fasse un rail. Rien en vue. Il n'avait pas le choix. Il tapota le sachet pour faire descendre la coke sur sa paume, s'efforçant d'obtenir une ligne droite. Le résultat ressemblait au panache de vapeur laissé par un avion. Il porta sa paume à ses narines, renifla de son mieux. On frappa soudain à la porte des toilettes et il fit une enjambée pour la fermer à clé. Jetant un coup d'œil à ses mains, il découvrit qu'il avait renversé le contenu du sachet. Une étonnante quantité de coke était tombée en pluie sur la tête d'Arrow, poudrant les boucles au-dessus de sa nuque. La poignée de la porte cliqueta. Il se pencha et renifla à même la tête de son fils, essayant de ne pas en perdre un grain.

Par miracle, Arrow ne se réveilla pas. Kevin se lava de nouveau les mains et inspecta dans le miroir le visage paisible du bébé, exempt de poudre blanche. Il se sentait bien. Non : super bien. Il venait de renifler de la coke sur la tête de son fils. Plus dingue et plus antibourgeois, tu meurs ! Il se faufila le long de la file d'attente qui s'était formée à la porte des toilettes, savourant l'agréable brûlure dans ses narines. Sa tête donnait le tempo à ses jambes. C'était comme dans ces dessins animés où quelqu'un meurt et où des ailes poussent sur ses chaussures pour l'emmener au paradis. Il flotta vers le salon, dans l'espoir d'y trouver Druvi et de lui raconter son exploit. Au lieu de quoi il tomba sur des inconnus dont il mourait d'envie de faire la connaissance. Un type avec des lunettes noires, la capuche de son sweat-shirt violet rabattue sur la tête – un sosie du terroriste Unabomber à une rave party –, lui sourit. Il tenait par le cou une femme aux taches de rousseur amusantes.

« Tu n'as pas peur de le réveiller ? » demanda l'homme.

Kevin contempla ses doigts. Il pianotait sur la tête d'Arrow.

« Ce qu'il est mignon, dit la femme en fixant des yeux le cuir chevelu du bébé.

– Il a des pellicules », répondit Kevin.

Des deux mains, il lui ébouriffa les cheveux, ce qui le fit gémir et tressaillir dans son sommeil. Kevin se mit à sautiller sur place pour faire la danse tribale du sommeil qu'il avait vu Charlotte exécuter chez elle. Contre toute attente, cela marcha. Il se lança dans la critique acerbe d'un article lu la veille chez son dentiste sur les vertus de l'huile d'amande douce pour combattre les pellicules, et se surprit à faire une digression sur les gouttières que ce même dentiste lui avait prescrites pour la nuit, mais qui lui donnaient l'air d'un boxeur. « Quoi qu'il en soit, je lisais cet article et j'ai pensé : en fait, c'est la guerre en Afghanistan et en Syrie, et ici on lit des articles sur les moyens de lutter contre les pellicules. Ça en dit long sur les États-Unis, non ? »

La femme échangea un regard avec son copain, puis fit une moue dégoûtée. « Je crois qu'il a besoin d'être changé.

– Quoi ?

– Il porte bien une couche ? »

Kevin, qui n'avait pas apporté de couches de rechange, choisit de ne pas relever et sortit au bord de la piscine. Le soleil miroitait sur l'eau. À moins que ce n'ait été l'eau qui miroitait au soleil. Ensemble, ils produisaient un miroitement. La fête était beaucoup plus fréquentée qu'au début, grouillant d'êtres humains merveilleusement peu vêtus. Leurs visages se révélaient d'un intérêt exceptionnel. La plupart des animaux gardaient plus ou moins la même tête de leur naissance à leur mort, mais pas les gens. L'apparence de ces derniers subissait de sérieuses transformations, surtout en Californie. Votre visage actuel ne représentait qu'une page d'une histoire brève et déprimante. À ceci près que cela ne déprimait pas Kevin. En tant que récit, son visage contredisait tellement l'idée qu'il se faisait de lui-même, inchangée depuis son adolescence, qu'il finissait par le voir comme une imposture. Une pure invention.

Ce n'est pas qu'il était en train de se faire ces réflexions, mais plutôt qu'il les trouvait là, déjà toutes prêtes dans sa tête. Comme si son cerveau était une cathédrale de tableaux – de fresques – et qu'il lui suffisait de regarder autour de lui.

Il alla chercher une bière dans la glacière, puis scruta cette foule de presque trentenaires qui, tragiquement, le croyaient plus âgé qu'eux. Parfois lui venait le fantasme d'une rencontre avec le double de Charlotte, une femme ne le connaissant pas encore, mais riche de toutes ces choses qui rendaient Charlotte unique. Un amour peu féminin de la bière. L'habitude de massacrer les blagues en essayant de les raconter. Un désir irrépressible de lui retirer les petites peluches logées dans son nombril. Une détestation des cartes de remerciement, une tendance à être prise de quintes de toux pendant les bandes-annonces au cinéma, et cette merveilleuse façon de pivoter sur elle-même et de marcher à reculons pour dire au revoir, le tout sans ralentir l'allure. Elle l'avait fait à leur premier rendez-vous, et Kevin avait eu peur qu'elle rentre dans un poteau électrique. Ces « au revoir » lui manquaient plus qu'il ne pouvait le dire.

Mais tant pis. Il ne laisserait pas Charlotte lui gâcher sa défonce. Et ça, pour être défoncé, il l'était, aucun doute là-dessus. Il fit le tour de la piscine dans ses chaussures ailées et tomba de nouveau sur Joyce, l'avocate, qui était assise toute seule sur le plongeoir et tapait un texto. Il s'approcha. Elle leva les yeux de son portable, son regard allant du visage de Kevin aux jambes pendantes d'Arrow.

« Vous, vous venez de vous faire un rail.

– Non, chef, répondit Kevin.

– Allez, arrêtez de sourire. » Kevin s'ordonna de froncer les sourcils, mais il continuait à sentir le vent sur ses dents. « J'en étais sûre !

– C'est quand même vous qui me l'avez refilée ! »

Il lui donna un coup de poing dans l'épaule, pour rire, mais elle grimaça de douleur. Se maîtrisait-il encore ? Il prit une profonde inspiration, s'empêcha de sautiller sur place.

« Il est vraiment censé dormir si longtemps ? dit Joyce en se massant l'épaule. Vous devriez peut-être le ramener à votre femme.

– Je ne suis pas marié.

– Dommage. Vous avez l'air de quelqu'un à qui le mariage ferait du bien. » Elle jeta un coup d'œil inquiet à Arrow. Kevin admirait les orteils extraordinaires de son fils, de la taille des fèves d'edamame, et s'aperçut qu'il avait perdu une chaussure. « Vous pourriez revenir plus tard, non ? Sans lui. Je préférerais ne pas porter la responsabilité d'une noyade, voyez-vous. »

S'agissait-il d'une proposition ? Cela y ressemblait, en tout cas. Mais Charlotte ne rentrerait pas avant une heure et demie. À ce moment-là, il affronterait la cruelle redescente sur terre.

« Vous avez vu l'atelier de Druvi ? demanda-t-il, désignant de la tête la maison d'amis derrière la piscine. Je connais l'entrée secrète. »

Joyce sembla intriguée. Du moins Kevin choisit-il d'interpréter ainsi le son qu'elle émit. Il la saisit par le coude et l'entraîna derrière la maison d'amis jusqu'à une porte dérobée, dont Druvi cachait la clé sous un géranium en pot. Il allait mettre son plan à exécution. À un détail près : il n'avait pas de plan. C'était bien le problème. Il se sentait l'esprit si clair et déterminé, sa tête était une église si joliment peinte, qu'il croyait suivre un plan élaboré avec soin. Or il savait juste que Druvi avait un futon dans son atelier pour faire la sieste. Heureuse coïncidence, lui-même avait un enfant qui faisait la sieste. L'essentiel, se rappela-t-il, était de montrer à Joyce qu'Arrow et lui n'étaient pas indissociables.

Il ouvrit la porte et découvrit un fatras de cartons, de bric-à-brac divers et, appuyée contre un mur, une immense toile dont les reflets chatoyants étaient ceux, comprit-il, de milliers de billes. À une odeur toxique de colle se mêlait la puanteur des tenues de sport abandonnées sous un sac de sable pour salle de boxe. Pendant que Joyce étudiait le tableau, Kevin slaloma entre les cartons de billes pour atteindre le futon près de la fenêtre, puis entreprit d'extirper Arrow du porte-bébé sans le réveiller. L'idée était de le transférer d'un support à un autre. Ainsi qu'il avait vu Charlotte le faire, il s'allongea sur le futon et se libéra par magie de toutes les boucles et sangles. Mais quand il tenta d'en extraire Arrow, de peur qu'il ne s'entortille dedans, celui-ci s'éveilla et hurla d'indignation, se renfrognant comme pour plaquer ses globes oculaires au fond de leurs orbites. Il y avait aussi cette odeur, qui justifiait à elle seule sa fureur. Kevin essayait désespérément de le faire taire par des « Chut » et des tapes sur les fesses – une consigne donnée un jour par Charlotte. De vraies tapes, curieusement, presque une fessée. À sa grande surprise, cette technique parut marcher : les paupières du bébé se refermèrent, sa respiration devenant plus ample, avec de légers ronflements.

« Je l'ai rendormi en lui donnant une fessée », chuchota Kevin à Joyce, qui contemplait toujours le tableau de Druvi. Un étrange petit frisson de fierté le parcourut.

« Ça vous arrive souvent ? De le punir parce qu'il se réveille ? » Joyce remonta ses lunettes, se concentrant à nouveau sur la toile. « J'aime bien l'apparence abstraite de ces billes, à première vue. On dirait une œuvre de Chuck Close. Il faut prendre un peu de recul pour l'apprécier. »

Kevin fronça les sourcils. « En fait, ce n'est sans doute pas le meilleur tableau de Druvi. »

Elle sourit. « Ah bon ?

– Je suis un grand fan de son travail, ne vous y trompez pas, mais d'un autre côté, je trouve que ça fait un peu, je ne sais pas… gadget. Ce que je veux dire, c'est qu'un véritable artiste ne devrait pas s'en tenir à des canulars. Charlotte le surnomme le Roi du Fake Art.

– Charlotte ? » Joyce hocha la tête.

Quelque chose dans son expression, l'éclair de jalousie dans son regard, excita Kevin. Un mystérieux désir de lui faire l'amour contre le tableau de Druvi l'assaillit. Au lieu de quoi il la prit par la main et l'emmena dans la salle de bains, où ils furent accueillis par un amas de poupées Barbie chauves sur le meuble de toilette. Dans le lavabo, un radeau de cheveux flottait sur un liquide à l'odeur de colorant pour œufs de Pâques. Cette preuve de persévérance poussa Kevin dans ses derniers retranchements. Il glissa la main sous le tee-shirt de Joyce. Elle n'eut pas l'air surprise. Il n'avait pas touché une femme depuis longtemps, et sa peau était si douce qu'il en eut la gorge sèche. Joyce retira ses lunettes et les posa près des poupées Barbie. Tremblant comme un adolescent, Kevin lui enleva son tee-shirt, tomba à genoux, et se mit à embrasser de haut en bas la barrière de son ventre rond et bronzé au délicieux goût de sueur. La peau de Joyce était tiède sous ses lèvres. Pourtant, il s'interrompit à la hauteur de sa taille. Elle avait quelque chose au creux du nombril. Il put l'extraire avec l'ongle de son index : une petite peluche. Il se releva subitement, puis s'assit sur la cuvette des toilettes, paupières closes. Il avait la nausée. Lorsqu'il se redressa, Joyce, en soutien-gorge, le dévisageait, ses yeux brillants de larmes traduisant une émotion qu'il n'avait pas remarquée jusqu'alors : une authentique tristesse.

« Et que dirait Charlotte de ça ? » demanda-t-elle, détournant le regard. Elle recouvrit son ventre de son bras.

« Pathétique », concéda Kevin entre deux raclements de gorge.

Joyce remit ses lunettes. « Donc, vous n'êtes pas professeur. Et encore moins amant. Qu'est-ce que vous n'êtes pas non plus, pour m'éviter une troisième erreur ? »

Elle enfila son tee-shirt et partit, la porte de la maison d'amis claquant derrière elle. Kevin n'aurait pu dire combien de temps il resta dans cette salle de bains. En tas et privées de leur chevelure, les poupées Barbie ressemblaient aux victimes d'un crime de guerre. Il revint dans l'atelier et se tourna vers le futon près de la fenêtre, mais Arrow n'était plus là.

Son cœur s'arrêta. Il appela son fils, passant la pièce au peigne fin, vérifiant derrière l'imposant tableau, dans la pile de vêtements de sport, autour du bureau métallique recouvert d'esquisses, de magazines et de perruques. « Bordel de merde », dit-il, s'efforçant de garder son calme. Il ouvrit les rideaux d'un geste sec : rien. Avait-il pu laisser la porte ouverte ? Elle était fermée à présent, ornée d'un miroir qui le fit sursauter à la vue de son propre fantôme. Il hurla de nouveau le prénom de son fils. Dans un angle, le sac de sable se balançait doucement au bout d'une chaîne, pivotant sur lui-même. Kevin s'élança vers lui, contourna le chevalet au centre de l'atelier et faillit trébucher sur un carton, puis se rétablit et vit Arrow immobile, à quatre pattes sur une étroite portion de sol jusque-là invisible. Il examinait quelque chose. Kevin poussa un soupir de soulagement. Arrow bascula sur le côté, releva la tête, et Kevin s'aperçut que son visage était d'un bleu sombre totalement anormal. Sa première pensée fut que son fils avait changé de couleur, tel un caméléon. Mais Arrow avait les yeux exorbités, le visage atrocement déformé par la terreur. Kevin courut vers lui et le souleva dans ses bras, conscient qu'il était étrangement silencieux, sa bouche ne produisant aucun son, béante comme pour un interminable bâillement, alors il le mit à plat ventre sur son bras, commença à lui frapper le dos, lui donnant des claques sous les omoplates, assez fort pour lui casser quelque chose, mais c'était toujours ce même silence angoissant, seulement rompu par les claques et par Kevin suppliant son fils de respirer, et quand aucun souffle ne sortit de la bouche d'Arrow, il le prit par la taille et lui fourra les doigts dans la gorge, son index forçant le passage, le plus loin possible, jusqu'à toucher quelque chose d'aussi dur et lisse qu'une tumeur, et il enfonça son doigt encore plus loin, effrayé à l'idée de griffer la gorge du bébé, bloquant cette chose plus bas, avant de réussir à l'entourer de son index comme d'un crochet, et à l'extirper avec le *pop* d'une bouteille qu'on débouche. Une bille. Elle tomba sur le sol et roula dans un coin. Arrow hoqueta et vomit, tendant le cou comme une tortue coincée sous une clôture. On aurait dit une agonie à l'envers. Kevin sentait haleter ses minuscules poumons. Le visage de l'enfant passa du bleu au carmin, puis au rouge vif, et à son habituel rose mortadelle.

Kevin restait là, le serrant contre lui. Il n'osait pas bouger. Son cœur cognait jusque dans ses oreilles. Il avait perdu toute notion du temps, ne percevait que l'immobilité de son fils qui pleurait dans ses bras. Sur le mur du fond, le tableau aux billes luisait dans un rayon de soleil venant de la fenêtre. Kevin se rendit compte seulement après l'avoir contemplé un long moment que Joyce avait raison : ces billes de couleurs différentes formaient un motif qu'il reconnut, quelque chose de réel, de cohérent et de splendide : une montagne en flammes, qui dépassait d'un énorme nuage de fumée.

Il ne prit pas la peine de récupérer le porte-bébé, quittant l'atelier en hâte et contournant la maison d'amis, avec Arrow qui avait cessé de pleurer dans ses bras. La piscine était étrangement déserte, des vaguelettes clapotaient contre le rebord comme si un serpent de mer nageait au fond, sous les cendres. La musique avait cessé, ou était si discrète qu'il ne l'entendait pas. Il se fraya un passage au milieu du flot d'invités qui partaient et retrouva Druvi dans la cuisine, en grande conversation avec un groupe d'admirateurs près du bar. Il se précipita vers lui et se mit à lui raconter ce qui venait de se passer, mais Druvi ne se retourna pas, ne lui dit pas un mot. Peut-être Kevin n'entendait-il sa propre voix que dans son imagination. Il toussota et appela Druvi par son prénom, plus fort cette fois, mais son vieil ami continua d'ignorer sa présence. En prime, ses interlocuteurs ne prêtaient pas non plus attention à Kevin. Arrow dans un bras, il posa son autre main sur l'épaule de Druvi et la secoua, mais celui-ci ne se retourna pas davantage, ne chercha même pas à se dégager. Comme si la main de Kevin n'existait pas. La peur montait en lui, pareille à un jet d'encre noire. Il s'éloigna en direction d'un couple qu'il reconnaissait pour l'avoir vu à une autre fête de Druvi, et leur parla de tout et de rien, au bord des larmes, mais ils le regardèrent sans le voir en sirotant leurs martinis. Sa peur se mua en appréhension. Allant vers l'évier pour boire un verre d'eau, il vit Joyce remplir de hors-d'œuvre une assiette en carton. Soulagé, il lui fit signe, mais elle ne répondit pas à son geste. Elle fixait le contenu de son assiette, examinant une part de *spanakopita* avant de l'enfourner tout entière dans sa bouche. Elle recommença avec un beignet au crabe. Il fit voler son assiette en l'air. Une pluie de hors-d'œuvre tomba sur le sol. Sans un regard pour lui, elle prit une autre assiette et y disposa un nouvel assortiment de beignets au crabe, de bruschetta et de sashimis en forme de langues roses.

Kevin quitta la fête et sortit, serrant Arrow contre sa poitrine. Les cendres avaient disparu du ciel, ainsi que l'odeur de fumée, et les jacarandas le long de St. George Street semblaient respirer l'air du crépuscule. Il n'y avait pas d'ombre à ses pieds, et le murmure des arbres couvrait le bruit de ses pas. Il tira de la poche arrière de son jean le bob d'Arrow et revit le chapeau haut-de-forme rempli de photos polaroïds. Il avait été victime d'un canular de Druvi. Cette prise de conscience ne le libéra pas de l'appréhension qui lui nouait l'estomac. Le vent avait fraîchi avec la nuit, et il cala son fils au creux de son bras. Il se souvint du soir où il était allé à l'hôpital après la naissance d'Arrow – la première fois qu'il revoyait Charlotte depuis qu'il avait déménagé – et sa stupeur devant cette horrible petite créature endormie dans ses bras, aussi rouge que certains haricots. Le reste de son cordon ombilical ressemblait à l'un de ces pétards qui se transforment en serpents de cendre. Mais ce n'était pas la laideur du bébé qui l'avait le plus impressionné. C'était le sourire de Charlotte : il paraissait si lointain et adorable, comme quelque chose sous verre.

Un système d'arrosage automatique se mit soudain en route, aspergeant ses chaussures, mais Arrow ne leva pas la tête. Peut-être l'avait-il déjà oubliée, cette bille. Ce serait le secret de Kevin, qu'il emporterait avec lui dans la tombe.

Passant devant le réservoir d'eau potable, ce lac immaculé avec sa famille d'oies sortie d'un livre d'images, il remarqua que la porte de service était ouverte. Personne ne surveillait l'accès. Au mépris de la pancarte « Défense d'entrer », il s'avança, longea furtivement un modeste bâtiment de brique qui semblait abriter une cabane à outils ou des toilettes et pénétra dans le parc désert aux palmiers impeccables, à la petite cascade pittoresque qui s'écoulait avec un son cristallin sur des rochers. Ne voyant nulle part le paysagiste, seulement son pick-up, il descendit jusqu'au lac et suivit le sentier parfaitement entretenu. Bien qu'il n'ait pas plu depuis des mois, il n'y avait aucune empreinte de pas. Le lac artificiel sentait l'ammoniaque et autre chose : des serviettes de bain oubliées dans une voiture. Kevin s'arrêta au pied d'un palmier près de la cascade, d'où Arrow pourrait observer les oies. Il avait juste envie de s'asseoir quelques minutes pour se détendre. Et c'est ce qu'il fit, s'adossant au tronc de l'arbre de façon à ce qu'Arrow voie l'eau.

Contrairement à Druvi, il n'avait rien fait de ses talents limités. Le fantasme selon lequel Charlotte et lui allaient revivre ensemble n'était que cela : un fantasme. Sans doute le choix qu'elle avait fait – de rompre, d'avoir Arrow sans lui – n'était-il pas qu'une histoire de bébé.

Il caressa le pied d'Arrow, celui qui n'avait plus de chaussure : il était glacé. Il enleva une de ses baskets, puis sa chaussette, et glissa le pied d'Arrow dans celle-ci. Elle était trop grande pour servir à grand-chose, aussi la remonta-t-il tout en haut de la cuisse de son fils, comme une jambière de danseur.

Une série consacrée au désastre ! Pourquoi avait-il cru connaître le sujet ?

Arrow leva la tête et babilla dans son charabia mélodieux en désignant l'eau. Les yeux écarquillés, il ne bougeait pas, hypnotisé par les oies qui flottaient à proximité. À quoi ressemblaient ces volatiles aux yeux d'un bébé ? Kevin ne pouvait que l'imaginer. Son fils avait failli mourir, et à présent ces deux énormes oiseaux voguaient vers lui, reliés par une ribambelle d'oisons jaunes. Leur cou pivotait sur lui-même, comme un périscope. Le chef de famille fit une embardée pour éviter une feuille, et la ribambelle dorée tangua mais ne se dispersa pas. Derrière les oies, sur l'autre rive du lac, un cactus était couvert d'énormes fleurs blanches. Kevin avait l'impression qu'elles s'ouvraient sous ses yeux. Était-ce possible ? Ces fleurs, ces oies au long cou, les franges des palmes qui dansaient dans le vent telles des flammes : durant quelques instants, tout cela lui parut étrange, aussi neuf que l'enfant sur ses genoux. Une oie s'arrêta et lissa ses plumes, enfouissant son bec sous son aile. Arrow la fixait, sidéré. Peut-être n'avait-il encore jamais vu d'oie. Imaginez toutes les autres choses qu'il n'avait pas vues, les émerveillements qui l'attendaient, le chatoiement d'un monde qui ne l'avait pas encore trahi.

« Des oies », dit Kevin. Il ressentait l'étrange besoin de nommer les choses. Il aurait voulu planter un bâton dans chaque petit morceau d'univers d'une beauté déchirante et le brandir devant Arrow. Une voix d'homme s'éleva derrière lui, le faisant sursauter : « Ohé ! Vous ! Le père avec le bébé ! » Et il se retourna pour voir qui l'interpellait.

Trojan Whores Hate You Back

Ils atteignirent le point le plus élevé de l'autoroute surnommée la Grapevine, franchirent en pétaradant les reliefs de Tejon Pass, et amorcèrent la descente en montagnes russes vers Los Angeles, ce vaste bassin sédimentaire où tout converge. On ne pouvait pas dévaler l'autoroute I-5 sans s'imaginer en train de foncer vers une bonde de lavabo. Alistair se sentait malgré tout euphorique, d'une euphorie familière. Il se cramponnait d'une main au volant, essayant d'oublier la bursite dans son autre épaule. Il n'aurait pas dû conduire, mais puisque c'était son van – sa MasterCard finançant même toute la tournée –, il avait bien le droit de mettre les musiciens du groupe en danger si ça lui chantait. Et puis pisser sur le danger, c'était la raison d'être de Trojan Whores, non ?

Un camion de primeurs s'engagea sur sa voie, à cheval sur la ligne discontinue, ce qui rendait un dépassement impossible. Et impossible de lever le bras pour klaxonner. « Ankylose de l'épaule », avait conclu le médecin, ce qui ne décrivait en rien l'intensité de la douleur.

« Tire-toi de là, Pussy Kitchen !

– Tu as bien dit “Pussy Kitchen” ? » demanda Glenn.

Affalé sur le siège du passager, il gratouillait les cordes de la Jaguar Fender posée sur ses genoux.

« Possible. »

Glenn eut un hochement de tête approbateur. « Je sens venir un tube. »

Il improvisa un riff sur sa Jag, quelques notes jouées staccato, à la manière des Cramps. Il se défendait encore bien. C'était une sorte de génie – capable de vous sortir des riffs de nulle part aussi facilement que s'il cueillait des cerises. Alistair sourit, mais ne put s'empêcher de penser, comme depuis deux semaines, que son vieux pote n'y croyait pas vraiment. Parfois il lui jetait un coup d'œil furtif et, voyez-vous, il s'interrogeait : où était passé l'ancien Glenn ? Il avait les yeux un peu globuleux et la tête presque rectangulaire sans sa mèche d'un blanc neigeux enroulée comme la banane d'Elvis, d'où la vague impression qu'il vous faisait une grimace même quand ce n'était pas le cas. Lui qui avait été la coqueluche des adolescentes sur les affiches de Trojan Whores, il était curieusement devenu quelqu'un près de qui on hésiterait à s'asseoir dans le bus. À l'arrière, Vladimir trônait sur son coussin anti-hémorroïdes, sorte de bouée gonflable de couleur bleue qu'il emportait partout avec lui. Une de ces excroissances qu'ont les vieillards lui avait poussé sur la paupière, pareille à un minuscule troisième œil. Et ses vêtements ! Ce coupe-vent ? Ce short de toile bleue ? On n'aurait pas été surpris de le voir au volant d'une voiturette de golf.

Andy, au moins, même s'il en écrasait contre la vitre à l'autre bout de la banquette arrière, n'avait pas changé : les paupières un peu fripées, certes, mais plus ou moins le même qu'en 1982. Son secret était peut-être le sommeil. Seule sa batterie pouvait le sortir de sa léthargie.

Alistair se concentrait sur la route, s'efforçant d'ignorer l'odeur des crottes de rat qui empuantissaient le van et se demandant si les grattements à l'arrière étaient réels ou imaginaires. Les rats étaient destinés à Stew, le python apprivoisé de Vladimir. Celui-ci avait insisté pour l'emmener en tournée. Il n'avait sans doute pas réussi à trouver quelqu'un pour le garder. Le spectacle de Stew mangeant un rat vivant était une de ces expériences dont on sort changé, et à laquelle Alistair n'avait pu se soustraire à temps. L'animal faisait un repas par semaine, ce qui signifiait qu'il fallait le nourrir ce jour-là – ainsi que Vladimir le leur rappelait sans arrêt depuis la banquette arrière.

« Pas question pour moi de jouer de nouveaux titres », déclara-t-il du haut de sa bouée. Dans le rétroviseur, il avait l'air assis sur un rehausseur.

« Vlad le Râleur a parlé, dit Alistair.

– Je ne suis pas un râleur. Je me borne à protéger notre marque de fabrique. »

Glenn cessa de gratouiller sa guitare. « Vous entendez ça ? Il vient de parler de Trojan Whores comme d'une marque.

– Arrêtez vos conneries, répliqua Vladimir. Vous avez autant besoin que moi de cet argent. J'ai un emprunt sur le dos pour trente ans et deux gosses à l'université. Sans parler des frais médicaux.

– Bizarre, il ne mentionne pas sa consommation d'herbe.

– Si, je viens de le dire : les frais médicaux. » Il récupéra son inhalateur dans la poche de son coupe-vent et aspira une bouffée, puis entrouvrit sa vitre pour laisser sortir les effluves. Alistair ne connaissait personne d'autre se faisant prescrire de la marijuana à usage thérapeutique pour des hémorroïdes. « Pauvre Stew. Tu ne pourrais pas accélérer ? Il s'en prend à moi s'il a faim.

– Je le comprends, lâcha Glenn, montant le volume de l'autoradio.

– Une bouffée ? proposa Vladimir d'une voix douce, lui tendant son inhalateur.

– Ma défonce à moi, c'est Dieu. »

Vladimir s'esclaffa. Alistair aurait bien défendu Glenn et ses trips avec Dieu, mais à vrai dire, lui-même avait du mal à comprendre. Comment pouvait-on hurler le refrain d'« Immaculate Cuntception » chaque soir, puis lire la Bible pour se détendre avant de se coucher ? Pour autant qu'il puisse en juger, Glenn en était toujours à Genèse, 13, depuis le Texas. Il le savait, parce qu'ils partageaient la même chambre à l'hôtel. Et s'il ne prenait pas son pied avec le Verbe, ce type ouvrait un recueil de proverbes chinois que son curateur lui avait offert, dans l'espoir d'accéder à la sagesse intérieure. La veille au soir, Alistair l'avait vu étudier quelques proverbes dans le lit voisin, ses lèvres bougeant de la même façon que lorsqu'il composait une chanson, et il avait éprouvé une jalousie inexplicable. Il aurait voulu le questionner – sur ces proverbes, ce cirque autour de la Bible, cette drogue dure que Dieu dealait pour le faire planer à ce point, bon sang –, mais il avait peur que Glenn le prenne mal.

« Naya sait qu'on passe au Wiltern ? demanda celui-ci.

– Ce qu'elle écoute, c'est Nina Simone. Pour elle, ça ne représente rien. De toute façon, elle me quitte.

– Je n'étais pas au courant.

– En fait, elle s'est plainte que m'avoir pour mari, c'était comme vivre avec un de ces crapauds qui mangent leur propre peau.

– Ce qui signifie ? »

Alistair haussa les épaules. « Ça doit être une métaphore.

– Il y a un vieux proverbe chinois qui dit : "Si j'ai un bosquet dans mon cœur, le rossignol viendra."

– Et elle cherche un appartement », ajouta Alistair.

À cet aveu, quelque chose vacilla dans sa poitrine. Si son cœur était un oiseau, il était très malade. Une moto – une Ninja, une Samouraï, ou n'importe quel nom de guerrier asiatique – lui fit une queue de poisson. Le motard était déguisé en clown, sa coiffure afro écarlate dépassant de son casque. Il portait la panoplie complète, avec un nœud papillon géant. La moto disparut au loin, slalomant entre les voitures.

« Tu as vu ce clown ? »

Glenn leva les yeux de sa guitare. « Ne juge pas, et tu ne seras pas jugé », récita-t-il d'un ton sentencieux.

Ils dépassèrent la tour du parc d'attractions Magic Mountain, qui sortait de terre comme un gigantesque ongle rouge, et pénétrèrent dans les banlieues insondables de L.A. Puis un événement miraculeux se produisit. Une chanson de Trojan Whores passa à la radio : « Curb Appeal ». Alistair augmenta le volume, et pendant quelques instants aucun d'eux ne parla, écoutant ces sons neufs et désespérés vibrer dans les enceintes. Vladimir secoua Andy pour le réveiller. Celui-ci resta hébété, à regarder l'autoradio en clignant des yeux. Jamais encore ils n'avaient entendu une de leurs chansons à la radio. Il y avait bien eu des rumeurs, colportées par des fans – mais rien qui permette de les confirmer. Glenn, à court de proverbes, laissa glisser sa guitare sur ses genoux. Alistair prit le parti d'être ému. Le DJ revint au micro et leur fit de la pub : « Dernière chance de voir Trojan Whores, demain soir au Wiltern ! » Le regard d'Alistair s'embua. À l'origine, toute cette affaire devait être un canular, une farce : deux ados en quête de filles et de sensations fortes. Comment était-ce devenu la chose la plus importante qui lui soit arrivée ?

Dans le centre-ville, il se gara devant un immeuble sur la façade duquel s'étalait le nom LAMEBRAIN PRODUCTIONS et tenta de se calmer. Il regrettait que leur concert au Wiltern n'ait pas lieu le soir même. Il le voyait, à ses risques et périls, comme leur passeport pour l'avenir. Des années durant, il s'était opposé à ce que le groupe se reforme. Non pas qu'il ait eu spécialement envie de mourir vieux avant l'âge – il se refusait juste à interpréter en public des chansons intitulées : « Immaculate Cuntception ». Et puis il s'était passé quelque chose. Un matin, à San Francisco, alors qu'il rejoignait à pied sa station du BART pour aller au travail, il avait vu une énorme buse fondre sur un écureuil qui jouait les trapézistes entre les fils électriques. Une seconde plus tard, la bestiole avec sa longue queue flottant derrière elle n'était plus là. C'était une journée magnifique, le soleil faisait étinceler les fenêtres des maisons victoriennes de la 24th Street. Sur le trottoir, les passants marchaient à grands pas, les yeux scotchés à leur portable, leurs pouces dansant comme des flammes. Il avait fait demi-tour, était rentré chez lui et avait retrouvé la trace de Glenn. Celui-ci squattait le garage d'un copain à L.A. après une cure de désintoxication, et il s'éclatait deux fois par semaine aux réunions des Narcotiques Anonymes, tellement fauché qu'il devait se contenter d'un portable jetable de chez Walmart. C'était pour Glenn, expliqua Alistair à sa femme, qu'il avait décidé de quitter son emploi chez Sunset Fire Protection et proposé de reformer le groupe. Pour Glenn qui, s'il avait eu la chance de mourir jeune, serait aussi célèbre que Sid Vicious, mais qui était désormais gros et au bout du rouleau, sans le sou ni la moindre compétence, hormis celle de trouver une veine.

Au bout du rouleau, mais pas tombé dans l'oubli. Contre toute attente, la réimpression de l'album *Trojan Whores Hate You Back* avait ravi une tribu d'habitués du site *Pitchfork* qui n'étaient même pas nés lors de la première sortie. Trois soirs plus tôt, au Crescent Ballroom de Phoenix, Alistair avait eu la surprise de voir au premier rang deux adolescentes chanter à tue-tête avec lui « Sex Is Boring ». Elles connaissaient les paroles mieux que lui. D'après Glenn, qui avait encore quelques relations, les Studios Merge seraient intéressés (« intrigués », lui avait-on dit au téléphone) par un nouvel album. Mac viendrait en personne au concert du lendemain soir pour découvrir jusqu'à quel point il fallait être intrigué.

« Et on est invités à un talk-show dans une galerie marchande ? demanda Vladimir depuis la banquette arrière.

– Retransmis sur Internet, précisa Glenn. Notre seule chance de faire le buzz. »

Il leur sourit, comme s'il tenait l'avenir du groupe entre

ses mains. Il leur avait assuré qu'ils n'avaient pas besoin de manager – qu'il pouvait monter une tournée mieux que n'importe quel branleur de maison de disques –, et peut-être avait-il raison : Trojan Whores passait à la radio. Quelque chose dans son enthousiasme semblait pourtant faire partie du contrat, comme s'il s'acquittait d'une dette.

Alistair eut du mal à descendre du van sans aide. Autrement dit, il n'y arriva pas. Son épaule n'était pas totalement ankylosée, mais presque. Glenn vint le prendre dans ses bras et le déposa sur la terre ferme.

« Merde ! s'exclama Vladimir en déchargeant le van.

– Qu'est-ce qui se passe ?

– Stew ! Il n'est pas dans sa cage ! » Il se tourna vers eux, furieux. « Qui a oublié de refermer le couvercle, bordel ?

– Pas moi », répondit Glenn, d'une façon qui prouvait que c'était lui. Il avait asticoté le serpent pendant que Vladimir était aux toilettes dans une station-service, pour essayer de le faire sortir de sa cage. Vladimir se mit à balancer les trépieds et les pédales de distorsion dans la rue. De son bras valide, Alistair prit Glenn par l'épaule, regardant leur bassiste flipper. Comme au bon vieux temps.

« Tu veux dire qu'il y a un putain de python en liberté dans le van ? » lança-t-il d'un ton enjoué.

Glenn siffla en direction des portières ouvertes comme si Stew était un chien et l'appela par son nom, ce qui fit rire Alistair. Voilà trente ans qu'il n'avait pas pris Glenn par l'épaule. À une époque, bien sûr – disons en 1985, 1986, alors qu'ils jouaient ensemble depuis cinq ans –, un python en liberté dans le van n'aurait représenté qu'une tuile de plus pour le « Tragical Mystery Tour », comme

Vladimir surnommait leur vie. On commençait à venir à leurs concerts par curiosité, pour guetter le moment où ils partiraient en vrille. Un soir, pour une raison qu'il oublia ensuite, Alistair avait craqué au beau milieu d'un des interminables solos de Glenn et lui avait cassé la figure à coups de micro en répétant : « Je vais défoncer ton foutu crâne ! », une sorte de contrepoint au tempo de la batterie. La nuit, endormi sur le canapé d'un junkie ou d'un autre, il rêvait au lit de son enfance à Claremont, où Glenn et lui avaient grandi. Là-bas, les gens faisaient leur jogging, écoutaient Springsteen et avaient un trampoline dans leur jardin.

Aussi était-il parti un jour, sans rien dire à Glenn : il avait déménagé de leur appartement d'East Hollywood, n'emportant que ses disques et les vêtements qui pouvaient tenir dans le vieux sac militaire ayant appartenu à son père. Il éprouvait un sentiment d'urgence. *Je veux avoir une vie normale*, avait-il écrit, empalant le mot sur l'axe de la platine, où Glenn le verrait forcément dès qu'il émergerait de sa cuite. Et il avait bel et bien repris une vie normale. Il s'était installé à San Francisco, avait travaillé quelque temps dans le bâtiment, avant de suivre des cours d'informatique et de trouver un emploi de concepteur de gicleurs à incendie. Le travail était ennuyeux, mais pas déplaisant, et les vantardises bon enfant de ses collègues lui rappelaient un peu Trojan Whores. Il avait acheté une maison minuscule dans Mission District, avant que la Silicon Valley ne le colonise. Les femmes défilaient dans sa vie – toutes d'humeur aussi changeante que la météo, adeptes de sombres et silencieuses prières à leur moi – et il se demandait s'il n'était pas condamné à mourir seul. Puis il avait fait la connaissance de Naya. Titulaire d'une maîtrise, elle travaillait comme thérapeute auprès d'adolescents ayant des conduites à risque. Même son prénom, qui sonnait comme un coup de karaté, respirait la santé. Elle avait grandi en Géorgie, d'où son adorable tendance à avaler les syllabes. (À leur premier rendez-vous, elle avait commandé « Un CoCola », ce qui l'avait ébloui.) Ils fréquentaient les musées, nourrissaient les canards du parc, faisaient des randonnées entre des arbres aussi vieux que des cathédrales. Ils hésitaient beaucoup à fonder une famille, si bien qu'au bout d'un an d'essais infructueux, ils y avaient renoncé. Même après seize ans de mariage, ils faisaient régulièrement et tendrement l'amour, comme si c'était leur jardin secret. Il était plutôt heureux, profitant du moment présent, mais le Bonheur avec un grand B lui échappait. Il ne pouvait s'empêcher de penser qu'il lui fallait autre chose. La vieille blague de Steven Wright lui revenait : « J'ai acheté de l'eau en poudre, mais je ne sais pas quoi y ajouter. »

Voilà comment il s'était aperçu que Glenn lui manquait, ces premières années après leur installation à Hollywood, alors qu'ils sortaient du lycée et méprisaient tout ce qui n'était pas une guitare. Le monde était un territoire ennemi, donc ils pouvaient faire ce qu'ils voulaient. Un jour, Alistair avait cassé une vitre d'un coup de tête. Une de ces camionnettes miraculeuses qui transportent des plaques de verre stationnait le long du trottoir à trois heures du matin, reflétant les lumières du Strip, roses et violettes et de toutes les foutues couleurs de l'arc-en-ciel – Los Angeles regorgeait de ce genre de choses, de rêves se faisant passer pour des objets. En ce temps-là, une camionnette ou une chaussure perdue pouvait vous fendre le cœur. Glenn l'avait mis au défi, plaisantant à moitié : « Si tu es un vrai punk, alors fous un coup de tête dans cette vitre ! » Il avait fermé les yeux, foncé tête baissée comme un joueur de football américain et s'en était tiré sans une égratignure, le verre se brisant telle une vague sur son dos. Sans son blouson de cuir, il se serait retrouvé aux urgences. En vérité, il s'attendait à mourir, mais il était si heureux qu'il s'en moquait. À sa connaissance, c'était la première tentative de suicide dans la joie.

Voilà pourquoi il avait voulu reformer Trojan Whores. À cause de ce sentiment que tout était possible, et son cœur ouvert à tout.

À présent, après avoir avalé assez d'anti-inflammatoires pour se perforer l'estomac, il sonna chez Lamebrain Productions. Une fille en tee-shirt Black Flag l'accueillit à l'entrée. Elle n'avait pas plus de dix-neuf ans, trahie par un bouton d'acné sur le front que son fond de teint avait transformé en une excroissance beige. Ces magnifiques jeunes femmes écoutaient-elles vraiment Black Flag, séduites par les paroles de « Slip It In » ?

« Je peux vous aider, monsieur ? » demanda-t-elle à Alistair.

Ce « monsieur » lui serra le cœur. Elle ouvrit des yeux ronds à la vue du van devant lequel Vladimir, debout parmi les débris de la batterie d'Andy, semblait au bord des larmes. Glenn sourit à la jeune femme, levant à sa santé son gobelet de jus de fruits Jamba Juice.

« C'est vous les Trojan Whores ?

– "Trojan Whores". Sans article », rectifia pompeusement Alistair.

Dans le studio décoré de manière à ressembler à la chambre d'un adolescent de quinze ans, où ne manquaient ni la lampe à lave ni le poster Che Guevara, quatre fauteuils roulants les attendaient. L'idée était qu'ils prennent l'air décrépit pendant l'entretien, montent sur scène en fauteuil roulant, et se lèvent d'un bond au moment de jouer « Curb Appeal ». Alistair n'était pas emballé par ce scénario, mais un talk-show était un talk-show. À la grande époque, les membres de Trojan Whores n'avaient été interviewés qu'une seule fois, sur une station de radio étudiante et pour une émission intitulée : « En fumant la moquette sur KPYU ».

D'instinct, Alistair jeta un coup d'œil au plafond, compta les dalles séparant les gicleurs à incendie : l'espacement avait été torché, tantôt pour risque réduit, tantôt pour risque moyen. Visiblement, l'installation n'était pas aux normes. Il alla dans la salle de bains et resta un moment devant le miroir, se transformant de son mieux en Trojan Whore, s'exerçant à sourire avec la bonne dose d'ironie. Surtout, chasser la peur de son visage. Là était l'enjeu. Réussir ou mourir. Ou plus exactement : Réussir *et* mourir. L'industrie du disque était foutue. Ce qu'on pouvait espérer de mieux, c'était vendre une chanson à Volkswagen. Alistair le savait ; il n'était pas naïf. Il n'empêche que si le groupe faisait vraiment le buzz, il pouvait percer : un passage chez Jimmy Kemmel, une tournée européenne, le circuit des festivals en tête d'affiche. Ils pourraient bénéficier in extremis de quelques années de célébrité.

L'animateur du talk-show – un type à l'accent cockney avec un gilet à impressions léopard, vestige de la mode fin des années soixante-dix – les aida à installer leur matériel. Il avait l'air ridicule. Peut-être un nouveau venu dans le pays. Pour l'interview, Alistair intercala son fauteuil entre ceux de Glenn et de Vladimir, lequel fixait Glenn comme s'il voulait lui trancher la tête. Andy, affalé dans son fauteuil à côté de Vladimir, avait le regard en berne.

« Il parle ? demanda l'animateur.

– Non, répliqua Andy.

– Il lui faut ses quinze heures de sommeil, expliqua Glenn. C'est comme un handicap.

– J'adore, dit l'animateur, avec l'accent américain. On pourra faire un plan de lui en train de pioncer.

– Au moins, ce n'est pas un tueur de serpents ! s'écria Vladimir. Il ne lâche pas des pythons juvéniles dans les rues ! »

L'animateur gloussa. Il se tourna vers Alistair. « Vous ne pouvez pas, enfin, faire semblant d'être à l'ouest, vous aussi ?

– Comment ça ?

– D'être bourré, par exemple. Ce serait plus drôle. »

Alistair cilla. Donc c'était un gag. Ce type en gilet léopard jouait la comédie. Maintenant, il comprenait le nom de l'émission : « Famouser Than You », plus célèbre que vous… C'était un talk-show qui se moquait des talk-shows, ou même qui se moquait des talk-shows se moquant des talk-shows. Difficile d'en être certain. Les caméras se mirent à tourner et l'animateur reprit son rôle, celui du rocker punk sur le retour, sujet aux délires de grandeur. Il prétendait faire partie des Bottomless Assholes. Alistair sentit la colère lui brûler les joues, mais Glenn et Andy avaient tous deux le fou rire.

« Vous avez déjà fait une tournée avec mes potes du groupe Clash ?

– Non, répondit Alistair.

– Et avec les Vibrators ?

– En fait on vient de la San Gabriel Valley, précisa Alistair, provoquant l'hilarité générale.

Puis l'animateur annonça le groupe Trojan Whores, et ils partirent en fauteuil roulant vers le podium pour prendre leurs instruments. Alistair devait juste aller chercher le micro. Or il ne pouvait pas. Sa bursite, réalisant ses rêves impérialistes, avait entièrement colonisé son bras. Il avait l'impression qu'on le lui avait cloué au dossier avec un pieu. Impossible de faire rouler son fauteuil. L'animateur, croyant qu'il entrait dans le jeu, poussa son fauteuil jusqu'au micro et le lui tendit.

Andy, bien réveillé à présent, tapa ses baguettes l'une contre l'autre, et Glenn plaqua les trois accords du premier riff de « Curb Appeal ». Autour d'Alistair, les trois autres musiciens bondirent hors de leur fauteuil, guéris par les pouvoirs de cette chanson. Alistair serra les dents, s'efforçant de rassembler ses forces : en vain. La douleur était trop intense. Le micro avait la même odeur que tous les micros, celle d'une chaîne stéréo qui aurait marché toute la journée – de vagues relents de poils roussis –, mais ce délicieux parfum ne l'aidait en rien. Il n'eut d'autre choix que de chanter depuis son fauteuil. Les yeux clos, il imagina Naya le découvrant ainsi tôt ou tard, dès que les preuves de son humiliation tourneraient en boucle sur Internet, et trépignant de rire dans son nouvel appartement, un ordinateur portable sur ses genoux. À ceci près que le visage qu'il voyait n'était pas celui de Naya, mais d'un clown. Le clown qu'il avait vu à moto. Avec son énorme nœud papillon, ce clown le regardait chanter.

« Ils se sont bien payé notre tête ! » lâcha-t-il pendant le trajet jusqu'à leur motel. Il avait encore les joues brûlantes ; on aurait dit un coup de soleil, mais à l'intérieur de sa bouche. Glenn, qui conduisait avec les deux mains sur le volant, roula dans un nid-de-poule, ce qui réveilla la bursite d'Alistair.

« Ça a toujours été un gag, non ? dit Glenn. Un canular. On a quand même choisi de s'appeler Trojan Whores, mon pote !

– Je sais ! Mais c'était pour nous payer la tête des autres !

– Tout le monde est punk, maintenant. Personne ne prend plus rien au sérieux. »

Il avait raison, bien sûr, ce qui contraria davantage Alistair. « Je le savais, qu'il fallait embaucher un manager. »

Ils s'arrêtèrent pour dîner dans un restaurant mexicain, où Glenn passa tout le repas à lire sa bible, la même page que depuis des jours. Le portable d'Alistair vibra dans sa poche, mais il était trop perturbé pour répondre. Il aurait voulu qu'on lui rende l'ancien Glenn, celui qui suivait *Flipside* en ligne au lieu de lire le Nouveau Testament et veillait avec lui jusqu'à l'aube, traduisant les désirs muets et frénétiques d'Alistair en notes de musique.

« Lis le passage où Jésus monte l'âne de quelqu'un », suggéra Vladimir. Il était toujours aussi furieux au sujet de Stew. Contrairement à son habitude, Andy était assis bien droit, les yeux grand ouverts, et s'acharnait sur son burrito avec un couteau en plastique.

« Tu pourrais au moins essayer de te convertir, dit Alistair à Glenn. De te joindre à nous. »

Glenn soupira et ferma sa bible, comme s'il lui faisait une faveur. Il n'avait pas remercié Alistair une seule fois de lui avoir sauvé la vie. Or, qui avait pris l'initiative de cette tournée et l'avait sorti de ce foutu garage ?

« C'est pour toi que le groupe s'est reformé, tu sais. »

Glenn soutint son regard pour la première fois. « Pour moi ? Qu'est-ce que tu racontes ?

– Écoute, on a tous besoin d'une seconde chance. Je ne dis pas que l'idée ne vient pas de moi.

– Tu m'as appelé sept fois en deux jours.

– Absolument pas. »

Glenn jeta un coup d'œil à Andy, qui jouait de la batterie avec son couteau et sa fourchette. « Andy, combien de fois Al t'a contacté ? Au sujet de son projet de reformer le groupe ?

– En comptant les mails ? »

Plus tard, dans la chambre qu'ils partageaient au motel, Alistair regardait Glenn se gargariser avec de l'eau tiède, quelque chose qu'il faisait depuis son adolescence. Ce motel n'était pas le Château-Marmont : chaleur étouffante, murs aveugles, chambre aussi étroite qu'un couloir, deux lits tenant à peine dans la pièce, comme s'ils avaient échoué là lors d'une inondation. Et une odeur d'hôpital. Le masque de Glenn contre l'apnée du sommeil ajoutait à cette impression. Il était horrible, de la taille de celui d'un pilote de chasse, avec un tuyau qui pendait telle une trompe d'éléphant. C'était Alistair qui l'avait acheté, Glenn n'ayant pas d'assurance maladie. Lui qui croyait bien se marrer en partageant des chambres de motel avec son vieux complice – voire en soutenant ses efforts pour rester propre –, c'était sans compter les sons à la Dark Vador qui venaient rythmer ses rêves depuis le lit voisin.

Alistair retira ses lentilles de contact et les glissa dans leur étui miniature. Il revoyait la première chambre d'hôtel qu'ils avaient partagée, après avoir joué avec le groupe au Bob's Tiki Lounge de Sacramento. Un de leurs premiers concerts, en vedette américaine des Plugz. Ils avaient pris de l'acide après le spectacle et Alistair s'était réveillé dans un camping de fortune, tellement défoncé qu'il avait hurlé pendant une heure au milieu des campeurs, sanglotant parce qu'il ne retrouvait pas Glenn. Quand il avait fini par regagner leur hôtel et s'était écroulé à côté de lui, un pense-bête était scotché à même le plafond au-dessus de son lit, avec, écrit en lettres énormes : ENLÈVE TES LENTILLES. Glenn savait qu'il risquait d'oublier et de se réveiller avec ses lentilles collées à ses pupilles.

Alistair mit ses lunettes et consulta son portable pour voir qui avait appelé au restaurant. Il espérait que c'était Naya, un souhait qui, tel un œuf, pourrait éclore s'il le laissait couver assez longtemps. Mais ce n'était qu'un numéro du Kansas : une boîte de télémarketing. Il sortit quand même appeler Naya dans le couloir. Elle ne semblait pas ravie de l'entendre, sans être atterrée pour autant.

« On est passés à la radio, annonça-t-il.

– Félicitations », dit-elle avec sincérité. Il n'était en

tournée que depuis deux semaines, mais la voix de Naya avait de nouveau quelque chose d'exotique. « Est-ce que vous avez fait ce truc en conduisant, Glenn et toi ?

– Quel truc ?

– Celui dont tu parles tout le temps. Quand vous êtes en tournée. Et que vous vous passez le volant à plus de cent cinquante à l'heure pour ne pas avoir à vous arrêter sur une aire d'autoroute.

– Je suis pratiquement paralysé », rappela Alistair.

Naya pouffa de rire. « Je sais. Je suis méchante. »

Il ne l'avait pas volé. Outré de se découvrir en proie à quelque chose d'aussi convenu que la crise de la cinquantaine, il s'était défoulé sur celle qui n'avait pas su lui éviter ça. Un jour, après le passage de la femme de ménage, Naya s'était exclamée : « Mon Dieu, ce que j'aime voir la maison propre ! », et il s'était aperçu qu'il s'attendait à entendre cette phrase, Naya la prononçait chaque semaine avec exactement la même intonation, la ponctuant d'un clappement de langue ironique, censé masquer une évidence : *ça lui faisait foutrement plaisir*. Pour lui, c'était la voix de leur âme en train de mourir. Ce qu'il refusait d'admettre à l'époque – même en son for intérieur –, c'était qu'il aimait lui aussi voir la maison propre. Il voulait à la fois une maison nickel et quelqu'un à qui le reprocher.

« Tu me manques, dit-il.

– Bien sûr que je te manque. » D'une voix plus douce, elle ajouta : « Quelle partie ?

– Comment ?

– Quelle partie de moi te manque ? »

Il tendit l'oreille, écoutant la distance qui les séparait, le même grondement sourd que dans un coquillage. Il avait commis une terrible erreur en éloignant Naya de lui. Elle était adorable, extraordinaire de mille façons qu'il avait tenues pour acquises, la seule personne qu'il connaisse à pouvoir aussi bien employer le mot *Weltschmerz* dans la conversation que vidanger l'huile d'une voiture. Mais il revoyait sans cesse cet écureuil sur les fils électriques, cette rue aux fenêtres étincelant au soleil lorsqu'il avait disparu.

« Le vasistas s'est remis à fuir, reprit tristement Naya, capitulant. J'ai dû monter sur le toit pour recoller le shingle.

– Le quoi ? »

Elle poussa un soupir. « Qu'est-ce que tu vas devenir quand je serai partie ? »

Le lendemain, Glenn et lui se rendirent à Claremont en voiture. L'idée venait d'Alistair. Il avait confié le volant à Glenn pour ne pas forcer sur son épaule avant le concert, même s'il se sentait mieux. (Tel était son corps, imprévisible ennemi.) Le réglage de la sono n'aurait lieu qu'à dix-sept heures, et il avait envie d'aller sur la tombe de son père – c'était du moins ce qu'il avait dit à Glenn. En réalité, il ne tenait pas spécialement à voir cette stèle. Il voulait juste aller là-bas. Avec Glenn. Il y pensait depuis des jours.

Dieu seul savait ce qu'il espérait trouver, mais les rues de cette banlieue résidentielle aux petites maisons proprettes de style colonial espagnol ne le lui fournirent pas. Difficile de croire que Glenn et lui avaient grandi là, ou qu'ils avaient été si pressés de partir, transpirant sous le soleil brûlant avec des stalactites de glace dans le cœur. D'où venait leur colère ? Alistair entraîna Glenn vers le magasin de disques où ils achetaient autrefois leurs 33 tours, désormais une fromagerie haut de gamme. Il descendit du van et jeta un coup d'œil dans la vitrine, comme s'il y avait une chance que Twig, l'ancien propriétaire, soit encore là, passant le dernier album de Père Ubu avec le volume poussé à fond. Ils y venaient à vélo chaque vendredi après-midi, casquette à l'envers, dépensant tout leur argent de poche pour acheter des disques de groupes qu'ils n'avaient jamais entendus. Les Weirdos, les Flesh Eaters, les Angry Samoans. Cette odeur de vinyle neuf ! Ces noms dignes de films d'horreur ! Ce premier crissement attendrissant du saphir, comme si le disque s'embrasait : c'était le grésillement de la mèche avant le feu d'artifice de la chanson. Même bien plus tard, alors que les Trojan Whores se séparaient, Glenn et Alistair achetaient toujours des disques à Hollywood chaque week-end et se dépêchaient de rentrer ensemble, déchirant le film plastique avec l'ongle, trop impatients pour aller chercher des ciseaux. Parfois ils écoutaient tout de suite l'album en entier, chacun guettant l'expression de l'autre, puis se le repassaient s'ils en étaient jaloux. Il y avait eu ce 33 tours de Sonic Youth – *EVOL*, non ? – dont la plage finale de la face B se terminait par un ∞. Elle ne s'arrêtait jamais : rien sur le sillon n'interrompait la course du saphir.

De retour dans le van, Glenn se replongea dans sa bible, toujours à la même page incontournable. Il l'apprenait par cœur ? Il se mortifiait comme un demeuré ? *Communiez en silence avec la page neuf, et la page dix vous délivrera de la page neuf, et ainsi de suite jusqu'à la page onze.*

« Tu pourrais au moins réagir, putain ! » s'écria Alistair.

Glenn posa la bible sur le tableau de bord. Il semblait se contrefoutre de l'ancien magasin de disques de Twig.

« Elle parle de quoi, cette foutue page ? demanda Alistair.

– Tu tiens vraiment à le savoir ?

– Oui ! »

Glenn lui lança un regard craintif. « C'est l'histoire de Loth. Elle parle de l'effet cumulatif des mauvaises décisions – tu sais, la façon dont la première appelle la suivante. Loth commence par contempler Sodome, puis il dresse ses tentes à proximité, s'y établit, et pour finir il siège à la porte de la ville, avec les notables.

– Je croyais que sa femme s'était transformée en statue de sel.

– En effet, enchaîna Glenn. D'abord il perd sa maison. Puis sa femme. Et ensuite ses filles le soûlent pour le séduire.

– Elles le font boire pour le violer ? dit Alistair, hilare.

– Oui, en gros. » Sans un sourire, Glenn le regarda s'esclaffer. « Mon curateur m'a conseillé de lire cette page chaque jour.

– Pour te rappeler de ne pas coucher avec tes filles ?

– Pour me rappeler les conséquences de nos choix. »

Alistair fixait le pare-brise. Il ne croyait pas qu'une mauvaise décision ait toujours des conséquences néfastes. C'était une fiction inventée par les adultes pour justifier leur existence ennuyeuse. D'ailleurs, on pouvait ne faire que de bonnes actions et mourir dans le malheur, de même qu'on pouvait faire des choses stupides – comme exploser une vitre d'un coup de tête – et s'en tirer à bon compte. Cela pouvait même se révéler un grand moment de votre vie. Dixit le Seigneur du Punk. Alistair vit un couple chaussé de sandales Birkenstock entrer dans la fromagerie, qui s'appelait Gouda Vibrations. Son vieux copain dut remarquer son changement d'expression, car il prit charitablement l'air nostalgique.

« Ça s'est bien passé au téléphone, ce matin ? s'enquit-il.

– Quoi donc ?

– L'interview que je nous ai dégottée ! Avec le *L.A. Weekly*. »

Alistair fronça les sourcils. Il boucla sa ceinture de sécurité. « Ils ont demandé la recette de Trojan Whores pour réussir une chanson.

– Tu as répondu quoi ?

– Ça ne t'intéresserait pas. »

Pendant le trajet de retour, Alistair ne quitta pas le pare-brise des yeux, le ciel bleu où était suspendue une lune gibbeuse, aussi indistincte qu'une empreinte digitale. Qu'avait donc cette ville de spécial pour qu'on y voie si souvent la lune en plein jour ? Il se sentit étrangement désespéré.

« Tu te souviens du temps où on se passait le volant tout en conduisant, pour ne pas avoir à s'arrêter sur une aire d'autoroute ?

– Évidemment », dit Glenn, sans pouvoir réprimer un sourire. À l'intérieur, c'était bien l'ancien Glenn qui scintillait comme un trophée.

« Et si on essayait ?

– Très drôle.

– Je suis sérieux », insista Alistair. Ça lui paraissait soudain très important et urgent. Il détacha sa ceinture de sécurité.

Glenn ne souriait plus. « Ne sois pas stupide. Et ton épaule ?

– Qu'elle aille se faire foutre.

– On est sur la 210, expliqua Glenn. Tu veux provoquer un carambolage ? » Il désigna le 4×4 devant eux. « Sans oublier ça. BÉBÉ À BORD. »

Dans la bouche de Glenn, ces mots horribles brisèrent le cœur d'Alistair. « Tu as composé une chanson intitulée “Infanticide”, ne l'oublie pas. »

Glenn le dévisagea avec stupeur. « Tu es en train de dire que tu veux réellement tuer des bébés ?

– D'où tu la tiens, putain, cette… sensiblerie ? »

Glenn haussa les épaules, même si Alistair se rendit compte qu'il avait fait mouche. Cela se voyait dans les yeux de Glenn, comme s'il était piqué au vif. « Il y a pire que la sensiblerie, répondit-il. La mort, par exemple. Comme disent les Chinois : “Redoute le loup devant toi, et le tigre derrière toi.” »

Alistair se rapprocha de lui jusqu'à ce qu'ils soient jambe contre jambe et prit le volant d'une main. Ils roulaient à soixante-quinze kilomètres-heure. Glenn le regarda successivement avec indignation, résignation, et enfin un éclair de jubilation lui fit plisser les yeux : le « Et puis merde ! » de sa jeunesse. Tout cela en l'espace d'une seconde. Avec un hochement de tête, il détacha lui aussi sa ceinture de sécurité, et Alistair rapprocha son pied gauche de l'accélérateur, jusqu'à ce que leurs deux baskets soient côte à côte sur la pédale. Il sentait le bout de celle de Glenn. L'astuce, c'était de transférer le plus doucement possible d'un pied à l'autre la pression exercée, à vitesse constante, comme sur un yacht. Ce qui réclamait une forme de télépathie propre aux pieds. Alistair et Glenn la possédaient – elle leur avait servi plus d'une fois, alors qu'ils traversaient les Badlands du Dakota, le désert Mojave ou les grandes plaines du Texas.

Glenn leva très lentement le pied, Alistair étirant sa jambe gauche tel un danseur classique pour maintenir fermement ses orteils sur l'accélérateur. Au compteur la vitesse diminua, mais pas trop. Tout en maintenant tant bien que mal la vitesse et la trajectoire du van, Alistair tenta de se glisser entre Glenn et le volant, ce qui empêchait Glenn de voir la route. Le problème, c'était le ventre de celui-ci. Aussi gros qu'un ballon de basket, et tout aussi ferme. Alistair se contorsionna pour passer de l'autre côté, mais ne réussit qu'à se coincer contre le volant qu'il étreignait presque, klaxonnant avec sa poitrine. Quand il essaya de se dégager, le van fit une violente embardée vers la droite. Glenn poussa un hurlement. À deux mains, Alistair redressa le volant de son mieux, klaxonnant toujours avec son torse – c'était la fin, l'énorme buse fondait sur lui –, mais Glenn se décala de justesse et s'écarta, le laissant presque couché sur le siège du conducteur, sans visibilité, suspendu au volant comme à un trapèze, si bien qu'il freina sans réfléchir et les fit zigzaguer entre deux voies avant de se rabattre pour s'arrêter sur le bas-côté, déclenchant des coups de klaxon en rafale.

Il resta immobile, reprenant son souffle, les mains toujours cramponnées au volant : il avait peur de le lâcher.

« Whoopie ! » s'exclama-t-il d'une voix sourde et rauque. Elle semblait venir de loin, même à ses propres oreilles. « Quand on parle de se défoncer avec Dieu… »

Glenn le gifla. Une vraie claque. Alistair porta sa paume à sa joue, la massant pour que Glenn ne voie pas sa main trembler. Le van avait une odeur de moquette brûlée.

Glenn récupéra sur le plancher sa bible tombée du tableau de bord. « Pourquoi tu as déménagé sans rien dire, ce jour-là ? Tu as volé la moitié de nos disques.

– Je n'ai pris que ceux que j'avais payés de ma poche, répliqua Alistair. Ce n'était pas du vol.

– J'ignorais que c'était chacun les siens.

– Je n'étais pas heureux, dit Alistair avec gravité.

– Et alors ? Quand as-tu une seule fois été heureux ? »

Ce soir-là, au Wiltern, ils firent un tabac. S'il y avait quelques personnes assises, c'était d'épuisement. Les chansons étaient comme de l'eau bénite, l'auditoire réclamant d'en être aspergé. « Curb Appeal » les fit danser dans leurs Converse. « Sex Is Boring » fora dans de nouvelles strates d'une noirceur infernale. Pour « Traffic Report », tous les spectateurs entonnèrent : « La bretelle nord bouchonne à mort ! », comme si c'était leur propre chanson et Trojan Whores les choristes. Lors du rappel, le groupe reprit « Money Changes Everything » des Brains. La foule n'en finissait pas de psalmodier leurs noms. Même Vladimir souriait. Trempé de sueur, Alistair clignait des yeux sous les projecteurs. La salle était loin d'être remplie mais paraissait bondée : une mare de visages, à défaut d'un océan, le plus vaste public devant lequel ils aient joué.

« Épique », déclara le chanteur du groupe qui s'était produit en première partie, dans un tee-shirt Trojan

Whores deux fois trop petit pour lui dont il avait coupé les manches comme Alistair sur la photo. « Vous avez cassé la baraque, les gars. »

C'était vrai, ils avaient cassé la baraque – alors pourquoi Alistair se sentait-il si déprimé ? Ses acouphènes l'assourdissaient, impitoyables, comme quelque chose qui le suivrait jusqu'à la tombe. Son épaule l'élançait, et une douleur lombaire nouvellement apparue se réveillait quand il marchait. Vladimir, Glenn et Andy rangeaient le matériel, encore radieux après ce triomphe. Mac, des Studios Merge, venait de leur demander de signer pour un nouvel enregistrement de *Trojan Whores Hate You Back*, les couvrant de compliments pour le concert et répétant à Glenn de penser à l'appeler le lundi suivant. Alistair alla chercher un Coca Light dans la glacière en coulisses, puis il sortit et grimpa à l'arrière du van. Il fouilla parmi les cordes de guitare et les cartons, à la recherche du python de Vladimir. Il avait dans l'idée de le mettre autour de son cou. Mais le serpent restait introuvable.

Alistair s'assit sur le pare-chocs, prit son portable et appela Naya. Elle décrocha avant la sonnerie, lui donnant l'impression que sa voix jaillissait de sa propre tête. Il était deux heures du matin.

« On a allumé le feu ce soir, dit-il. Ils en redemandaient, au Wiltern. On se serait cru en 1983. »

Un silence. « Tout ce dont tu rêvais ?

– Non. Enfin, c'était exactement comme autrefois, mais pas du tout comme dans mes souvenirs. »

Il se demanda s'il ne criait pas, tant ses acouphènes le gênaient. Au fond, il avait appelé Naya car c'était la seule à pouvoir le comprendre. Sur le trottoir d'en face, un adolescent avec une crête bleue s'installa au volant d'une Prius et mit l'autoradio, du hip-hop s'échappant du toit ouvrant à plein volume. Un autre garçon et une fille grimpèrent dans la voiture en gloussant.

« Je t'en prie, ne me quitte pas, supplia Alistair, en larmes.

– Parce que c'est *moi* la solution à tes problèmes.

– Tu te souviens, quand on traversait San Francisco à pied, ça nous prenait la journée, de Haight Ashbury à la Coit Tower, et qu'on imaginait les pires films possibles ? Comme celui où l'héritière d'une fabrique de pickles et l'entraîneur de l'équipe locale de base-ball tombent amoureux, alors que cette femme veut vendre son entreprise et mettre au chômage une flopée de travailleurs américains. C'était quoi, le titre ?

– *Pretty Pickle*, répondit Naya. Mon Dieu. Ha ha ! Vraiment un des pires.

– En tout cas, voilà une des choses qui me manquent. »

Naya produisit un son indéchiffrable. Curieusement, ce son – un sanglot ou quoi que ce soit d'autre – trahissait l'échec de leur vie intime.

« Donc tu commences à regretter notre couple. »

Elle lui raccrocha au nez. Alistair resta assis là quelque temps, à écouter le fracas du hip-hop en provenance de la Prius. Du punk au sens propre, sa véritable incarnation : furieux, menaçant, et d'une arrogance égale à celle de Dieu. *Fuck you and your Hampton house / I'll fuck your Hampton spouse / Came on her Hampton blouse / And in her Hampton mouth.* À côté, Trojan Whores n'était qu'un groupe pour enfants comme les Wiggles. Sous les yeux d'Alistair, le conducteur de la Prius sortit par le toit ouvrant, se mit debout et dansa au rythme saccadé de la musique. Le visage en sang, il exultait. Les mains des damnés le tiraient par les chevilles.

« Voilà un jeune complètement pété », déclara Glenn, surgissant de nulle part. Il buvait du Jim Beam au goulot.

« Qu'est-ce qui t'arrive, bordel ? » Alistair lui prit la bouteille des mains. « Ça t'est interdit !

– Trop tard. »

La bouteille était à moitié vide. Déjà ivre, Glenn s'essuya la bouche sur sa manche. Alistair sentit la tristesse s'insinuer en lui comme un poids.

« Putain de merde. Qui t'a donné ce bourbon ?

– Un type déguisé en punk. Membre de la Société pour l'Anachronisme créatif.

– Et Dieu, ta "seule défonce" ?

– Tout ça, c'était pour la galerie », avoua Glenn d'une voix sinistre. Son tee-shirt Flipper s'ornait de taches de sang, comme au bon vieux temps. Trop tard pour lui, en effet – trop tard pour l'empêcher de boire cette nuit-là, la suivante ou celle d'après. Trop tard, comprit Alistair, pour la renaissance de leur amitié entre deux embardées. Il avait convaincu Glenn de reformer le groupe – « Ça te fera du bien ! » – mais n'avait fait que lui compliquer la vie. Et il voyait sa propre vie, la seule qu'il lui serait donné de vivre, comme un mal incurable, une oscillation constante entre liberté et compagnonnage. C'était la faute du rock, s'il avait cru pouvoir allier les deux. Il but à son tour une gorgée de Jim Beam au goulot.

« Rends-la-moi. » Glenn reprit la bouteille. Il s'envoya une bonne rasade, puis se moucha comme un péquenot, soufflant le contenu de sa narine sur la chaussée. Depuis que l'ancien Glenn l'honorait enfin de sa présence, Alistair le trouvait nettement moins attirant.

« Au fait, tu lui as dit quoi à ce journaliste ? Sur la recette de Trojan Whores pour réussir une chanson ?

– Je ne sais plus, répondit Alistair. Le baratin habituel. »

Glenn le foudroya du regard entre ses paupières mi-closes. « C'est-à-dire ? »

Alistair examinait les nombreux mégots qui jonchaient le trottoir. Il se sentait étrangement incompétent. « Deux ou trois accords. Qui vous prennent aux tripes.

– Quoi d'autre ?

– J'ai dit que c'était comme la première chanson qui avait retenu ton attention quand tu étais gosse – « Peggy Sue », ou autre chose que ta mère écoutait à la radio. La même sensation, mais en plus hard. »

Glenn hocha la tête, serrant la bouteille contre son cœur comme s'il dansait un slow avec elle. « Avec quelques couacs en prime. Ne pas oublier les couacs !

– C'est la recette d'une bonne chanson, renchérit Alistair.

– Pas juste une bonne chanson, putain ! Elle doit te donner l'impression de vivre les deux minutes les plus intenses de ta vie.

– Alors c'est la recette d'une chanson qui te fait vivre les deux minutes les plus intenses de ta vie. »

Glenn claqua des doigts. « Et tout à coup c'est fini. Comme ça. Avant que tu aies le temps d'y voir clair. »

Plus tard, Vladimir les conduisit tous les quatre au motel, rebondissant sur son coussin anti-hémorroïdes chaque fois qu'il s'arrêtait à un feu rouge. Alistair aida Glenn à monter jusqu'à leur chambre, puis l'allongea sur un des lits jumeaux et alla se brosser les dents. En sortant de la salle de bains, il se trouva confronté au spectacle du corps nu de Glenn. Celui-ci s'était entièrement déshabillé, mais n'avait pas eu la force de se glisser entre les draps. Stupéfiant, à quel point le temps semblait s'arrêter en présence d'un corps nu, quel que soit son état. Glenn avait beau être couché sur le dos, son ventre paraissait toujours aussi énorme, curieusement autonome, juché là comme un animal de compagnie endormi. Ses seins, si on pouvait les appeler ainsi, pendaient de part et d'autre. Ses ongles de pied étaient en relief : épais, jaunes, striés telle la coquille d'une palourde. Sa toison pubienne avait blanchi. Assis sur son propre lit, Alistair ne le quittait pas des yeux. Sa toison à lui était encore brune. Peut-être à cause de son cerveau imprégné de bourbon, les touffes de duvet blanc sur les couilles de Glenn l'émurent profondément.

Glenn sembla s'arrêter de respirer quelques instants, l'air bizarre et le visage rougeâtre, avant de revenir à la vie avec un hoquet. Il avait oublié de mettre son masque contre l'apnée du sommeil. Alistair prit celui-ci sur la table de chevet et démêla les lanières élastiques. Il avait une odeur aigrelette, comme la levure de boulanger que sa mère laissait au réfrigérateur. À cause du souffle de Glenn, l'intérieur du tuyau était humide. On distinguait même quelques gouttelettes. À genoux devant le lit, Alistair redressa la tête de Glenn, lui appliqua avec soin le masque sur le visage et envoya l'air.

Le lendemain matin, contre toute attente, Glenn était encore là. Alistair s'attendait à ce qu'une fois dégrisé, il sorte dès l'aube pour essayer de trouver de la drogue. Or il gisait nu sur la couverture, ronflant sous son masque.

Alistair se leva avec la gueule de bois et enfila son jean en grelottant, sans bruit pour ne pas réveiller Glenn. Il avait une douleur lancinante à l'épaule et partit chercher ses anti-inflammatoires dans le van. Dehors il faisait un temps gris et brumeux, avec des embruns au goût salé. Vladimir était déjà là, assis à l'arrière du van avec un large sourire, le terrarium de Stew sur les genoux.

« Je l'ai retrouvé ! » annonça-t-il, rayonnant.

Stew était bel et bien dans son terrarium, lové autour d'un rat mort. Il avalait la tête du rat, deux ou trois fois plus grande que la sienne. Alistair resta à bonne distance.

« Il était dans le compartiment de la roue de secours, expliqua Vladimir.

– Tu n'avais pas déjà regardé ?

– Il était caché sous le pneu. Comme un bienheureux. J'ai dû sortir cette foutue roue. »

Alistair contempla le python qui, pour autant qu'il puisse en juger, n'avait l'air ni plus heureux ni plus triste qu'auparavant. À quoi voyait-on la différence, d'ailleurs ? Vladimir s'écarta et désigna l'espace près de lui. Alistair s'y assit. Comme sur commande, sans émettre le moindre son, Stew inclina la tête en arrière et entreprit d'engloutir le rat, le faisant descendre à grand-peine dans sa gorge, les pattes arrière du rongeur disparaissant jusqu'à ce que seule sa queue dépasse encore, pareille à une langue rose démoniaque.

Le soleil, qui perçait faiblement à travers le brouillard, réchauffa le visage d'Alistair. Il avait été atterré la dernière fois qu'il avait vu Stew manger un rat, mais là, assis avec Vladimir à le regarder faire, il éprouvait un étrange soulagement. On n'attendait rien de lui – pas même qu'il apprécie. Stew déglutit peu à peu la queue du rat, comme s'il mangeait sa propre langue. Il ne semblait pas conscient d'avoir un public. Vladimir proposa son inhalateur à Alistair et eut l'air surpris qu'il accepte. On aurait dit une bouffée de soleil. Le serpent laissa retomber sa tête et ne bougea plus pendant un long moment. Alistair, en proie à un remords soudain, se demanda si le spectacle était terminé, mais bien sûr il ne s'agissait pas d'un spectacle. C'était sa vie.

Là, maintenant !

Le soir où il découvrit que sa mère était peut-être un robot, Josh écoutait depuis son lit les aboiements du beagle des Gutierrez dans le jardin d'en face. Dès qu'il commençait à aboyer, c'était fichu. Il ne restait plus qu'à se suicider. Que faire d'autre ? S'endormir au son de ces jappements qui donnaient l'impression qu'on lui recousait l'arrière-train avec une agrafeuse de bureau ? Josh ne savait pas comment s'appelait ce beagle, mais il l'avait surnommé Crayola. Le mois dernier, son copain Bennett avait passé la main à travers la clôture des Gutierrez pour gratter avec son index les couilles du chien, et abracadabra, du pénis de celui-ci un petit crayon rouge avait jailli. Depuis, apparemment, Crayola aboyait sans arrêt.

Josh palpa ses propres testicules, qui lui parurent moites de sueur et improbables. Il n'avait que récemment pris conscience de leur ressemblance avec deux grosses billes roulant dans un sac et, malgré tous ses efforts, il n'arrivait pas à leur rendre leur dignité. Il promit à Dieu que si Crayola cessait d'aboyer, il laisserait ses testicules tranquilles, mais comme d'habitude le Tout-Puissant ignora totalement son existence.

Pour se changer les idées, Josh se concentra sur le gargouillis des toilettes. Elles fonctionnaient bien jusqu'à ce que le compagnon de sa mère s'en mêle, essayant d'accroître leur « puissance d'évacuation ». Il découvrait sans arrêt des choses qui n'allaient pas dans leur maison et s'efforçait d'apporter des améliorations. Son portable avait l'application iHandy pour bricoleurs. Impossible d'entrer dans une pièce sans le trouver les mains à l'intérieur de quelque chose, avec un sourire de grand malade. Il y avait d'abord eu les toilettes, puis les poubelles du tri sélectif, puis la grille du climatiseur du salon, qui ne posait aucun problème au départ. Bien sûr, ce type ne faisait jamais rien de vraiment utile, rien qui puisse réellement améliorer leur existence, comme défoncer le crâne de Crayola à coups de masse.

Si le père de Josh était là, il prendrait les choses en main. Il ne traînerait pas au lit, enfilerait son blouson de moto, et traverserait la rue pour aller chez les Gutierrez sans sourire le moins du monde. Grâce aux pouvoirs magiques paternels, les aboiements disparaîtraient. Mais le compagnon de sa mère, lui, n'était qu'une lavette. D'abord, il s'appelait Timmer. Ce n'était même pas un prénom. Quelque chose à mi-chemin entre Tim et Timothy. Et puis il avait le visage orange. Pas orange fluo, évidemment, mais une teinte carrément pas naturelle. Ça faisait flipper Josh. Et pourtant ce type au bronzage orange dormait dans le lit de sa mère, insistait pour appeler Josh « J-Man », et vaporisait de l'insecticide dans toute la maison, jusqu'à ce que l'odeur donne à Josh la sensation d'avoir la tête recouverte d'un rideau de douche en plastique.

Ouah, jappait Crayola. Ouah, ouah, ouah.

Josh devenait dingue. Des pensées lui collaient à la peau et refusaient de se décoller. Il changea de tactique avec Dieu et se prosterna devant Lui, L'implorant d'abréger les souffrances du chien. Voyant que ça ne marchait pas, il essaya de compter chaque respiration. Sa chambre semblait respirer à son rythme, inspirant et expirant si fort que l'attrape-rêves envoyé du Nouveau-Mexique par son père risquait de se décrocher de son clou. L'écriture sur l'enveloppe doublée de plastique à bulles était bizarre, en pattes de mouche. Comme souvent, Josh imagina son père allant à moto jusqu'à une réserve, achetant l'attrape-rêves à un Indien au visage sévère, puis s'acheminant vers le bureau de poste le plus proche et inscrivant l'adresse sur l'enveloppe qu'il tenait plaquée contre le mur, les mains tremblantes tant Josh lui manquait. La cicatrice sur son front était rouge à cause de son casque. En forme de V, elle datait de l'époque où il fumait trop de cannabis et était passé à travers une porte vitrée. Parfois, en pensant à lui, Josh avait tellement le cœur brisé qu'il aurait voulu passer lui aussi à travers une porte, rien que pour ressentir autre chose.

À d'autres moments, il se faisait mal pour de bon. Il prenait le tournevis dans sa table de chevet, enfonçait la partie métallique dans son nombril et tournait de toutes ses forces, jusqu'à ce qu'un précieux éclair de douleur lui traverse le bas-ventre.

Il n'en avait parlé à personne. C'était anormal, dément, et son père ne voudrait plus jamais le revoir.

Il alluma la lampe sur sa table de chevet et regarda son réveil : minuit trente-quatre. Était-ce possible ?

Il s'était couché à vingt et une heures.

Le chien aboya. Puis aboya encore. Il n'en finissait pas d'aboyer.

Josh, lui, finit par se lever et mit ses pantoufles, rangées comme d'habitude sous la table de chevet, alignées comme deux pieds. Il longea le couloir à pas de loup, se dirigeant vers la chambre de sa mère dans l'espoir d'attirer son attention sans réveiller Timmer. Gênant, d'avoir encore besoin d'elle à douze ans, mais c'était plus fort que lui. Il avait longé ce couloir un million de fois depuis leur arrivée en Californie, mais en pleine nuit il semblait encore plus laid que d'ordinaire : l'endroit où, longtemps auparavant, son père avait donné un coup de poing dans le mur attirait l'attention, bizarrement recouvert de bouts de chatterton miteux. La mère de Josh refusait que Timmer bouche le trou – une « preuve matérielle », l'appelait-elle –, mais Josh préférait croire que c'était parce que son père lui manquait.

À la réflexion, d'ailleurs, c'était curieux qu'il puisse voir quoi que ce soit. Quelqu'un avait dû laisser la cuisine allumée. Derrière la porte à deux battants s'élevait une voix aussi grave que celle d'un présentateur de journal télévisé. Celle de Timmer. Et puis celle de sa mère, comme si elle se retenait de rire. Que faisaient-ils debout ? Sonné par l'épuisement, il se demanda si leurs voix n'étaient pas le produit de son imagination.

Il alla doucement jusqu'à la porte, poussa machinalement un battant, puis s'interrompit et jeta un coup d'œil dans la cuisine. La terreur le figea sur place. Lui tournant le dos, sa mère était nue jusqu'à la taille. Son dos semblait entrouvert. Impossible de le décrire autrement. Quelque chose était entrebâillé, une sorte de panneau, comme la porte d'un four à l'ancienne mais sans charnières, de la couleur de la chair maternelle et tapissé à l'intérieur de fils électriques. Du rectangle parfait de cette ouverture émanait une obscurité très dense, presque vibrante. Tout sourire, Timmer s'approcha et fourra la main dans l'ouverture, se baissant légèrement pour atteindre l'intérieur de la tête de la mère de Josh. Son coude tressautait comme s'il vissait une ampoule. Avec un soupir il retira son bras, et là, dans sa main, se trouvait l'outil le plus étrange que Josh ait jamais vu : une sorte de tournevis, mais surmonté à une extrémité d'un minuscule automate au visage merveilleusement humain.

Josh s'écarta de la porte. Son cœur battait à peine. Il avait dépassé le stade de la terreur pour pénétrer dans autre chose. Plus tard, essayant de s'expliquer ce qui s'était passé, il se souvint du conte *Les Cinq Frères chinois*, de la scène où l'un des frères aspire l'océan avec sa bouche et laisse derrière lui une plaine couverte d'algues et de poissons bondissants. Voici ce que se dit Josh après avoir retrouvé son lit par miracle : que le monde auquel il croyait depuis douze longues années de naïveté venait soudain d'être aspiré et laissait voir un lieu insolite, sidérant, inconcevable. Un filet de vomi lui monta à la gorge. Crayola aboya. Josh s'attendait à ce que quelqu'un fasse irruption dans sa chambre pour lui assurer que tout ce qu'il avait vu dans la cuisine n'était qu'une illusion. *Ce n'était qu'un rêve*, se répétait-il. Quand il chercha ses pantoufles, elles étaient rangées sous la table de chevet, aussi bien alignées qu'avant.

« Bonjour, paresseux ! » lui lança sa mère le lendemain. Elle portait son tee-shirt de l'institut Power Babe Tanning, bien que ce soit samedi et qu'elle n'aille pas travailler. Timmer aimait la voir dans ce tee-shirt. Comme à son habitude, il était assis à la table de la cuisine, les yeux rivés à son ordinateur portable, bougeant les lèvres en même temps qu'il lisait. « Qu'est-ce que tu applaudissais ? »

Josh haussa les épaules. Difficile d'avouer la vérité à sa mère : il avait tapé dans ses mains pour prévenir de son arrivée, de peur de les découvrir, elle et Timmer, décapités ou autre chose. C'était essentiellement une précaution. Pendant ses heures d'insomnie avant l'aube, il avait fini par se convaincre que cette scène dans la cuisine était sans doute bien un rêve. Peut-être avait-il eu un accès de somnambulisme. Il avait entendu parler de somnambules qui se réveillaient dans leur jardin, ou tout nus en train de tondre la pelouse, ou prêts à sauter par la fenêtre parce qu'ils se croyaient capables de voler. Bennett lui avait raconté l'histoire de quelqu'un qui, après avoir pris un somnifère, était allé en voiture chez sa belle-mère et l'avait assassinée, la croyant possédée par Satan. Les aboiements auraient pu avoir le même effet sur lui, le maintenir mi-endormi, mi-éveillé.

Sa mère servit des pancakes à Timmer, qui la remercia comme si elle était Mère Teresa lui offrant une paire de chaussures. Ce type ressemblait à un distributeur de gratitude à plein temps. On pourrait lui donner un coup de pied dans les tibias, il vous remercierait de cette expérience. Fait incroyable, sa mère semblait apprécier ce trait de sa personnalité. Après le départ du père de Josh, elle était devenue irritable et déprimée, avait perdu son emploi de bibliothécaire dans l'école de son fils. Ce fut l'Année du Four à Micro-ondes, où chaque soir, au dîner, Josh devait manger des boulettes de viande Stouffer à la suédoise. Mais elle avait retrouvé du boulot, dans une chaîne de cabines UV où elle avait rencontré Timmer. C'était un habitué, d'où la couleur de son visage. On ne pouvait pas le regarder de trop près, sinon on croyait le voir flotter bizarrement, comme un de ces masques qu'on tient au bout d'un manche.

À présent, devant ce visage aux lèvres marmonnant sans raison en silence, éclairé par l'écran de l'ordinateur, Josh se sentit la gorge sèche. Il eut de nouveau la sensation qu'un océan se vidait. Il revoyait parfaitement la scène de la nuit précédente : la petite porte entrouverte sur le dos de sa mère, et Timmer presque accroupi pour lui réparer quelque chose à l'intérieur de la tête.

Sa mère lui servit des pancakes à lui aussi, puis lui prit son couteau pour les lui beurrer avec soin. Elle le faisait depuis qu'il était petit, mais là, il y avait quelque chose de différent dans son application à recouvrir de beurre le moindre centimètre, comme si le résultat devait être noté.

« Tu es née en quelle année ? lui demanda-t-il, l'air de rien.

– En 1970, répondit-elle avec un sourire. Tu ne le savais pas ?

– Et le nom de ton premier chien ? Quand tu étais petite ?

– Qu'est-ce qui te prend ? Tu as un exposé à faire pour le collège ?

– C'est juste que j'ai oublié.

– J-Man travaille peut-être pour Google », dit Timmer, levant les yeux de son ordinateur. Il lui sourit à son tour. Il se montrait en général d'une gentillesse exaspérante à son égard.

« Bouddha », déclara sa mère en bâillant. Son visage avait une expression perplexe, un peu distante, comme chaque matin avant qu'elle se maquille. Elle fit glisser un pancake sur sa propre assiette et se mit à table avec eux. « C'était un shih tzu. Qui n'aboyait jamais – au moins tes grands-parents, eux, se souciaient de leurs voisins.

– Voyons, Denise. Ce n'est pas vraiment la faute des Gutierrez. Ils doivent s'occuper d'un nouveau-né. Tu ne peux pas leur demander d'abandonner leur chien.

– C'est déjà fait. La guerre est déclarée. Débarrassez-vous de cette bête ou gardez-la à l'intérieur, sinon je viendrai moi aussi faire du bruit devant chez vous…

– Vous vous êtes rencontrés comment, papa et toi ? » coupa Josh.

Sa mère échangea un regard avec Timmer. « J'ignore ce qui t'arrive, mon chéri, mais je ne crois pas que Timmer ait envie de commencer sa journée sur ce thème.

– Pas de problème, mon chou », dit Timmer d'un ton enjoué. Il avait été steward et s'occupait désormais de handicapés mentaux – Josh préférait ne pas savoir en quoi cela consistait. Il se félicitait seulement que Timmer travaille le week-end. « Aux dernières nouvelles, chacun est libre à cette table. »

La mère de Josh fronça les sourcils. « Il a failli m'écraser, commença-t-elle, s'adressant plus à Timmer qu'à Josh. Au volant de son pick-up. Je portais des talons hauts, je traversais la rue pour aller à une soirée, et il ne m'a pas vue. Mon petit ami étudiant, Dieu ait son âme d'ivrogne, voulait lui casser la figure. »

Josh se sentit un peu mieux après cette confirmation. Il réussit même à avaler quelques bouchées de pancake. On pouvait bien sûr programmer un robot pour qu'il sache tout cela – on pouvait même lui télécharger les souvenirs de toute une vie. Mais irait-on le programmer pour qu'il gare sa Honda Civic devant chez les Gutierrez et mette l'autoradio à fond pendant une heure, toutes vitres baissées, juste pour les contrarier ? Un robot ferait-il vraiment ça, même s'il ressemblait à la mère de Josh ? Plus il y réfléchissait, plus ça lui paraissait absurde.

Timmer se tourna vers sa mère. « Au fait, le joint de ta porte de frigo est – comment le dire avec ménagement ? – fissuré. J'en rapporterai un neuf en rentrant. »

Il se leva de table. À l'air satisfait avec lequel il pinça les lèvres, comme pour les faire claquer, Josh sut qu'il s'apprêtait à lancer une de ses petites phrases. Il sut aussi qu'elle rimerait.

Timmer lui fit un clin d'œil. « Bon. Roule ma poule. »

Il embrassa la mère de Josh pour lui dire au revoir, se penchant vers elle et plaquant son visage orange sur le sien. Josh se demanda ce qui se passait dans leur bouche. Ses copains du collège appelaient ça « se rouler une pelle », ce qui, pour une raison mystérieuse, ne manquait jamais de l'exciter. Bien sûr, ce n'était pas difficile. La caissière du Hot Dog on a Stick ; l'élève de troisième aux gros seins, qu'un handicap faisait marcher les jambes en dedans comme si elle retenait une pomme entre ses genoux ; même la femme de l'*Homo erectus* dans son livre d'histoire, qui soulevait une pierre plate en laissant voir la peau parcheminée de ses seins : ces derniers temps, Josh ne pouvait pas les regarder sans que cela provoque une regrettable réaction animale entre ses jambes.

Alors qu'il luttait contre ce tourbillon d'associations d'idées, quelque chose de consternant se produisit : il se mit à bander. Voir Timmer embrasser sa mère le faisait bander. Totalement mortifié, il balança son assiette encore à moitié pleine sur le sol où elle vola en éclats, éclaboussant le frigo de sirop d'érable.

« Joshua ! » Sa mère pivota sur elle-même. Ses narines palpitaient comme celles d'un cheval. « Nettoie-moi ça ! Là, maintenant ! »

Il sortit en trombe de la cuisine, puis de la maison, et faillit trébucher sur une tête d'arrosage automatique qui dépassait de la pelouse, avant de traverser la rue et de laisser derrière lui leur voiture, que sa mère avait à nouveau garée ostensiblement le long du trottoir des Gutierrez. Sur le siège passager, un carton contenant les vieux CD de son père. Le soleil d'octobre lui cuisait le visage. « Là, maintenant ! » avait dit sa mère. Josh l'avait mise en colère des centaines, voire des milliers de fois, or il ne se rappelait pas l'avoir entendue employer cette expression. « Tout de suite ! » ou « Immédiatement ! » : oui, et même « Presto ! » en de rares occasions, mais il n'avait encore jamais entendu les mots « Là, maintenant ! » franchir ses lèvres. Depuis le divorce de ses parents, bien sûr, elle avait beaucoup changé. D'aussi loin qu'il s'en souvienne, elle l'avait bordé le soir dans son lit en lui mimant « Pluie soutenue, vent sur la plaine ». C'était leur rituel à eux. Il fermait les yeux, elle se penchait sur lui avec son odeur de vin blanc et lui effleurait le visage du bout des doigts, de haut en bas, puis partout. Ensuite elle recommençait, mais en soufflant doucement par la bouche, un petit vent tiède qui le chatouillait et faisait tressaillir ses paupières. Jamais il n'avait imaginé qu'elle mettrait fin à ce rituel du soir, aussi incontournable pour lui que le sommeil –, et pourtant elle l'avait fait. Au début, il lui avait pardonné. Elle était trop déprimée pour sortir de son lit, et l'absence de son père avait tout chamboulé. Mais à présent, elle semblait à nouveau heureuse, se levait de bon matin même le samedi pour préparer des pancakes, et « Pluie soutenue » ne revenait pas. Il était trop timide pour aborder le sujet. Trop timide, aussi, pour parler des citations sur sa boîte à sandwichs, qui avaient disparu au cours du mois écoulé. Le gros livre intitulé *Bartlett's Familiar Quotations* n'était plus dans la cuisine. Ses copains du collège se moquaient de lui à cause de ces citations – il avait souvent prié en secret pour que sa mère arrête –, mais quand il sortait sa boîte à sandwichs de son sac à dos et ne voyait rien écrit dessus, aucune pensée inspirante de Benjamin Franklin ou de Henry Wadsworth Longfellow, il sentait un grand vide dans son estomac, le même que lorsqu'il était couché après un « Bonne nuit » sans pluie ni vent et entendait sa mère et Timmer glousser dans leur chambre, prenant apparemment du bon temps.

Dans ces moments-là, il souhaitait plus que tout parler à son père, mais celui-ci avait une nouvelle compagne au Nouveau-Mexique et n'appelait presque jamais. Il se bornait à envoyer des cadeaux – enfin, un cadeau : l'attrape-rêves. Il en avait acheté d'autres, mais sa mère disait qu'il attendait de pouvoir les lui offrir en personne.

Alors que Josh tournait dans Yale Street, essayant une fois de plus de chasser de son esprit l'hallucination de la nuit précédente, surtout cet épouvantable outil que Timmer avait à la main, une pensée horrible lui vint. Et si ce petit automate pouvait quitter son support ? Et si, en fait, c'était le but ? Avec une appréhension croissante, Josh l'imagina rampant à l'intérieur de sa mère, l'équipant de puces informatiques et de fils électriques, la transformant peu à peu jusqu'à pouvoir contrôler le moindre de ses gestes.

Et s'il était en elle, « là, maintenant », la pilotant tel un commandant de bord ?

Josh hochait la tête, s'efforçant de continuer à marcher. Il s'engagea dans Harvard Street et se dirigea vers la maison de Bennett. Toutes les rues d'Arroyo Court portaient le nom d'universités célèbres : Columbia Street, Dartmouth Street, Princeton Street, Stanford Street. Il ne connaissait personne ayant fait ses études ailleurs qu'en Californie du Sud – du moins pas à Ranch Bonito où ils vivaient –, et la plupart des gens n'allaient même pas aussi loin. Le ciel au-dessus du désert était bleu et sans nuages, comme fabriqué par une machine géante. « Klonk ! », et elle accouchait d'une nouvelle journée, identique à la précédente. Les maisons se ressemblaient toutes, elles aussi. On pouvait entrer dans l'une d'elles et aller droit aux toilettes sans se tromper. Josh n'y voyait rien d'étrange jusque-là, mais à présent si. On les appelait des maisons particulières, alors qu'elles n'avaient rien de particulier. De quoi éveiller les soupçons. Il pouvait s'agir d'une fausse ville construite par un extraterrestre et habitée par des robots. Ils avaient quitté le Vermont quand Josh avait neuf ans pour venir vivre ici – son père en rêvait, Dieu sait pourquoi –, et dans le Vermont de ses souvenirs, les maisons étaient de toutes les formes, de toutes les tailles et de toutes les couleurs, d'une variété splendide. Il se souvenait surtout des nuages. Ils lui manquaient terriblement. Immenses icebergs flottant dans le ciel, ils peuplaient ses rêves.

Et la neige ! La neige, la neige, la neige. Ils faisaient de la luge sur la route forestière derrière leur maison, passant la matinée dehors jusqu'à ce que la barbe de son père soit couverte de glaçons.

Josh obliqua dans Stanford Street, où Bennett jouait au basket dans l'allée de son garage. Il avait cinq ans de plus que lui, et pourtant il aimait traîner avec Josh autant que Josh avec lui, ce qui ne semblait bizarre que depuis peu. Josh l'avait toujours vu comme un ado de dix-sept ans populaire – impossible de le croire impopulaire –, mais depuis les remarques de sa mère sur l'acné de Bennett, pour qui c'était sûrement difficile à vivre, leur amitié se compliquait. Au vague dégoût éprouvé par Josh s'ajoutait le fait que les parents de Bennett étaient également divorcés.

« Quoi de neuf, Tycho Brahe ? »

Bennett l'appelait parfois ainsi, bien que Tycho Brahe soit un célèbre astronome qui avait perdu son nez lors d'un duel et devait en porter un en or. Comme beaucoup de choses que racontait Bennett, ça ne tenait pas trop la route. Il était défoncé la moitié du temps, donc il fallait s'en accommoder.

« Pourquoi tu m'appelles comme ça ? demanda Josh, enhardi par l'éruption de boutons sur le front de Bennett.

– Parce que.

– Je n'ai pas de nez en or. Et en plus je n'aime pas les sciences. »

Bennett cessa de marquer des paniers. « Putain, j'en sais rien. Je croyais que ça te plaisait.

– Ce qui me plairait, c'est que tu arrêtes de m'appeler comme ça.

– D'accord, Tycho Brahe. Comme tu veux. »

Bennett lui lança le ballon et il n'eut d'autre choix que de l'attraper. Cette fois, il était décidé à marquer un panier. Il n'y était encore jamais arrivé. Pas seulement chez Bennett : absolument partout où il avait essayé. Son score était sûrement de 0 sur 70, ou à peu près. *Si j'y arrive cette fois*, pensa-t-il, *ma mère n'est pas un robot.* Il lança le ballon depuis sa poitrine, comme Bennett avait tenté de le lui enseigner, et réussit à frôler le bas du filet, ratant l'anneau et le panneau.

« Ça dépasse l'imagination », dit Bennett.

Josh s'assit sur la bordure du trottoir. Cette journée ressemblait tellement à toutes les autres – le soleil brûlant, le panier raté, la supériorité de Bennett sur lui dans tous les domaines malgré son acné – qu'il se sentit presque mieux. Mais dès qu'il ferma les yeux, il revit le petit automate, au visage aussi parfait que celui d'un lutin.

« Tu as une mine épouvantable, reprit Bennett. Ta mère et son copain continuent à échanger des blagues toute la nuit ? »

Josh ne répondit pas. Il regretta d'avoir mentionné leurs gloussements.

« Tu sais ce qu'ils font, non ? continua Bennett, récupérant le ballon. Ils essaient de fabriquer un petit Tycho

Brahe. Un bébé en pleine forme. On remplace le vieux par du neuf. »

Ce n'était pas venu à l'esprit de Josh. Il en eut la nausée. Le monde semblait s'agiter autour de lui, plein de bruissements imaginaires, comme si on le surveillait. Bennett retroussa ses manches avant de lancer le ballon, faisant apparaître les brûlures qu'il s'était faites sur le bras avec la gomme de son crayon. On aurait dit des comètes en miniature. À sa connaissance, Josh était la seule personne autorisée à voir les bras de Bennett. Il était flatté, et en même temps vexé que Bennett le trouve assez tordu pour les admirer.

Là, pourtant, Josh se réjouissait de les voir. Elles prouvaient que Bennett était toujours Bennett : si on frottait sa peau assez fort, ça saignerait. Bennett lui lança le ballon, mais Josh était trop fatigué pour l'attraper, et il roula sur la chaussée.

« Qu'est-ce qui ne va pas, aujourd'hui ? » demanda Bennett.

Josh sentit les larmes lui monter aux yeux. Il était si épuisé qu'il croyait ne jamais pouvoir se relever. Un jour, assez défoncé pour lui parler comme un père, Bennett lui avait dit qu'il pouvait tout lui confier.

« Je me demande si ma mère et son copain ne sont pas des robots, finit-il par avouer.

– Je comprends, Tycho Brahe.

– Non, ce que je veux dire, c'est qu'ils ne sont pas humains. »

Bennett hocha la tête. « Ils t'ont encore fait nettoyer leur unité de stockage ?

– Non ! Écoute. En fait, je les ai vus par hasard. »

Josh prit une profonde inspiration et expliqua ce à quoi il avait assisté la nuit précédente. Il n'osa pas lever les yeux lorsqu'il eut terminé. Le ciel s'était peut-être ouvert et une gigantesque main allait venir l'arracher à ce monde. Quand il risqua un coup d'œil, pourtant, il n'y avait que Bennett, qui hochait à nouveau la tête comme si Josh venait de lui apprendre qu'on ne voulait pas de lui dans l'équipe de natation.

« Laisse-moi deviner : l'angoisse totale ?

– Oui, répondit Josh.

– Ton cœur en a la chair de poule ? »

Josh acquiesça de la tête. Bon sang, est-ce que Bennett avait vu la même chose ?

« Des terreurs nocturnes, reprit celui-ci. J'en avais tout le temps. Un cauchemar, mais en pire. Tu te réveilles, et ça ne s'en va pas. Sans déconner, j'en ai eu un où quelqu'un me dévorait le visage. Il le tenait à deux mains, comme un cookie. Je l'entendais croquer les os. Ma mère en a parlé à un psy, tellement je flippais. »

Le soulagement de Josh ressemblait à un cadeau. Il voulait le déballer lentement. L'année précédente, il avait fait le genre de cauchemar décrit par Bennett, tellement réaliste qu'il semblait plus vrai que nature : un vautour perché au pied de son lit, les ailes déployées comme celles d'une chauve-souris, et tout aussi dépourvues de plumes. Josh avait même vu les nuages soyeux de son souffle.

« Donc tout ça n'est pas vrai ?

– Waouh, tu es vraiment flippé », dit Bennett. Il prit Josh par l'épaule. « J'ai exactement ce qu'il te faut, Tycho Brahe. Tu as quel âge, au juste ? Quinze ans ?

– Douze.

– Quinze, comme je le disais. »

Bennett l'emmena chez lui et ils descendirent l'escalier menant à sa chambre, qui faisait toujours à Josh l'effet d'une destination exotique. Mue par le remords, la gentillesse ou la folie, la mère de Bennett lui avait laissé la plus grande chambre. À cause de sa fraîcheur silencieuse, cette pièce en sous-sol rappelait une église : des tapisseries recouvraient toutes les fenêtres, qui scintillaient comme des vitraux, et un mur avait été transformé en galerie de portraits de célébrités portées sur les drogues : Jim Morrison, Pablo Picasso, Jack Nicholson et Lewis Carroll, le type qui avait écrit *Alice au pays des merveilles.* « Des explorateurs de la psyché », les appelait Bennett. Dans un coin, adossée à son support, une guitare électrique avec un sticker représentant une feuille de marijuana. Mais ce qui ne manquait jamais de fasciner Josh, c'était le poster au-dessus du lit de Bennett, avec une magnifique skieuse dévalant des bosses. Sa combinaison zippée, ouverte jusqu'à son nombril, contenait à peine ses seins, visiblement prêts à se libérer de leur prison sur la bosse suivante. Puisque la skieuse ne l'atteindrait jamais, son pouvoir était absolu. La semaine précédente, Bennett avait surpris Josh en train de l'admirer et fait le V de la victoire avec l'index et le majeur, entre lesquels il avait tiré la langue, l'agitant de haut en bas. C'était obscène, électrisant, et Josh aurait voulu remonter le zip de cette combinaison jusque sous le menton de la skieuse.

« Je cherche un poster du pape Léon XIII », déclara Bennett, agenouillé sous celui de Bob Marley fumant un joint de la taille d'un *taquito.* « Pour ma galerie de portraits. Il était totalement cocaïnomane, tu sais.

– Le pape prenait de la coke ?

– Tu parles ! Au Vatican, il en neigeait comme dans un blizzard. »

Il fouilla sous son lit et sortit le grand narguilé de verre que Josh l'avait vu utiliser plusieurs fois. Imposant, de couleur violette, et le flacon avait la forme d'une tête d'extraterrestre. Bennett maintint son briquet allumé près du verre et prit une longue bouffée avant d'incliner la tête en arrière, les yeux vers le plafond, soufflant un panache de fumée plus lentement qu'il ne semblait humainement possible, au point que le corps de Bennett paraissait se dégonfler peu à peu. On aurait cru voir quelqu'un expulser son âme.

« OK, Tycho Brahe. L'heure est venue du premier baiser.

– Quoi ? »

Bennett lui tendit le narguilé. « L'extraterrestre t'appelle. »

Josh revit la cicatrice sur le front de son père, réentendit celui-ci se vanter de la façon dont il se l'était faite ; il ne souriait pas vraiment, mais avait quelque chose dans le regard, une lueur malicieuse, comme si Josh et lui partageaient une blague entre initiés. Après quoi la mère de Josh, l'air grave, faisait promettre à Josh de ne jamais essayer aucune drogue, et son père s'efforçait lui aussi de prendre l'air grave, mais cette lueur restait là entre eux, comme si Josh et lui étaient en classe, et la mère de Josh le professeur. L'air de la chambre de Bennett, épaissi par cette fumée au parfum suave, formait des tourbillons roses dans le halo devant les fenêtres. Dehors il y avait Stanford Street, Harvard Street et Berkeley Street, puis les halls d'exposition des concessionnaires automobiles le long de Foothill Boulevard, avec leurs ballons, leurs fanions et leurs bibendums, et, au-delà, les collines brunes du désert, peuplées de coyotes qui poussaient leurs cris aigus la nuit, du moins quand les aboiements de Crayola ne les couvraient pas. Et encore plus loin, quelque part, il y avait le Nouveau-Mexique.

Josh mit ses lèvres à l'entrée du tuyau. Bennett ralluma son briquet avec un sourire d'encouragement, et Josh inhala ainsi qu'il avait vu son copain le faire, le contenu du flacon bouillonnant comme un torrent. Ce fut seulement en expirant qu'il prit conscience d'avoir avalé de la fumée. Quelque chose lui chatouillait la gorge et il se mit à tousser, doucement d'abord, puis si violemment qu'il eut peur de vomir sur la moquette. Bennett reprit une bouffée, puis rendit le narguilé à Josh, qui pensait se contenter de faire semblant, mais se surprit à répéter le même cérémonial, jusqu'à la quinte de toux finale. Il resta assis là quelques minutes, attendant qu'il se passe quelque chose.

Bennett tendit les mains à plat devant lui, pareilles à des maniques. « Je… suis… un… robot », lança-t-il, montant et baissant les bras d'un geste saccadé.

Josh éclata de rire, à sa grande stupéfaction. La nuit précédente paraissait appartenir à une autre vie. Comment avait-il pu penser que c'était autre chose qu'une hallucination ? Il était soulagé au point de n'avoir même pas honte.

« Moi… aussi, répondit-il, imitant Bennett.

– On… va… prendre… le… contrôle… du… monde.

– O… K…

– Tuer… tous… les… enfants.

– O… K…

– Ha… ha… ha… »

Bennett quitta son lit d'un bond, mit sa guitare en bandoulière et commença à jouer à la manière d'un robot, grattant mécaniquement les cordes de haut en bas, produisant le même son qu'une radio mal réglée. « *Every… little… thing… gonna… be… all… right* », chanta-t-il de sa voix robotique. C'était tordant. Bob Marley était tout sauf un robot, mais Josh n'en avait jamais pris conscience. Il pleurait de rire. Il sentait vraiment les larmes se former derrière ses yeux, une zone qu'il avait explorée mentalement mais percevait à présent avec la même netteté que la moquette sous ses orteils. L'air était une brume colorée, tiède, sculpturale, et tout allait bien – c'est-à-dire que chaque molécule allait bien, et Josh finit par comprendre pourquoi les mots *all right* revenaient dans le refrain de tant de chansons. L'harmonie du monde était si bien cachée qu'il fallait qu'on vous rappelle son existence. « *Feeling all right* ». « *Don't think twice, it's all right* ». Tout est bien qui finit bien.

Bennett posa sa guitare sur le lit. Il avait bien ri, lui aussi, mais il changea soudain d'expression. Son visage était très pâle, sévère, plus éveillé. Même ses boutons d'acné semblaient moins défoncés.

« Très amusantes, ces idées que tu te fais sur nous, dit-il d'une voix normale.

– Quoi ?

– Je regrette que tu aies tout découvert, Joshua. Tant pis, c'est fait. Ta mère et Timmer ont été imprudents. »

Josh rit à nouveau, mais ç'aurait pu être la bouche de quelqu'un d'autre.

« Je me demande pourquoi j'essaie de t'épargner la vérité. L'opération Tycho Brahe a échoué. »

Bennett se prit la tête à deux mains, une sous le menton, l'autre au sommet du crâne, l'air prêt à se tordre le cou à lui-même. Puis il grinça des dents et entreprit de dévisser sa tête. Peu à peu, comme au ralenti, elle se mit à tourner sur elle-même. Solidement vissée, elle était de toute évidence difficile à desserrer. Bennett – ou quel que soit son véritable nom – poussa un gémissement. Au prix d'un énorme effort, il la fit pivoter jusqu'à amener son visage à la verticale de son épaule. Josh était incapable de bouger, de parler, de penser. Il se sentait vidé de l'intérieur par la peur, comme une pomme de son trognon. La pièce sembla refluer, s'étirer autour de lui. La tête du robot se remit brutalement en place, par magie, et fut prise d'un fou rire.

« Oh mon Dieu. Oh mon Dieu. » Le robot n'arrivait pas à reprendre son souffle. « Désolé, Tycho Brahe. Je n'ai pas pu résister. Tu avais l'air, enfin, trop sérieux. Jamais je n'aurais cru que tu goberais ça. »

Josh s'aperçut qu'il était mystérieusement passé de l'autre côté du lit. Sur le mur en face de lui, les posters ressemblaient à des fenêtres derrière lesquelles une rangée de visages le lorgnait avec méchanceté. Il s'enfuit de la pièce, remonta l'escalier qui paraissait plonger vers lui à chaque marche et finit par retrouver la lumière du jour, dans laquelle le quartier était aussi étrangement plat et compartimenté qu'un immense décor de cinéma. Les voitures, les trottoirs et même les maisons avaient l'air peints en toile de fond. Et sur les marches devant la porte d'entrée de Bennett, l'ombre d'un cactus ondulait comme un accordéon. Le cactus semblait plus plat que son ombre, comme s'il était en carton-pâte. Josh longea le trottoir de son mieux pour rentrer chez lui. Son cœur bruissait de terreur. Il tremblait, avait la gorge sèche et envie de couler un bronze. Du coin de l'œil, il vit un robot se glisser en douce chez les Jayatilaka, sa tête sous le bras tel un ballon de foot. Quand Josh se retourna vers lui, il avait disparu. Un système d'arrosage automatique se mit en route avec un crachotement et le fit sursauter. Il contracta ses sphincters. Un autre robot se déplaçait à quatre pattes derrière la Honda Civic de sa mère, mais si vite que Josh ne fit que l'entrevoir.

Chez lui, la porte d'entrée était ouverte. Il essaya de ne pas penser aux causes possibles ni à ce que cela laissait présager. Il fonça droit vers la salle de bains. Soulevant le couvercle, il découvrit qu'il était recouvert d'une fourrure blanche comme celle d'un lapin. Le même blanc que celui du tapis de bain. Sur le mur, un curieux tableau, un dessin humoristique encadré : un caniche s'apprêtant à boire dans la cuvette des toilettes, et un second chien lui disant : « Laisse décanter. » Le cuir chevelu de Josh se glaça. Il n'osait plus bouger ni faire un bruit. Il s'assit sur la cuvette, ferma les yeux et, tremblant, laissa s'évacuer lentement les pancakes qu'il avait mangés au petit-déjeuner.

Combien de temps il resta dans la salle de bains, il n'aurait pu le dire. Peut-être quelques minutes, peut-être plusieurs heures. Il était dans l'envers du décor – voilà le problème. Quand il ressortit, il s'aperçut qu'on avait remplacé les meubles du salon. Il y avait une lampe bizarre avec des pompons, une télé aussi grande et plate qu'une baie vitrée, et un panier pour chien avec le nom TOTOPO brodé dessus. On avait également remplacé sa mère, qui lui tournait le dos au pied de l'escalier. Elle était plus ronde et avait les cheveux noirs. Une bretelle de sa robe avait glissé de son épaule, comme si elle avait à peine eu le temps de s'habiller pour son arrivée. Elle se retourna et eut un haut-le-corps.

« Sors de chez moi, dit Josh.

– De chez toi ? » Elle avait quelque chose dans les bras, niché contre son sein nu. Un bébé. Elle fronça les sourcils. « Tu es le fils des Ingram, non ? »

Josh acquiesça de la tête, prenant conscience que cette femme était Mme Gutierrez. Comme si une fenêtre s'ouvrait subitement.

« Alors ? Tu viens trancher les cordes vocales de Totopo ? » Mme Gutierrez s'avança d'un pas. « Ta mère me pourrit la vie, tu sais ça ? Tu crois que c'est facile d'avoir un bébé avec des coliques et un chien jaloux qui ne veut pas la fermer ? »

Josh fixait le bébé nu au creux de son bras. Une horrible chose, aux paupières si gonflées qu'on aurait dit deux grains de raisin. Une tache de lait encore humide assombrissait l'autre côté de la robe comme une cible.

« Ne me dis pas qu'elle t'a tranché les cordes vocales à toi aussi ! »

Mme Gutierrez remonta la bretelle de sa robe sur son épaule, écartant le bébé de son sein. Il se mit à pleurer. Elle le berça dans ses bras, lui chantonnant d'une jolie voix une berceuse où il était question d'un éléphant, puis de deux, puis de trois. Le bébé cessa de pleurer et referma les yeux. Cette scène paraissait si étrange – la laideur du bébé contrastait tant avec la sollicitude de sa mère – que Josh conclut qu'elle devait être réelle.

Un homme apparut au pied de l'escalier, secouant l'index fourré dans son oreille. À la vue de Josh, il se raidit et sortit le doigt de son oreille. Il avait de gros biceps.

« Pourquoi le gosse de Cruella d'Enfer est là ?

– Rien de grave, répondit Mme Gutierrez. Il est en état de choc. » Elle se tourna vers Josh. « Qu'est-ce qu'elle t'a fait ? »

Josh secoua la tête. Il aurait voulu qu'elle continue à chanter.

« Mon Dieu, ce garçon grelotte. Regarde, Camilo.

– Rentre chez toi, ordonna M. Gutierrez avec colère.

– Il n'y est pour rien. »

M. Gutierrez s'approcha et souleva Josh de terre, bien qu'il soit désormais trop grand pour cela, puis le regarda droit dans les yeux, le tenant toujours par les aisselles. Son haleine plus chaude que l'air avait l'odeur des pastilles contre la toux. Le bébé se remit à pleurer et Mme Gutierrez à chanter, encore plus doucement qu'avant, chaque mot s'envolant de sa bouche tel un oiseau. Josh se sentait aussi léger que ces mots déployant leurs ailes. On ne l'avait pas soulevé ainsi depuis très longtemps.

« Réveille-toi, dit M. Gutierrez en le reposant. Tu t'es trompé de maison. »

« Qu'est-ce que vous voulez ? » demanda la mère de Josh après avoir ouvert la porte.

Elle avait eu un mouvement de recul en se trouvant nez à nez avec M. Gutierrez. Elle ne s'était pas encore maquillée, ce qui surprit Josh. Il étudia les mots brodés sur son tee-shirt : POWER BABE TANNING, suivi des initiales

P.B.T. Il suffisait de remplacer le P par un R, et on obtenait R.B.T., une abréviation de ROBOT.

Mais ce n'était sans doute qu'une coïncidence. Peu probable que les robots affichent leur identité sur leur teeshirt, même en abrégé.

« Votre fils a utilisé mes toilettes, ce qui est une intrusion illégale, répondit M. Gutierrez. Et je mettrais ma main à couper qu'il a fumé un joint. »

La mère de Josh éclata de rire. « Joshua ne se drogue pas.

– Je crois que votre voiture l'a induit en erreur, continua M. Gutierrez sans relever. Garée comme elle est, devant notre porte. »

Il cracha quelque chose dans un bosquet – une pastille contre la toux –, puis repartit chez lui. Josh se faufila derrière sa mère pour aller dans le salon qui sentait toujours le détergent Pine-Sol, le parfum et l'insecticide vaporisé par Timmer dans le moindre recoin. Quelque chose dans cette odeur toxique et familière aida Josh à voir de nouveau le monde en trois dimensions. Il lui semblait avoir été défoncé toute la journée, avant même de descendre dans la chambre de Bennett, et ne retrouver qu'à présent son état normal. Il se faufila une fois encore derrière sa mère, espérant pouvoir s'enfermer dans la salle de bains. Elle le suivit dans le couloir.

« Qu'est-ce qui t'a pris, bon sang ? Tu casses une assiette en porcelaine de Limoges qui vient de ta grand-mère, et ensuite tu t'introduis chez les Gutierrez ? C'est surréaliste, cette façon de te conduire.

– Surréaliste », répéta Josh, planté devant les bouts de

chatterton collés sur le mur. De petits fils noirs dépassaient du rebord.

« Regarde-moi, Joshua. C'est ta mère qui te parle ! »

Il se retourna et la regarda, surpris qu'elle ait la paupière gauche si tombante. Quelques cils manquants laissaient à nu une minuscule bande de peau rose un peu caoutchouteuse. Elle avait eu un orgelet, et ses cils n'avaient jamais repoussé. Josh éprouva un immense soulagement, mais aussi une vague déception qui le déconcerta. Dans le Vermont, un jour où ses parents et lui roulaient sur l'autoroute, il avait jeté un coup d'œil par la vitre arrière et vu une voiture les doubler sans personne à l'intérieur, pas même de conducteur ; il avait frissonné de terreur et de jubilation à la fois, jusqu'à ce qu'il se rende compte que la voiture était remorquée par une dépanneuse. Le monde s'était remis en place aussi vite que sa chaîne de vélo quand il changeait de vitesse.

« Tu te souviens de ma collection de croûtes ? demanda-t-il à sa mère.

– Évidemment, répondit-elle, souriant comme malgré elle.

– Je la mettais où ?

– Sous ton lit.

– Dans une boîte à chaussures ?

– Oui. C'était une boîte dégoûtante, pleine de croûtes. Ton père voulait la vider dans les toilettes et tirer la chasse d'eau, mais je l'en ai empêché. Je me suis disputée avec lui à cause de ça – j'ai défendu à mort ta collection de croûtes. » Elle cessa de sourire. « Qu'est-ce qui t'arrive aujourd'hui, Joshua ? Pourquoi tu essaies de me coller avec toutes ces questions ?

– Je n'essaie pas de te coller », dit-il, ce qui était vrai. C'était lui-même qu'il testait, s'assurant de la réalité de ses souvenirs. Sa mère dut lire quelque chose sur son visage, car ses épaules retombèrent et elle écarta doucement les cheveux qui cachaient les yeux de Josh.

« Je sais que c'est difficile pour toi, avec Timmer dans la maison et tout le reste, dit-elle. Mais je t'aime, mon chéri. Croûtes comprises. »

Elle le pensait vraiment – Josh en était sûr à quatre-vingt-quinze pour cent –, mais ça ne l'aidait pas. Cela ne servait à rien. Il restait ces cinq pour cent. Ils seraient toujours là, à tourner en rond dans son cerveau. Il avait été perturbé, il n'était plus comme avant. Même si elle lui disait qu'elle l'aimait, même si elle recommençait à lui mimer chaque soir « Pluie soutenue, vent sur la plaine », à lui souffler sur le visage comme si elle l'enveloppait dans sa respiration – même si elle faisait tout cela, une petite voix dans la tête de Josh continuerait à chuchoter : *Elle fait semblant, elle joue le premier rôle dans une pièce intitulée* Ta Mère.

Josh lui tourna le dos pour qu'elle ne voie pas son visage. *J'ai tourné le dos à ma mère*, chuchota la voix dans sa tête, *pour qu'elle ne voie pas mon visage.*

Every… little… thing… gonna… be… all… right.

« Oh mon Dieu ! » s'exclama sa mère. Elle lui prit la mâchoire entre le pouce et l'index et fit pivoter son visage vers elle. « Tu as bel et bien fumé quelque chose, n'est-ce pas ? Regarde comme tu as les yeux bizarres.

– Ils n'ont rien de bizarre.

– Ils n'ont pas l'air normaux. »

Josh la repoussa, puis s'enfuit dans sa chambre et ferma

la porte à clé derrière lui. C'était la même chambre que d'habitude – le gargouillis des toilettes, le bruissement de l'attrape-rêves près du climatiseur –, et pourtant quelque chose clochait, elle lui paraissait aussi étrange que la maison des Gutierrez. Sur la commode trônait l'enveloppe doublée de plastique à bulles que son père lui avait envoyée du Nouveau-Mexique. L'écriture tremblotante voulait-elle vraiment dire qu'il manquait à son père ? Sans doute était-il seulement pressé. Josh revit le soir où il était parti, ses hurlements, le coup de poing qu'il avait donné dans le mur, y enfonçant le bras presque jusqu'au coude. Il avait juré, peiné à retirer son bras, le V sur son front devenant écarlate. L'espace d'un instant – un terrible instant –, on aurait dit qu'il ne se libérerait jamais.

Josh s'allongea sur son lit. Il était fatigué, si fatigué. Dans le jardin d'en face, Crayola se faisait la voix pour la nuit à venir. Josh s'en fichait, désormais. Il était trop fatigué pour bouger. Sa mère lui parlait depuis le couloir, secouant la poignée de la porte. L'automate dans le cerveau de Josh chuchota : *Ne t'occupe pas d'elle.* Josh souleva son tee-shirt et appuya sur son nombril, laissant son index enfoncé dedans. D'abord ses orteils et ses pieds. Puis ses jambes, sa taille et ses bras. Puis ses poumons, son cœur, la lumière dans sa tête. Il ne rêverait même pas. Sa mère, qui martelait la porte, se mit à pleurer. Josh écouta ces sons si particuliers, faisant semblant de comprendre ce qu'ils signifiaient : *Je suis un être humain. C'est un son humain. Nous pleurons dès le jour de notre naissance.*

Dernière journée sur terre

Quand j'avais sept ou huit ans, l'une des chiennes braques allemandes à poil court de mon père eut des chiots. C'étaient de merveilleuses créatures tremblantes, pas plus grosses que des cochons d'Inde, et qui se blottissaient les unes contre les autres, si bien qu'il était difficile de les compter. Leurs yeux encore aveugles n'étaient que de simples petites fentes. Au bout de quelques jours, mon père décida qu'il fallait leur écourter la queue. Il les rasa avec un rasoir électrique, stérilisa une paire de ciseaux, puis me fit tenir chaque chiot à deux mains pendant qu'il mesurait leur queue et donnait un coup de ciseaux au milieu. C'était horrible à voir. Les chiots poussaient un ou deux cris de douleur, puis se taisaient dans mes bras, immobiles comme la mort. Pour que mon père ne voie pas quelle mauviette j'étais, je me forçais à regarder à chaque fois, en évitant de poser les yeux sur les moitiés de queues alignées sur la terrasse, rouges à une extrémité, ce qui les faisait ressembler à des cigarettes.

Quand vint le moment d'écourter la queue du dernier chiot, mon père me tendit les ciseaux. C'était visiblement important pour lui que je le fasse. « Ne réfléchis pas trop », me dit-il. Au moment de donner le coup de ciseaux, pourtant, je ne pus m'empêcher de réfléchir, j'allai trop lentement, avec la sensation de couper quelque chose d'aussi solide qu'une corde, mais plus dur, et j'eus un haut-le-cœur. Le chiot jappa, se débattit, et je gâchai le travail en donnant plusieurs coups de ciseaux au hasard, ce qui obligea mon père à lui couper la queue plus court que celle des autres. Cela le contraria. C'étaient des chiens de valeur, et l'on ne pouvait les vendre que s'ils étaient parfaits. À l'époque, cependant, mon père m'aimait et n'en fit pas un drame ; de toute façon, il comptait garder deux chiots, et appela donc la petite chienne Shorty. Il était capable de ce genre de réaction, en ce temps-là – de transformer une déception en sujet de plaisanterie.

Pendant la saison, il allait une ou deux fois par mois à la chasse, entassait Shorty et Ranger à l'arrière de sa Porsche et se rendait dans une réserve de gibier de Hampstead County. Je me levais à l'aube pour le voir partir. Il devait savoir que j'aimais bien l'aider, parce qu'il me demandait toujours d'emporter quelque chose dans la voiture : sa trousse de premiers secours, ses appeaux à la quille saillante comme une lame de patin à glace, ou même, un jour, son fusil Browning de calibre 12 dans un étui à bandoulière. Mais c'était sa thermos Stanley que je trouvais magique, car lorsqu'il buvait une gorgée de café, son souffle formait des volutes de fumée. Ma mère détestait le café – de l'huile de vidange, d'après elle – et j'associais ce breuvage au fait d'être un homme. Souvent, mon père ne rentrait pas avant la tombée de la nuit, son coffre plein de faisans alignés avec soin, qu'il rapportait à la maison en les tenant par les pattes. On aurait dit des ecclésiastiques en robe, avec leur collerette toute blanche, leur tête rouge pointée vers le sol. Je les regardais avec un sentiment d'étrangeté, un peu effrayé.

Après notre installation en Californie, mon père cessa de chasser, ce qui signifiait qu'il n'y avait plus de raison de maintenir Shorty et Ranger en forme. Il installa leur enclos dans un ancien corral de la propriété que nous louions. Malgré l'ombre à géométrie variable d'un avocatier, ils passaient l'essentiel de la journée sous un soleil brûlant, à tenter d'attraper les mouches, à geindre et à engraisser. Le corral était assez loin de la maison, et je finis par ne plus trop penser à eux. Leurs gémissements m'attristèrent quelque temps, puis je n'y fis plus attention. J'avais alors quinze ans. Mon père répétait qu'il allait leur trouver une famille d'accueil, mais c'est lui qui partit, nous laissant à la charge de ma mère – les chiens et moi.

« On va au refuge de la société protectrice des animaux », décréta-t-elle un après-midi. Elle était assise devant la table de la cuisine, un verre de vin blanc à la main. Je ne l'avais jamais vue boire d'alcool avant dix-huit heures. J'inspectai la bouteille sur le plan de travail : à moitié vide, couverte de condensation hors du réfrigérateur.

« Quoi ?

– J'ai prévenu ton père que s'il ne venait pas chercher les chiens ce matin, je les emmenais au refuge. Ça fait six mois que je lui demande. Il est treize heures passées, et il n'est pas là. » Elle but une gorgée de vin.

« Ils vont les piquer, dis-je.

– Tu n'en sais rien.

– Personne n'ira adopter de vieux chiens de chasse. Ils essaient de les placer pendant combien de temps, avant de capituler ?

– Soixante-douze heures. » Ma mère me regarda, les larmes aux yeux et les paupières gonflées. « Ton père refuse de s'occuper d'eux. Je suis censée faire quoi ? »

Elle ne pouvait même pas se débarrasser d'une araignée autrement qu'en l'emportant dehors sur un bout de papier. Et puis les chiens étaient malheureux, voire malades, et ce n'était sûrement pas moi qui me lèverais à six heures du matin pour les faire courir dans l'allée du garage. Je ne m'intéressais ni aux chiens ni à la chasse. Les seules fois où je me levais tôt l'été, c'était pour aller faire du surf, et je râlais tellement qu'en général, mes copains regrettaient de m'avoir emmené.

Ma mère se servit un autre verre de vin, qu'elle renversa en le portant à ses lèvres. Elle avait remis ses lentilles de contact, ce qu'elle ne faisait plus depuis longtemps, et ses yeux sans lunettes semblaient nus, dans le vague. Sur le plan de travail était posé un livre intitulé : *Les Voies de l'âme*. Je regrettais que ma sœur ne soit pas là pour la voir – ivre dans la cuisine, le regard égaré –, mais elle vivait en Afrique, travaillant pour le Peace Corps, un emploi dont je n'avais pas cherché à comprendre en quoi il consistait. De neuf ans mon aînée, elle était trop préoccupée par les vipères du Gabon cachées dans son panier à linge pour s'inquiéter des ennuis de nos parents.

Je tendis à ma mère un torchon à vaisselle. « Papa va péter un câble, dis-je, espérant qu'elle s'indignerait de ce langage.

– Ha ! Tu es très loin de la vérité, tu peux me croire.
– Il est peut-être pris par son travail.
– Ton père est sans emploi, tu l'as oublié ?
– Il va se mettre à son compte. »

Ma mère s'esclaffa. « Avec sa copine ?

– Il va ouvrir une société de crédit, continuai-je sans relever.
– Caleb, il a deux millions de dollars de dettes. »

Je lui souris. « C'est un investissement, expliquai-je patiemment. Du capital-risque. »

Elle se leva pour poser son verre dans l'évier. Mon père m'avait tout expliqué deux semaines plus tôt, la dernière fois que nous nous étions parlé au téléphone, mais ce refus de comprendre était typique. « Ta mère n'est qu'une idiote », avait-il déclaré en apprenant qu'elle le décrivait comme étant « au chômage », et ce qui me choquait encore plus que le mot lui-même, c'était la sincérité de mon père – son calme en livrant ce diagnostic, comme pour tenter d'y voir clair dans sa propre haine. Lorsqu'il avait dit ça, j'avais eu la même sensation qu'en retenant un renvoi après avoir bu un Coca trop vite. Il y avait chez ma mère quelque chose d'implorant, de timoré, de vertueux, qui avait fait fuir mon père. Et à présent il serait furieux au sujet de Shorty et de Ranger – furieux contre moi aussi, pour ne pas l'avoir dissuadée.

Quand ils comprirent qu'on les emmenait en voiture, les deux chiens bondirent de joie dans l'allée avant de grimper sur la banquette arrière. Cela me réjouissait et m'attristait à la fois, qu'ils soient encore capables d'un tel enthousiasme. Ma mère referma aussitôt la portière, comme si elle ne supportait pas de croiser leur regard, et je me souvins que c'était toujours elle qui les brossait et leur donnait leur bain lorsque mon père ne les faisait pas courir dans le jardin, elle qui leur parlait d'une voix stupide destinée à leurs cerveaux de chiens, me rendant jaloux à l'occasion. « Mon p'tit gars », disait-elle parfois à Ranger comme à moi, du moins quand j'étais petit.

« On devrait faire quelque chose pour eux avant de les emmener au refuge », suggérai-je. J'avais besoin de temps pour réfléchir.

« Bonne idée, répondit ma mère, l'air soulagée. Quel est l'endroit où un chien est le plus heureux ?

– La plage ? »

Elle sourit. « Évidemment. La plage. Mon Dieu, je crois qu'ils n'y sont jamais allés. »

Je m'installai sur le siège passager pendant qu'elle fermait l'enclos. Les chiens me dévoraient du regard sur la banquette arrière. Pour la première fois, je remarquai que les babines de Shorty avaient blanchi. « Vous n'allez pas mourir », déclarai-je, même s'ils ne paraissaient pas inquiets. Un plan prenait forme dans ma tête. En voulant attraper le sifflet orange accroché sur la porte de l'enclos, ma mère le fit tomber dans la poussière.

« Tu veux que je conduise ? demandai-je quand elle monta dans la voiture.

– Ne sois pas ridicule. Tu n'as même pas ton code. »

Elle réussit à descendre le chemin de terre en marche arrière, malgré la pancarte « À vendre » qui recouvrait la moitié de la lunette arrière de la Mercedes. Ma mère ne travaillait pas – elle n'avait même pas décroché sa licence, s'étant retrouvée enceinte de ma sœur –, et j'avais beau nier l'évidence, les nouvelles réalités de notre existence commençaient à s'imposer. La vente de la Mercedes ne nous permettrait pas de vivre. La maison possédait un court de tennis et une piscine avec vue sur le canyon, et même si j'ignorais le montant du loyer, je savais qu'il était au-dessus de nos moyens. Nous avions donné notre préavis pour le mois suivant, mais ce fut seulement là, en regardant ma mère ivre descendre en marche arrière jusqu'à la rue, que je compris qu'elle n'avait aucune idée de ce qu'on allait devenir.

Pourtant je ne m'inquiétais pas trop. Non que je me sois bercé d'illusions sur une éventuelle réconciliation de mes parents. Ils se détestaient, cela au moins était clair, et je me félicitais à l'idée qu'il n'y aurait plus de dîners gâchés où ma mère partait s'enfermer dans sa chambre pour pleurer. Mon père ne comptait toutefois pas m'abandonner. Il me l'avait assuré après la séparation. Il me prendrait chez lui, si je le souhaitais, dès qu'il aurait un logement plus grand. Il cherchait une maison sur la plage à Corona del Mar. Je pourrais faire du surf chaque matin si j'en avais envie. Le nom même – Corona del Mar – sonnait à mes oreilles comme celui d'un pays étranger, un endroit vers lequel on voguait en rêve. Bientôt, mon père remonterait en trombe notre allée dans sa Porsche, avec des photos de notre nouvelle maison, et le même sourire qu'à l'époque où son coffre était rempli de faisans.

À Grunion Beach, ma mère ouvrit la boîte à gants et sortit ses vieilles lunettes de soleil. À monture blanche et verres miroirs, elles étaient totalement démodées, du genre de celles qu'on voyait sur les pistes de ski, avec de petites protections latérales en cuir.

« Tu me trouves comment ? » demanda-t-elle.

Pas terrible, aurais-je voulu répondre. Je feignis de boire le café que je lui avais fait acheter pour moi au 7-Eleven. Il avait un goût horrible, mais je m'en fichais. J'appréciais sa chaleur au creux de ma main. Nous laissâmes les chiens sortir de la voiture, et ils dévalèrent le sentier poussiéreux avant de s'élancer dans l'eau, battant laborieusement en retraite lorsqu'ils étaient surpris par une vague. Ce n'était pas la plage où je surfais. Des SDF y venaient, ainsi que des pêcheurs au lancer en combinaison isotherme et d'étranges individus élégants avec un attaché-case, qui semblaient avoir traversé un miroir à Londres ou à Hong Kong et atterri là par erreur.

Il m'avait fallu ruser pour amener ma mère jusqu'à cette plage, et je lui dis que j'avais besoin d'aller aux toilettes. Au lieu de quoi je me dirigeai vers la cabine téléphonique et appelai mon père, le cœur battant. Je n'avais jamais mis les pieds chez lui, dans son appartement, mais je connaissais son adresse à cause de tout le courrier que ma mère avait dû lui faire suivre – « Maintenant, en plus, je suis sa postière ! » –, et je me représentai le téléphone en train de sonner à deux kilomètres environ de cette plage, me demandant si ce serait sa nouvelle compagne qui décrocherait. J'essayais parfois de m'imaginer à quoi elle ressemblait : de grandes bottes, sexy, et parfaitement à sa place à l'avant d'une Porsche, tout le contraire de ma mère.

Lorsque le répondeur se déclencha et que la voix de mon père me demanda de laisser un message, je fus presque soulagé. J'expliquai ce qui se passait, qu'il devait venir nous retrouver au plus vite.

« Maman veut tuer Shorty et Ranger », dis-je à la machine.

Sur la plage, ma mère se concentrait sur son granité, qu'elle buvait à la paille les yeux clos. J'avais été stupéfait de la voir s'acheter quelque chose pour elle au 7-Eleven, à plus forte raison un granité dont elle prétendait autrefois que ça me « pourrirait le foie ». Shorty et Ranger flairaient le sable à la recherche de choses mortes, visiblement plus heureux que je ne les avais vus depuis longtemps. C'était un bel après-midi – doux et ensoleillé, avec une petite brise qui semblait sortir d'une bombe désodorisante à la parfaite senteur océane – et on avait du mal à imaginer que quoi que ce soit puisse se faire tuer.

« Je ne suis pas allée à la plage depuis des années », dit ma mère. Elle retira ses sandales, enfouit ses pieds dans le sable, et la chaleur parut se répandre sur son visage. Ses lunettes noires, quand elle renversait la tête en arrière, ressemblaient à des morceaux de ciel. « Crois-le ou non, mais on a passé de très bons moments ensemble, toi et moi. À Ocean City, tu t'en souviens ? On s'enterrait dans le sable à tour de rôle, comme des momies. Ta sœur aussi. Même ton père se prenait au jeu. » Elle hocha la tête, comme si le fait que nous n'allions plus ensemble à la plage était ma faute. « J'aurais dû venir ici plus souvent.

– Tu peux encore le faire, répondis-je. Tu peux venir aussi souvent que tu en as envie. »

Elle me dévisagea. « Tu crois ça ?

– Pourquoi pas ?

– Que je peux filer à la plage quand ça me chante,

juste pour le plaisir ? » Elle avait l'air en colère, même s'il était difficile de la prendre au sérieux avec ce granité à la main. « C'est gentil à toi d'essayer, mais il va falloir que je trouve du travail. »

Je souris. « Quoi, par exemple ? »

Elle enleva ses lunettes ridicules. « Tu ne crois pas que j'aie des compétences ou des talents ? »

Je haussai les épaules. Non, je ne croyais pas qu'elle en avait. Elle chantait certes d'une jolie voix, mais pas de quoi s'extasier, et pouvait parfois résoudre un problème mathématique sans calculette – je ne trouvais rien d'autre, elle n'avait rien d'extraordinaire.

« Je vois », dit-elle, remettant ses lunettes noires. Ses lèvres moites à cause du granité semblaient pincées. Elle contempla la plage, où Shorty et Ranger reniflaient un gigantesque entrelacs de varech. « Tu te souviens, quand ton père t'a fait écourter la queue de Shorty ? »

Je mentis. « Pas trop.

– Je me suis réjouie que tu n'y arrives pas, reprit-elle sans me regarder. Ça m'a donné de l'espoir pour toi. »

Je bus une nouvelle gorgée de café. Le goût me fit presque vomir, mais je décidai sur-le-champ de me forcer à l'aimer. Les deux chiens levèrent les yeux du varech, distraits par un type qui parcourait la plage avec un détecteur de métaux. Il portait sur la tête un de ces casques audio débiles et déplaçait l'appareil de droite à gauche devant lui comme une canne d'aveugle. Il était si bronzé qu'on distinguait mal les traits de son visage. Il nous salua de la main en souriant, et ma mère tira sur l'ourlet de sa robe pour cacher ses genoux. Je n'avais encore jamais parlé à l'un de ces écumeurs de plage, et je les mettais dans la même catégorie que ceux qui récupéraient les balles égarées dans le ruisseau près du terrain de golf. Des « parasites », les appelait mon père. J'espérais que Shorty et Ranger le tiendraient à distance, mais il s'avança vers eux d'un pas décidé et les laissa lui renifler la main.

« Belles bêtes », me dit-il, enlevant son casque.

Sa chemise en madras déboutonnée jusqu'à la poitrine laissait voir une touffe de poils gris. Et j'avais déjà entendu l'expression « moustache poivre et sel », mais c'était la première fois que j'en voyais une en vrai. Dans un autre contexte – s'il avait eu une raquette de tennis à la main, par exemple, au lieu de cet engin pour récupérer les pièces de monnaie –, on aurait même pu le trouver bel homme.

« Des braques allemands ? »

J'acquiesçai de la tête.

« C'est toi qui les as dressés ?

– Ils sont à mon père.

– J'ai moi-même eu une chienne de cette race. Sprint, elle s'appelait. Elle avait une luxation de la hanche, alors ce nom était sans doute mal choisi. » Il jeta un coup d'œil à ma mère, et j'eus la curieuse impression que c'était à elle qu'il parlait plutôt qu'à moi, de même qu'on pourrait essayer de parler à un ventriloque en s'adressant à sa marionnette. Il inspecta la plage du regard. « Où est ton pater, si je peux me permettre ?

– Mon quoi ?

– Ton père. »

Je lançai un regard en direction du parking. « Aucune idée. »

L'inconnu hocha la tête comme s'il réfléchissait. Il brandit son détecteur vers nous, et celui-ci émit un bip si sonore que Ranger aboya. « Désolé. » Il fronça les sourcils. « Vous portez une bague ? »

Ma mère fit non de la tête.

« Vous l'attirez quand même. »

Elle rougit. Il demanda si nous n'aurions pas un peu d'eau – « Il fait soif par ici, aujourd'hui » – et à ma stupeur, ma mère tendit son granité et lui en offrit une gorgée. La moustache de l'homme, quand il lui rendit le granité, était rouge.

Ma mère pouffa de rire. Elle retira de nouveau ses lunettes noires et les jucha sur son front. Comme elle semblait différente, sans elles : fatiguée, le visage marqué par le soleil, tout un réseau de petites rides au coin des yeux. Elle avait quarante-cinq ans. Quelque chose dans l'expression du type parut se détendre.

« On ne veut pas interrompre vos recherches, dis-je.

– Pas du tout. Je suis juste sorti prendre l'air. » Ma mère aspira bruyamment dans sa paille, et il parut pour la première fois se rendre compte qu'elle n'était pas totalement dans son état normal – voire qu'elle était un peu éméchée. « C'est peut-être moi qui interromps quelque chose ? »

Ma mère plissa les yeux. « On parlait de mes talents, Caleb et moi. Enfin, de mon absence de talents. »

L'homme me considéra avec gravité. L'idée qu'elle puisse être sans talents semblait offenser son sens inné de la justice. « Absurde. Tout le monde reçoit un talent de Dieu.

– Eh bien Il m'a oubliée. N'est-ce pas, Caleb ? Je suis plus ou moins bonne à rien. » Ma mère me sourit, mais avec une dureté dans les yeux jusque-là réservée à mon père.

« Je n'y crois pas, déclara l'homme. Pas une seconde. » Son regard se posa sur moi, puis sur ma mère, comme s'il tentait de comprendre dans quoi il avait mis les pieds. « Vous voulez dire que rien, absolument rien de ce que vous avez fait n'a jamais amené quelqu'un à s'exclamer : *Hé, regardez-la, je suis épaté* ? »

Ma mère inclina la tête sur le côté. « Quand j'étais étudiante, je savais marcher sur les mains, lâcha-t-elle enfin. Dans les fêtes, on scandait "J.P., J.P. !" – c'était mon surnom –, et je faisais le tour de la pièce sur les mains. Un jour, je suis même allée en cours comme ça, pour m'amuser.

– Vous voyez bien », se félicita l'homme.

Je jetai un coup d'œil à ma mère. J'avais la certitude qu'elle ne savait pas marcher sur les mains. Elle ne pouvait même pas faire les mouvements de sa cassette vidéo d'aérobic pour débutants. Je ne l'avais encore jamais entendue mentir, et cela me donnait un sentiment déplaisant.

Elle fixait le tamis qui pendait à la ceinture du type. « Votre talent à vous, j'imagine, c'est de découvrir des trésors cachés ?

– J'ai un certain don, concéda-t-il, lui faisant un clin d'œil qui me déplut.

– Et comment marche ce machin ? »

Il libéra son bras des lanières du détecteur, qui ressemblait aux béquilles des vieillards mais avec un fil électrique enroulé autour du manche et relié à un modem sophistiqué, et il tendit l'appareil à ma mère. Puis il lui retira délicatement ses lunettes noires, lui mit le casque sur les oreilles et vint se placer derrière elle, refermant la main sur celle de ma mère et s'approchant le plus possible d'elle, comme pour lui enseigner à frapper dans une balle de golf. Il lui montra comment balayer le sable avec le disque de détection, de droite à gauche. Quelque chose la fit rire, et son visage prit une expression que je n'avais pas vue depuis longtemps, depuis l'époque où mes parents s'habillaient pour sortir et où mon père s'extasiait, d'une voix que je ne reconnaissais pas, sur son air « radieux ». Elle souriait toujours lorsque l'homme lui montra sur quels boutons et touches appuyer, et elle lui demanda sans raison de répéter. Elle paraissait boire ses paroles. Encore que j'aie eu l'impression qu'elle voulait me prouver quelque chose et que son vrai moi me surveillait d'en haut, tel l'ange harpiste d'un dessin animé. Je détournai les yeux. Shorty et Ranger étaient couchés sur le sable, pantelants après avoir pourchassé les vagues, et je me sentis soudain le souffle court moi aussi, vaguement nauséeux comme si j'allais vomir. Il y eut un crissement de pneus sur le parking – mon cœur fit un bond – mais ce n'était qu'une Jeep qui faisait demi-tour. Où diable était mon père ?

Quand je me tournai à nouveau vers ma mère, le type au détecteur avait toujours la main sur la sienne. Elle surprit mon regard et s'écarta. Sa robe était fripée. Elle retira le casque et rendit le détecteur.

« Il coûte combien ? s'enquit-elle poliment.

– Sept cents dollars, annonça-t-il fièrement. On en trouve de moins chers, mais pas avec identification numérique du métal détecté.

– Quelle arnaque ! » lançai-je.

L'homme fit volte-face et me dévisagea quelques

secondes, sourcils froncés. « Va dire ça à celui qui a découvert la Mojave Nugget.

– La quoi ? demanda ma mère.

– Mojave Nugget, la pépite du désert Mojave. Quatre kilos neuf d'or massif. » Il remonta son pantalon. « Jamais vous ne croiriez quels trésors sont enfouis sous nos pieds. La semaine dernière encore, un copain à moi a trouvé une bague avec un diamant, et pas un petit caillou. Un carat et demi. »

Je ricanai.

« Pardon ? dit-il.

– La pépite mojave, bon sang ! N'importe quoi !

– Caleb ! s'écria ma mère, outrée.

– S'il vous plaît, ajoutai-je, vous ne pouvez pas aller chercher vos trésors de pirates ailleurs ? »

L'homme ouvrit la bouche pour me remettre à ma place, mais se ravisa devant mon expression. Il se rengorgea. Galamment, il tendit à ma mère ses lunettes noires et partit vers l'eau, avant de s'arrêter deux ou trois mètres plus loin pour remettre son casque, montrer que tout allait bien. Ma mère évitait mon regard. Elle cacha ses yeux derrière ses lunettes et se laissa tomber sur le sable.

« Ça te fait autant de bien que tu l'espérais ?

– Quoi donc ?

– De faire passer quelqu'un pour un imbécile ? »

J'acquiesçai de la tête, même si je ne me sentais pas bien du tout. Ma mère se concentra sur ses pieds, les recouvrit de sable jusqu'à ce qu'ils disparaissent. Jamais je n'avais eu l'impression de l'écœurer à ce point. Elle bâilla, et son expression de dégoût fit place à de la tristesse.

« Allez, p'tit gars », dit-elle à Ranger en regardant sa montre.

Je jetai un nouveau coup d'œil vers le parking. « Il n'est que trois heures. »

Ma mère contempla ses pieds enfouis, puis moi. Je nous revis l'enterrer dans le sable à Ocean City, ma sœur et moi, lui croisant les bras sur la poitrine comme ceux d'un pharaon. On aurait dit que c'était dans une autre vie.

« Allez ! » m'exclamai-je. Je m'agenouillai et entrepris de creuser une tranchée.

« Qu'est-ce que tu fais ?

– Je t'enterre dans le sable. »

Ma mère se remit à bâiller. « Mon Dieu, ce que je suis fatiguée. Ça doit être ce vin. Je pourrais m'endormir. »

Je creusais à deux mains. L'idée était de la maintenir là jusqu'à l'arrivée de mon père – du moins jusqu'à ce que je puisse le contacter. Plus j'allais profond, moins le sable était chaud, chaque strate plus fraîche que la précédente, et le contraste entre cette fraîcheur sous mes ongles et la tiédeur contre mes poignets créait une sensation si particulière, si unique, que je perdis quelques instants la notion du temps. J'entendais vaguement les cris à Ocean City, je sentais le parfum de la crème solaire de ma mère, je voyais le visage souriant de mon père qui lui enduisait le dos de crème, la faisant fredonner comme une petite fille. Il avait les cheveux coiffés en arrière, avec une raie parfaite au milieu – même à la plage, il ne se séparait jamais de son peigne pliant, qui se dépliait comme la lame d'un couteau à cran d'arrêt –, et je lui trouvais une classe incroyable. Un jour, alors que nous retournions à la voiture sur la partie dure de la plage découverte par l'océan, il s'était arrêté pour nous montrer, à ma sœur et à moi, la trace laissée par la semelle de sa chaussure de sport sur le sable, une empreinte parfaite, aussi complexe qu'une forteresse miniature. Au centre, en relief, le nom ADIDAS à l'envers. Mon père était émerveillé. *SADIDA* : je me répétais ces sonorités étranges, qui m'émerveillaient comme lui. Puis ma mère avait laissé sa propre empreinte près de celle de mon père – elle aussi portait des chaussures de sport, ses vieilles Tretorn – et nous étions restés là à les admirer, riant sans raison tous les quatre. Je me souviens du long et ennuyeux trajet de retour vers Baltimore, où je mesurais ma chance malgré mon corps couvert de coups de soleil, et où je me répétais à nouveau *SADIDA*, *SADIDA*, *SADIDA*, tandis que nous bavardions pour couvrir les vibrations du marquage en relief de l'autoroute.

À présent, couchée au fond de la tranchée que j'avais creusée, ma mère m'observait derrière ses lunettes noires, et je commençai à lui recouvrir de sable les jambes, les bras, le torse. Je l'enfouissais de mon mieux. Shorty et Ranger me regardaient m'affairer. Quand j'eus terminé, elle était devenue un monceau de sable dont seule sa tête dépassait. Elle avait les joues semées de taches de rousseur, comme moi.

Je la laissai là, ses lunettes noires sur le nez, du sable jusqu'au menton, me demandant si elle allait bel et bien s'endormir. « Maman ? » dis-je, mais elle ne répondit pas. Alors je partis au pas de course vers le parking, les deux chiens sur mes talons comme si je les conduisais vers le prochain grand bonheur. Ils attendirent près de la cabine pendant que je fouillais dans mes poches. Il me restait une pièce de vingt-cinq *cents*, j'en étais sûr, mais je n'en trouvai qu'une de dix *cents* et une autre de cinq. Je vérifiai la fente pour le retour de la monnaie : vide. J'avais quinze ans – j'étais presque un homme, du moins je le pensais – mais j'eus soudain envie de pleurer. Je ne crois pas aux pouvoirs extralucides, ni à quoi que ce soit du même genre, raison pour laquelle je ne m'explique pas ma certitude, cet après-midi-là, devant le téléphone rouillé et l'annuaire aux pages déformées par la pluie suspendu à son cordon, ma certitude absolue, sans aucun doute possible, que mon père était chez lui, qu'il avait été là toute la journée, pris par son travail, et n'avait pas eu mon message.

Je jetai un coup d'œil au-dessus du sentier caillouteux, vers l'endroit où j'avais laissé ma mère sur la plage, mais je ne voyais pas son visage. Seulement un tas de sable. Le type au détecteur était invisible, lui aussi. J'eus le sentiment le plus étrange que j'aie jamais éprouvé.

Je vérifiai sous le pare-chocs arrière de la Mercedes, dénichai le petit boîtier aimanté dans lequel ma mère gardait un jeu de clés de secours, et fis monter Shorty et Ranger sur la banquette arrière avant de m'installer au volant, aveuglé par l'odeur de cuir brûlant. Dans la boîte à gants, il y avait un plan déchiré le long des plis. Je cherchai la rue de mon père. La Mercedes démarra au quart de tour, et même si je calai pendant la marche arrière, je me débrouillai plutôt bien pour lui faire quitter la place de parking et prendre la route. Je plaçai les mains à neuf heures et treize heures sur le volant, comme je l'avais appris. L'énorme berline semblait rouler toute seule, obéissant à mes pensées. J'en avais rêvé si souvent que c'était comme si je conduisais depuis des années. Je m'engageai sur Palo Verdes Drive North, veillant à respecter la distance de sécurité entre la voiture de devant et moi. Je ne pus m'empêcher de trouver d'une simplicité désarmante – presque décevante – ce privilège des adultes qui, toute ma vie, m'avait paru magique.

Je tournai dans la rue de mon père et la longeai, franchissant un ralentisseur avec un cahot qui fit dégringoler Shorty et Ranger de la banquette. Je crus d'abord m'être trompé d'adresse. Alors que je m'attendais à un lotissement résidentiel, j'étais devant un immeuble en forme de cube, à la façade en stuc et sur pilotis. On l'aurait dit prêt à s'éclipser en pleine nuit. Sur la façade, le nom SAXON ARMS inscrit en caractères médiévaux. Garée sous l'immeuble, entre deux pilotis, la Porsche de mon père.

Je fis descendre les chiens de la voiture et, accompagné par le tintement de leurs colliers, je contournai avec eux l'immeuble jusqu'à l'entrée et gravis les marches. Scotchée à l'intérieur de la fenêtre d'un appartement, une pancarte « Chien méchant » avec une illustration représentant un pitbull prêt à mordre. Je m'arrêtai devant la porte de mon père et frappai. L'escalier n'avait pas beaucoup de marches, mais mon cœur cognait dans ma poitrine comme si j'avais couru depuis la plage.

« Caleb ! » s'exclama mon père à ma vue, lâchant presque le CD qu'il avait à la main. Il était en pantalon de survêtement, avec une de ces chemises cubaines ornées d'un plastron à plis que je ne l'avais jamais vu porter jusque-là. Il me serra dans ses bras au milieu du couloir, et je sentis l'odeur de café de son haleine se mêler à celle, chimique, de sa nouvelle chemise. Il y avait de la musique en bruit de fond ; il était fan de jazz – de Fats Waller, des vieux standards – et je me rendis compte à quel point ce boucan délirant me manquait chez nous. Shorty et Ranger aboyèrent, ravis de le voir, et il se baissa pour leur dire bonjour, fermant à moitié la porte d'entrée derrière lui.

« Tu as eu mon message ?

– Oui. » Il jeta un coup d'œil vers l'appartement. « Je viens de l'écouter. J'ai été au téléphone à mon bureau toute la matinée. » Il toussota. « Waouh. Regardez-moi ça. Comment diable es-tu venu jusqu'ici ?

– En voiture.

– Tu as déjà ton permis ? »

J'acquiesçai de la tête. Il me dévisagea attentivement – d'un air soupçonneux, pensai-je –, puis me gratifia de la magie rare de son sourire. « Serena est sous la douche. Elle a pris un bain de soleil sur la terrasse. Cette femme pourrait bronzer pendant un tremblement de terre. »

L'idée qu'elle puisse se prélasser au soleil un mardi matin au lieu de payer les factures, de faire la lessive ou les courses, me parut hautement exotique. Sur le tapis-brosse souhaitant la bienvenue se trouvait une paire de tongs roses. Mon père se pencha pour les ramasser en grommelant, et Ranger se faufila à l'intérieur de l'appartement. « Ranger, au pied ! » cria mon père en courant derrière lui. Shorty et moi, on le suivit dans ce qui ressemblait à une salle de séjour, encore que ce n'était pas évident, l'unique meuble étant un futon replié pour former un canapé sans coussins. Dans un angle, une kitchenette avec un petit fourneau, un four à micro-ondes dont la porte était ouverte, et quelques numéros du magazine *Vogue* empilés sur le plan de travail, près d'un sac de la chaîne de fast-food Carl's Jr. Sur un placard, un sticker avec une Tortue Ninja. Je cherchai des yeux le bureau dont il avait parlé.

« J'ai une maison en vue, à Manhattan Beach », annonça-t-il sans me regarder. Il attrapa Ranger par le collier et l'éloigna du ficus dans un coin, lançant un regard vers la porte fermée près de la cuisine. J'entendais la tuyauterie gémir à l'intérieur des murs.

« Et Corona del Mar ?

– Là-bas, maintenant, c'est comme le Club Med. Et puis avec ces falaises, de toute façon… La ville entière est en train de sombrer dans l'océan. »

Il baissa le volume de la musique, lança un nouveau regard en direction de la porte de la chambre. Il ne m'avait pas remercié de lui avoir amené Shorty et Ranger, mais je mis cela sur le compte de mon apparition imprévue. Shorty avait repéré le sac Carl's Jr. et tentait de le faire tomber, les pattes sur le plan de travail.

« Bas les pattes, ma fille ! » Mon père tira si fort sur le collier de la chienne qu'elle jappa. Elle glissa jusqu'à moi, accroupie sur ses pattes arrière. « Personne ne fait le ménage, ici. Un paradis pour les chiens. Tu n'as pas apporté leur laisse ?

– Je pensais que tu les garderais pour les sauver.

– Je voudrais bien, fiston. Je voudrais bien. » Son visage s'adoucit. « Mais ce sont des braques. Je ne peux pas les garder enfermés ici. Ce sont des chiens faits pour courir et chasser.

– Maman va les tuer.

– C'est moi qu'elle veut tuer », dit-il fièrement. Il contempla Shorty, puis détourna les yeux, comme pour éviter le regard de la chienne. « Elle parle de moi ?

– Maman ?

– À New York, on vivait dans un appartement de la taille de celui-ci. C'était avant la naissance de ta sœur. La chaudière marchait mal, ou peut-être que le proprio était radin, en tout cas il faisait si froid qu'on voyait notre haleine. Ta mère a volé des briques sur un chantier – une femme enceinte ! – et les a mises à chauffer dans le four. On dormait avec des briques brûlantes à nos pieds.

– Tu ne peux pas les garder quelque temps ? implorai-je. En attendant que la maison soit prête ?

– Je voudrais bien, fiston, mais les chiens sont interdits dans l'immeuble. Même les shih tzus. C'est écrit dans le bail. »

La tuyauterie cessa de gémir, et mon père s'excusa avant de disparaître dans la chambre. Je l'entendis parler à sa compagne derrière la porte, des chuchotements étouffés – je l'imaginais sortant nue de la douche, l'eau dégoulinant sur la moquette, et je finis par avoir la sensation irréelle, en regardant les chiens flairer la cuisine dans ses moindres recoins, que nous n'étions pas du tout dans l'appartement de mon père. De l'extérieur me parvenaient les bruits d'une piscine voisine, l'écho des cris et des plongeons ; ils me rappelèrent l'époque où Shorty et Ranger étaient chiots, et où mon père leur avait appris à nager, peu après leur avoir écourté la queue. Nous avions une piscine à Baltimore, et je le revoyais entrer dans le petit bain avec un chiot à la fois, niché au creux de sa paume, puis le tremper dans la piscine. Il ne les lâchait pas tant qu'ils n'étaient pas habitués à l'eau. Ils ne me paraissaient pas plus gros que des rats, avec leur minuscule tête dépassant à la surface. Mon père les faisait nager vers moi qui attendais, agenouillé au bord du bassin – ce que je pouvais avoir peur qu'ils se noient ! –, mais ils finissaient par me rejoindre, tremblants comme s'ils revenaient de la lune, puis mon père les récupérait et leur murmurait quelque chose à l'oreille, les serrant précieusement entre ses mains.

Au bout d'un moment, il finit par sortir de la chambre. Sa compagne s'était habillée, et elle se séchait les cheveux avec une serviette éponge. Plus ronde que ma mère, et moins grande, elle était bronzée comme si elle avait jailli d'une télé dont le bouton du contraste aurait été tourné à fond. Elle avait boutonné son chemisier de travers, et son nombril apparaissait entre deux boutons, profond comme un trou fait par une balle. Elle me serra contre elle d'un seul bras.

« J'ai tellement entendu parler de toi », dit-elle avec un rire nerveux. Elle s'écarta de moi. « Mon Dieu, écoutez-moi. C'est pourtant ce que je suis censée dire, non ? » Elle remarqua la présence des chiens et alla à son tour leur dire bonjour, se baissant pour qu'ils puissent lui renifler la main. Elle gratta tendrement le dos de Ranger, qui se mit à frapper le sol en cadence avec sa patte arrière. « Ah ! Le meilleur moyen pour conquérir le cœur d'un chien ! »

Mon père la fixait, sourcils froncés, essayant de lui faire passer un message depuis l'autre bout de la pièce, mais elle ne sembla pas relever.

« Je croyais qu'ils seraient plus féroces », dit-elle.

Mon père ricana avec dédain.

« Ils ne tuent pas les oiseaux ?

– Bien sûr que si », répondit-il. Il m'adressa un sourire complice. « Ils ont ces petits fusils spéciaux pour les chiens et ils abattent les oiseaux en plein vol. »

Sa compagne rougit. « Qu'est-ce que tu veux que j'en sache ? J'ai grandi près d'ici, à Burbank. »

Elle sortit étendre sa serviette sur la rambarde de la terrasse, et j'entendis des aboiements dans un appartement voisin. Celui avec une pancarte à la fenêtre, apparemment. Shorty et Ranger aboyèrent à leur tour. Mon père se tourna vers moi, désigna sa compagne de la tête et me fit discrètement un clin d'œil. Il avait toujours été une énigme pour moi, un homme qui vous réservait des surprises, mais là, je savais exactement ce qu'il allait faire. Et c'est bien ce qu'il fit. Il leva les yeux au ciel, un échange d'homme à homme, comme si nous étions les seuls au monde à avoir un brin de cervelle.

À la plage, je garai la Mercedes et descendis vers l'océan, les colliers de Shorty et de Ranger tintant toujours derrière moi. Je produisais moi aussi un tintement, celui des clés de ma mère dans ma poche. On dévala tous les trois le sentier en tintant, les chiens et moi.

Ma mère était à l'endroit exact où je l'avais laissée, enfouie dans le sable jusqu'au cou. Il était quatre heures de l'après-midi. La brise soulevait le sable et on pouvait marcher normalement, sans crainte de se brûler la plante des pieds. Je m'arrêtai à un mètre de ma mère, me demandant si je devais la laisser dormir, mais Shorty s'approcha d'un pas nonchalant et lui flaira le visage. Ma mère sursauta, puis me hurla de lui enlever ses lunettes noires.

« Pourquoi ?

– Je n'ose pas bouger. »

Je m'agenouillai et lui obéis. Quelque chose s'était pris dans ses cils : un diamant parfait, qui scintillait au soleil.

« On n'a pas les moyens de la perdre », ajouta-t-elle.

Elle ferma lentement l'œil, à la manière d'une chouette, et je récupérai avec le pouce et l'index la lentille de contact sur ses cils. Entre mes doigts, celle-ci ressemblait vraiment à un diamant. Je posai mon autre main dessus, essayant de la protéger de la brise. Il fallut un certain temps à ma mère pour se mettre debout, mais je ne lui en voulus pas. De toute façon, telle était notre vie, désormais.

Elle trouva un Kleenex, nous y enveloppâmes la lentille comme si c'était une dent, et ma mère la mit dans son sac à main. Couverte de sable des pieds à la tête, elle m'observait malgré son œil fermé. Elle paraissait moins ivre, comme si le fait de revenir à l'air libre l'avait mystérieusement dégrisée. Ranger montra les dents et gronda.

« Il ne te reconnaît pas.

– Tant mieux », répliqua-t-elle bizarrement. Elle épousseta de son mieux le sable sur ses bras et ses jambes, et inspecta la plage d'un seul œil.

« Il est parti », dis-je.

Elle hocha la tête. La brise avait forci et les vagues se creusaient, sombres et brillantes, avant de se couvrir de crêtes blanches. L'air sentait le sel, plus fortement qu'avant. Ma mère se pencha et frictionna ses jambes qui avaient la chair de poule.

« On se gèle, ici. » Elle ferma quelques secondes ses deux yeux, comme prise de vertige. « Je peux avoir un peu de ton café ? »

J'allai chercher le gobelet de café froid resté sur le sable et le lui tendis. Elle en but une gorgée et fit la grimace.

« Tu aimes vraiment cette boisson ?

– Non. » Je lui tendis ses lunettes noires.

« Tu l'apprécieras sans doute davantage dans deux ou trois ans. »

Je m'efforçai d'imaginer à quoi je ressemblerais alors, où nous vivrions, et comment diable ma mère pourrait subvenir à nos besoins. Mais j'avais beau faire, c'était impossible. Je me tournai vers l'eau et vis au loin la courbe de la Terre, là où l'océan s'estompait, remplacé par une bande blanche, là où un cargo solitaire étincelait à l'horizon, aussi immobile et délicat qu'un jouet ; l'espace d'un instant, le vent sur mon tee-shirt sembla me traverser de part en part.

Ma mère vida le reste de son granité, et les chiens vinrent renifler cette tache humide sur le sable, truffe contre truffe. Elle les contempla un moment, la peau déjà rosie par un coup de soleil, ses lunettes réfléchissant une version du monde en miniature, comme si la plage, les vagues qui se brisaient et le siège vide du maître-nageur étaient aussi éloignés que le cargo à l'horizon, et je compris pourquoi Ranger avait grondé à sa vue. Moi non plus je ne la reconnaissais pas.

« Pourquoi tu as raconté ça à ce type avec son détecteur ? demandai-je.

– Quoi donc ?

– Que tu sais marcher sur les mains. »

Elle me regarda d'un air contrit. Puis elle s'approcha de l'eau, là où le sable était plus ferme. Elle se mit à quatre pattes et projeta ses jambes à la verticale, de sorte qu'elle était en appui sur les mains, cambrée telle la queue d'un scorpion, le bas de sa robe lui recouvrant le torse. On voyait sa culotte – aussi sobre qu'un slip d'homme –, mais, sur le coup, j'étais trop sidéré pour y prêter attention. Elle fit quelques pas ainsi, titubant sur ses mains, effrayant une nuée de mouches qui s'éleva au-dessus du varech. Une vague vint mourir entre ses doigts, lui mouillant la pointe des cheveux, mais cela ne l'arrêta pas. J'eus le sentiment que ce serait la seule fois que je la verrais marcher sur les mains. Après cette journée, l'occasion ne se représenterait pas. Mais là, elle pouvait encore le faire, elle pouvait encore me surprendre par ce talent inutile. Le soleil brillait derrière elle, apparaissait par intermittence entre ses jambes, et quelqu'un nous observant à l'autre extrémité de la plage aurait même pu nous prendre pour deux adolescents. Elle continua sa progression chancelante, au risque de tomber, tandis qu'autour d'elle Shorty et Ranger aboyaient et l'éclaboussaient, agitant leur bout de queue, ignorants de ce qui les attendait.

REMERCIEMENTS

Merci à l'Académie américaine des Arts et Lettres, à la fondation Jeannette Haien Ballard, à la MacDowell Colony, au département Littérature du Claremont McKenna College, et aux ateliers d'écriture de l'université Johns-Hopkins pour leur généreux soutien pendant l'écriture de ce livre. Merci également à tous ceux qui m'ont apporté leur aide pour ces nouvelles : Tom Barbash, Neil Eber, Matt Klam, Greg Martin, Tom McNeely, Jeff O'Keefe, Dan Stolar, Kenny Wachtel et, surtout, Andrew Altschul et Scott Hutchins. Je suis infiniment reconnaissant à toutes les revues et à tous les éditeurs qui ont permis la publication de ces nouvelles, en particulier à Cheston Knapp, de *Tin House*, qui m'a incité à améliorer plusieurs d'entre elles et semblait toujours impatient de lire la suivante. Merci à Kara Watson, ma formidable éditrice, pour son implication et sa compétence, et à Nan Graham pour son aide. Je n'aurais jamais pu écrire ce recueil sans l'amitié, les conseils et les encouragements de Dorian Karchmar, mon agent, qui a lu chacune de ces nouvelles plusieurs fois et les a aidées à voir le jour. Elle est l'envoyée des dieux des écrivains solitaires, et je ne la remercierai jamais assez. Enfin, merci à Katharine Noel, l'amour de ma vie, qui a pris sur son propre temps de travail celui de lire chaque version de mes nouvelles, et dont le regard franc et lucide sur le monde a contribué à les inspirer.

TABLE

Couvée X 11

Des monstres magnifiques 39

Être mère 65

Indépendance 97

Expression 111

Paradis 147

Trojan Whores Hate You Back 183

Là, maintenant ! 215

Dernière journée sur terre 243

DU MÊME AUTEUR

Aux Éditions Albin Michel

LA MUSIQUE DES AUTRES, nouvelles, 2008

UNE FAMILLE MODÈLE, roman, 2011

« Terres d'Amérique »

Collection dirigée par Francis Geffard
(Extrait du catalogue)

CHRIS ADRIAN

Un ange meilleur, nouvelles

SHERMAN ALEXIE

Indian Blues, roman
Indian Killer, roman
Phoenix, Arizona, nouvelles
La Vie aux trousses, nouvelles
Dix Petits Indiens, nouvelles
Red Blues, poèmes
Flight, roman
Danses de guerre, nouvelles

TOM BARBASH

Les Lumières de Central Park, nouvelles

DAVID BERGEN

Une année dans la vie de Johnny Fehr, roman
Juste avant l'aube, roman
Un passé envahi d'ombres, roman
Loin du monde, roman
La Mécanique du bonheur, roman

JON BILLMAN

Quand nous étions loups, nouvelles

TOM BISSELL

Dieu vit à Saint-Pétersbourg, nouvelles

AMANDA BOYDEN

En attendant Babylone, roman

JOSEPH BOYDEN

Le Chemin des âmes, roman
Là-haut vers le nord, nouvelles
Les Saisons de la solitude, roman
Dans le grand cercle du monde, roman

KEVIN CANTY

Une vraie lune de miel, nouvelles
Toutes les choses de la vie, roman
De l'autre côté des montagnes, roman

DAN CHAON

Parmi les disparus, nouvelles
Le Livre de Jonas, roman
Cette vie ou une autre, roman
Surtout rester éveillés, nouvelles
Une douce lueur de malveillance, roman

MICHAEL CHRISTIE

Le Jardin du mendiant, nouvelles

CHRISTOPHER COAKE

Un sentiment d'abandon, nouvelles

TOM COOPER

Les Maraudeurs, roman

CHARLES D'AMBROSIO

Le Musée des poissons morts, nouvelles
Orphelins, récit

CRAIG DAVIDSON

Un goût de rouille et d'os, nouvelles
Juste être un homme, nouvelles
Cataract City, roman

ANTHONY DOERR

Le Nom des coquillages, nouvelles
À propos de Grace, roman
Le Mur de mémoire, nouvelles

DAVID JAMES DUNCAN

La Vie selon Gus Orviston, roman

DEBRA MAGPIE EARLING

Louise, roman

LOUISE ERDRICH

L'Épouse Antilope, roman
Dernier rapport sur les miracles à Little No Horse, roman
La Chorale des maîtres bouchers, roman
Ce qui a dévoré nos cœurs, roman
Love Medicine, roman
La Malédiction des colombes, roman
Le Jeu des ombres, roman
La Décapotable rouge, nouvelles
Dans le silence du vent, roman
Femme nue jouant Chopin, nouvelles
Le Pique-nique des orphelins, roman
LaRose, roman

BEN FOUNTAIN

Brèves rencontres avec Che Guevara, nouvelles
Fin de mi-temps pour le soldat Billy Lynn, roman

TOM FRANKLIN

Le Retour de Silas Jones, roman
Braconniers, nouvelles

TOM FRANKLIN & BETH ANN FENNELLY

Dans la colère du fleuve, roman

HOLLY GODDARD JONES

Une fille bien, nouvelles
Kentucky Song, roman

KEVIN HARDCASTLE

Dans la cage, roman

ALAN HEATHCOCK

Volt, nouvelles

RICHARD HUGO

La Mort et la Belle Vie, roman
Si tu meurs à Milltown, textes

MARLON JAMES

Brève histoire de sept meurtres, roman

BRET ANTHONY JOHNSTON

Souviens-toi de moi comme ça, roman

THOM JONES

Le Pugiliste au repos, nouvelles
Coup de froid, nouvelles
Sonny Liston était mon ami, nouvelles

CHRISTIAN KIEFER

Les Animaux, roman

THOMAS KING

Medicine River, roman
Monroe Swimmer est de retour, roman
L'Herbe verte, l'eau vive, roman

SANA KRASIKOV

L'An prochain à Tbilissi, nouvelles

RICHARD LANGE

Dead Boys, nouvelles
Ce monde cruel, roman
Angel Baby, roman

MATT LENNOX

Rédemption, roman

BRIAN LEUNG

Les Hommes perdus, roman
Seuls le ciel et la terre, roman

ROBIN MACARTHUR

Le Cœur sauvage, nouvelles

DAVID MEANS

De petits incendies, nouvelles

DINAW MENGESTU

Les belles choses que porte le ciel, roman
Ce qu'on peut lire dans l'air, roman
Tous nos noms, roman

PHILIPP MEYER

Le Fils, roman

BRUCE MURKOFF

Portés par un fleuve violent, roman

JOHN MURRAY

Quelques notes sur les papillons tropicaux, nouvelles

MATTHEW NEILL NULL

Le Miel du lion, roman

KEVIN PATTERSON

Dans la lumière du Nord, roman

BENJAMIN PERCY

Sous la bannière étoilée, nouvelles
Le Canyon, roman

DAVID JAMES POISSANT

Le Paradis des animaux, nouvelles

DONALD RAY POLLOCK

Le Diable, tout le temps, roman
Une mort qui en vaut la peine, roman

JON RAYMOND

Wendy & Lucy, nouvelles
La Vie idéale, roman

ELWOOD REID

Ce que savent les saumons, nouvelles
Midnight Sun, roman
La Seconde Vie de D.B. Cooper, roman

EDEN ROBINSON

Les Esprits de l'océan, roman

KAREN RUSSELL

Swamplandia, roman
Foyer Sainte-Lucie pour jeunes filles élevées par les loups, nouvelles
Des vampires dans la citronneraie, nouvelles

GREG SARRIS

Les Enfants d'Elba, roman

JON SEALY

Un seul parmi les vivants, roman

NATHAN SELLYN

Les Caractéristiques de l'espèce, nouvelles

HUGH SHEEHY

Les Invisibles, nouvelles

WELLS TOWER

Tout piller, tout brûler, nouvelles

DAVID TREUER

Little, roman
Comme un frère, roman
Le Manuscrit du Dr Apelle, roman
Indian Roads, récit
Et la vie nous emportera, roman

BRADY UDALL

Lâchons les chiens, nouvelles
Le Destin miraculeux d'Edgar Mint, roman
Le Polygame solitaire, roman

GUY VANDERHAEGHE

La Dernière Traversée, roman
Comme des loups, roman
Comme des feux dans la plaine, roman

CLAIRE VAYE WATKINS

Les Sables de l'Amargosa, roman

SHAWN VESTAL

Goodbye, Loretta, roman

VENDELA VIDA

Se souvenir des jours heureux, roman

JOHN VIGNA

Loin de la violence des hommes, nouvelles

WILLY VLAUTIN

Motel Life, roman
Plein nord, roman
Ballade pour Leroy, roman
La Route sauvage, roman

JAMES WELCH

L'Hiver dans le sang, roman
La Mort de Jim Loney, roman
Comme des ombres sur la terre, roman
L'Avocat indien, roman
À la grâce de Marseille, roman
Il y a des légendes silencieuses, poèmes

COLSON WHITEHEAD

Underground Railroad, roman

CALLAN WINK

Courir au clair de lune avec un chien volé, nouvelles

SCOTT WOLVEN

La Vie en flammes, nouvelles

Composition : IGS-CP
Impression : CPI Bussière en septembre 2018
Éditions Albin Michel
22, rue Huyghens, 75014 Paris
www.albin-michel.fr
ISBN : 978-2-226-40024-6
ISSN : 1272-1085
N° d'édition : 22798/01 – N° d'impression : 2038192
Dépôt légal : octobre 2018
Imprimé en France